काली छोटी मछली

काली छोटी मछली

न के क्रांतिकारी लेखक समद बहरंगी की कहानियाँ)

अनुवाद

नासिरा शर्मा

वाणी प्रकाशन

वाणी प्रकाशन

4695, 21-ए, दरियागंज, नयी दिल्ली 110 002

शाखा

अशोक राजपथ, पटना 800 004

फ़ोन: +91 11 23273167 फ़ैक्स: +91 11 23275710

www.vaniprakashan.in

vaniprakashan@gmail.com

KALI CHHOTI MACHHLI

by Samad Behrangi

Translated by Nasera Sharma

ISBN : 978-93-5000-512-5

Collection of Stories

संस्करण 2010, 2011

आवृत्ति 2014

मूल्य : ₹ 350

शुभम् ऑफसेट, दिल्ली-110 032 में मुद्रित

वाणी प्रकाशन का लोगो मक़बूल फ़िदा हुसेन की कूची से

समर्पण

समद बहरंगी के उन
सारे किरदारों के नाम
जो आज भी
हर समाज में मौजूद हैं।

दो शब्द

(प्रथम संस्करण)

समद से मेरी पहचान का रिश्ता उतना ही पुराना है जितना ईरान से। समद तक पहुँचने का काम मेरी अपनी कहानी 'संसार अपने-अपने' (जो आज से बीस वर्ष पहले बाल पत्रिका 'नंदन' में छपी थी) ने किया था उसका फारसी अनुवाद सुनकर बड़ी खामोशी से एक विशेष वर्ग के बुद्धिजीवियों का घेरा मेरे चारों तरफ खिंचने लगा। यह 1976 की बात है। दो वर्ष बाद 1979 में जब मैं ईरान गई तब वहाँ धरती में दबा ज्वालामुखी फटने लगा और क्रान्ति के उस दौर में वह सारे बुद्धिजीवी पहचान में आ गये कि यह तो भूमिगत संघर्षरत क्रान्तिकारी थे जो बरसों से इस दिन का इन्तज़ार कर रहे थे। उसी दौर में जाने कितने नये नामों से मेरा परिचय हुआ।

1980 में जब ईरान तीसरी बार गई तो समद से गहरी पहचान हुई। अभी तक मैंने जो कहानियाँ पढ़ी थीं वे सिर्फ मज़ेदार लोक-साहित्य या फिर हास्य-व्यंग्य की थीं। इसी साल मुझे उनका सारा महत्त्वपूर्ण साहित्य पढ़ने को मिला। जब काली छोटी मछली (1981) में पढ़ी तब अहसास जागा कि मेरी कहानी 'संसार अपने ७.पने' में वास्तव में ऐसा क्या था जो भूमिगत बुद्धिजीवी मुझसे इतनी क़ुरबत का अहसास करने लगे थे। एक ईरानी पत्रकार ने एक लेख लिखा था, 'भारतीय समद' नासिरा शर्मा इन सारी बातों ने समद से मेरा रिश्ता दिन-प्रतिदिन गहरा बनाया और दुःख को बढ़ाया कि काश! समद जीवित होते तो जाने कितने सवाल मैं उनसे करती। मुझे ईरान के तीन बुद्धिजीवियों से न मिल सकने का दुःख हमेशा बना रहेगा क्योंकि मेरे फारसी जानने से पहले ही वह दुनिया छोड़ गये। पहले समद, दूसरी फरोग फरुखजाद तीसरी मर्जियह उस्कोई।

समद की कहानी 'काली छोटी मछली' को पढ़ते समय मुझे महसूस हुआ था जैसे मैं खुद काली छोटी मछली हूँ। ऊँची दीवारों और सुरक्षित घर की ज़िन्दगी से निकलकर एक विस्तृत दुनिया को देखने की मेरी ललक ने ही मुझे खतरों से भरी परिस्थितियों की तरफ आकर्षित किया था। जिसने न केवल विश्व विस्तार से मेरा परिचय कराया बल्कि मुख्तलिफ लोगों को देखने-समझने का अवसर प्रदान किया। जिसने मेरे व्यक्तित्व को न केवल बहुआयामी बनाया बल्कि मेरे अन्दर छुपी दुनिया की पर्तों को खोल मुझे कुंठारहित बनाने में सहायता दी।

मुझे याद आ रहा है कि 1984 के दंगों के बाद एक लड़की मुझसे मिलने आयी थी। उसका पत्र मुझे मिला था जिसमें उसने लिखा था, "हमने समद वहरंगी की कहानियों पर नाटक खेला और इस नाटक का खर्च भी हमने चन्दा करके पूरा किया।" वे बातें जो उसने उस दिन मुझे बताई थीं उसे सुनकर कमरे की फिजा भी भारी हो गयी थी। उसकी आँखों में सहज चमक की जगह पर्तदार वहशी पनीलापन था जो पारदर्शी था। उसका सारा परिवार उस समय दंगे की नजर हो गया था जब वह हास्टेल में नाटक खेल रही थी। उसकी अनुशासित पीड़ा का बयान मुझे गहरे तक छू गया था। उसी पीड़ा की जमीन पर मेरी कहानी अमोख्ता की बुनियाद पड़ी थी। इस लड़की के ज़िक्र से मेरी मुराद सिर्फ इतनी है कि इन्सानी रिश्ते एवं उनके दुख-सुख की कोई सरहद नहीं होती। ज़ुबान जाने बिना भी हम एक-दूसरे के दुखों को महसूस करते हैं। यह पीड़ा ही वह दर्पण है जिस में सिर्फ इन्सानी शक्ल झलकती है और वही मानवीय रिश्ता हमको एक दूसरे के करीब लाता है।

पीछे मुड़कर देखूँ तो याद आता है वे ईरान की क्रान्ति के दिन थे जब समद बहरंगी की पुस्तकों से बाजार भर गये थे मगर फिर एकाएक सारी प्रगतिशील पुस्तकें जला दी गयीं और लेखक दोबारा भूमिगत हो गये। मुझे समद का साहित्य चाहिए था। मुझे याद है कि एक गर्भवती महिला ने मेरी इच्छा सुनकर वादा किया था कि वह मेरे लिए कहीं से भी वह पुस्तकें प्राप्त करेंगी और फिर एक दिन वह अपने होनेवाले बच्चे के भविष्य की खातिर इन कहानियों को अपने उभरे पेट के साथ जाने कैसे छुपाकर मुझ तक पहुँचा गयीं। उनकी यह हिम्मत देख मैं काँप गयी थी। पकड़े जाने पर उनकी सजा गोली थी।

आतंक और अंकुश ईरान में फैल चुका था। कुछ पुस्तकें अपने साथ लाने में कामयाब हो गयी मगर बाकी वहीं छोड़ आयी जो बाद में जलकर राख हो गयी क्योंकि घर-घर तलाशी चल रही थी। मजबूरी में मेरी अमानत को उस परिवार ने जला डाला था और फोन पर माफी माँगी थी। भारत में बंगलौर, अलीगढ़, दिल्ली में फैले ईरानी प्रगतिशील विद्यार्थियों ने जो वास्तव में इंकलाबी थे और देश से बाहर जान बचाकर रह रहे थे उन्होंने समद की कुछ अन्य पुस्तकें बड़ी खस्ता हालत में मुझ तक पहुँचाईं। अनुवाद का काम चल पड़ा और कुछ माह बाद यह कहानियाँ उर्दू-हिन्दी की पत्र-पत्रिकाओं में छपने के साथ रेडियो द्वारा प्रसारित हुईं फिर काली छोटी मछली के नाम से पुस्तक रूप में आ गयीं।

1992 में एक सेमिनार में जाने का मौका मिला। सेमिनार के बाद चाय के समय फारसी भाषा साहित्य के एक अध्यापक ने अपना परिचय कराते हुए मुझसे कहा कि मैं तेहरान से आया हूँ और आपका वह नन्हा मुलाकाती जो ईरानी कैदी था मेहदी

तन्हाइयान (पुस्तक का अन्तिम लेख देखें) मेरा शागिर्द है। नवीं कक्षा में पहुँचा है। "उनकी बात सुनकर मुझे एक अजीब-सा जहनी झटका लगा बहुत सारी बातें एक साथ दिमाग में घूम गयीं। मेरे चेहरे पर आये भाव को अध्यापक ने गहरी नजरों से पढ़ते हुए धीरे से कहा, "यदि आप चाहें तो कोई खत उसे दे सकती हैं मैं वहाँ पहुँचा दूँगा... उसे अच्छा लगेगा! अभी हफ्ते भर मैं यहाँ हूँ।"

कई दिनों तक मैं अनेक तरह के सवालों से जूझती रही। सोचती रही उसे क्या लिखूँ? मैं खत नहीं लिख सकी। भावनाओं के इतने ध्रुवों को मिलाना समय के लम्बे अन्तराल के बाद कितना कठिन होता है उसका अहसास केवल वही लेखक कर सकता है जिसने जीवन में भावनात्मक एवं विचारात्मक स्तर पर 'हाई ड्रामा' देखा हो और नाटक के उन पात्रों के साथ उसने भी एक भूमिका निभाई हो! ईरान की क्रान्ति का वह अध्याय समाप्त हुआ इमाम खुमैनी से लेकर वर्तमान राष्ट्रपति अहमद तक ईरान ने कई तरह के अनुभव उतार-चढ़ाव देखे और अब वह अपने बन्द दरवाजे खोल रहा है अपनी पाँच हजार वर्ष पुरानी सभ्यता की तरफ लौट रहा है!

समद की कहानी चौबीस घण्टे सोते-जागते पर पूना इंस्टीट्यूट के ईरानी विद्यार्थी ने एक छोटी फिल्म भी बनाई थी। यह किताब आपके हाथों में हैं। आशा है कहानियों में बजते संवेदनाओं के तार आपको उस वर्ग के दुःख का अहसास दिलायेंगे जो हर देश, हर समाज में मौजूद है।

आज एक बार फिर इन कहानियों से गुजरते हुए महसूस हो रहा है कि काश! मैं उन विद्यार्थियों से मिल सकती जिन्हें समद बहरंगी ने पढ़ाया था। समद जैसे अध्यापक के साथ रहकर वह किस तरह से इन्सान में ढले? उनका घर परिवार, उनका विचार व्यवहार, उनका नज़रिया कैसा है? वे सब क्या आज भी समद को याद करते हैं? क्या समद की दी शिक्षा ने उन्हें वह रास्ता दिखाया जिस पर समद उन्हें ले जाना चाहता था?

—नासिरा शर्मा

समद बहरंगी जिन्दगी का लेखक

'समद हमारा शिक्षक है, उनकी गति हमारी गति है' यह नारा ईरान के विद्यार्थियों के आन्दोलन में लगाया जाता था। ये सारे आन्दोलन ईरान के शाह की तानाशाही के खिलाफ थे। यह दबादब आक्रोश जब ज्वालामुखी बनकर फटा तो शाह को ईरान से जाना पड़ा और पचास वर्ष पुराने पहलवी साम्राज्य को समाप्त होना पड़ा।

ईरान में साम्यवादी और इस्लामी विचार वाली संस्थाएँ एवं समुदाय एक मंच पर खड़े हो गये थे। दुनिया ताज्जुब में थी। यह मिलन कैसा? उस ज़माने में छुपी किताबें धड़ाधड़ छपीं और फुटपाथ पर मीलों तक फैल गयीं। जिनको खरीदनेवालों की भीड़ आपस में टकराती थी। राह चलना मुश्किल होता था। पुरानी पाण्डुलिपियाँ जो बरसों से दबी पड़ी थीं वे भी छपकर फुटपाथ पर मौजूद थीं। उन्हीं में समद का पूरा साहित्य भी था। उनका छोटा-सा स्टैचू भी था जो दूसरे कवियों और लेखकों के स्टेचू की तरह लोग खरीदना नहीं भूलते थे। ये दिन 1980-1981 के थे।

समद बेहरंगी का जन्म 1936 में तबरीज में हुआ था। 1957 में उनकी शिक्षा पूरी हुई। एक छोटे-से गाँव में, एक कमरे के स्कूल में वे शिक्षक के पद पर नियुक्त हुए। अपने अध्यापन काल के अनुभव और गाँव के हालात ने उन्हें लिखने की प्रेरणा दी। समद ने अधिकतर बच्चों के लिए कहानियाँ लिखीं। कुछ महत्त्वपूर्ण लेख उन दिनों की शिक्षा की अमेरिकन पद्धति की आलोचना करते हुए लिखे। समद ने अनेक समकालीन कविताओं का अज़रबैजानी (उत्तरी ईरान की एक प्रादेशिक भाषा) के अनुवाद किये। उन्होंने पुराने अज़रबैजानी कवियों एवं लोक-गीतों को एकत्रित क़र किताबी रूप में दिया।

समद बहरंगी के विचार जहाँ आम पाठकों एवं बुद्धिजीवियों को प्रभावित कर रहे थे वहीं शहनशाहियत के तंत्र को नागवार लग रहे थे। उनके साहित्य को पढ़ना एक जघन्य अपराध क़रार दे दिया गया। एक समय ऐसा आया जब समद का व्यक्तित्व भी ईरान का भूतपूर्व गुप्तचर विभाग 'सावाक' को सहन न हो सका। समद बहरंगी को 1968 में अरास नदी में डुबोकर उनकी हत्या कर दी गयी।

शाही तख़्ता पलटन के बाद समद के चित्र, उनके द्वारा लिखी गयी पुस्तकें, दुकानों, स्कूलों, विश्वविद्यालय में खुले आम मिलने लगीं। उनकी कहानियों को नये पाठक मिले। पूरे ईरान में उनका स्वागत हुआ और वह सराही गयीं। उनकी याद में गीतकारों, कवियों, लेखकों आदि ने तरह-तरह से अपनी श्रद्धांजलि अपनी रचनाओं द्वारा दी। अनेक जगहों के नाम समद के नाम पर रखे गए। इस तरह समद एक राष्ट्रीय नायक बन गये। उनकी सादी ज़िन्दगी ईरान की तारीख का एक हिस्सा बन गयी। समद बहरंगी का यह जुनून उनका साम्यवादी विचारधारा होना या शाह विरोध तक सीमित नहीं था बल्कि समद के चाहनेवाले हर तबके और विचार वाले थे क्योंकि उन्होंने ईरान की दुखती रग पर हाथ रखा था। जो हर इन्सान की दुखती नब्ज़ थी।

समद ने ग्रामीण इलाकों में शिक्षा पद्धति पर शोध करके एक लेख 'शिक्षा क्षेत्र की समस्याएँ' लिखा था। इस लेख के प्रकाशित होने के बाद अनेक गाँव से उन्हें पत्र मिले थे जिसमें पाठकों ने आश्चर्य प्रकट करते हुए लिखा था, "हमारे गाँव में आये बगैर आप हमारी दुखभरी समस्याओं को कैसे जान सके?" इन पत्रों को पढ़कर समद ने कहा था, "सब लोग यह समझते हैं कि यह समस्याएँ केवल उनके सामने हैं, दुःख की बात तो यह है कि बहुत कम व्यक्ति यह जानते हैं कि ये समस्याएँ सभी जगह व्याप्त हैं।"

नये समाज की रचना के लिए समद ने प्राथमिक स्तर से कार्य करना प्रारम्भ किया जिसके कारण शाह के खूनी शासन ने अल्पसंख्यकों एवं साम्राज्यवादी देश जैसे अमेरिका, इंग्लैण्ड, जर्मनी, फ्रांस, हॉलैण्ड और सावाक पुलिस की विवेचनापूर्ण आलोचना की, इसी कारण उसका वजूद मिटा दिया गया। लेखक कभी मरता नहीं है। शाही व्यवस्था ने उन्हें मुजरिम समझा मगर वे नहीं जानते थे कि अंकुश के हटते ही ऐसे चेहरे फिर चमकने लगते हैं।

समद बहरंगी का विचार था कि बाल साहित्य वास्तविक और रंगीन संसार के बीच एक पुल होना चाहिए जिसके एक तरफ बचपन के सपने और आकांक्षाएँ तथा दूसरी तरफ एक ऐसा अन्धकारमय संसार जो ज्ञान, कड़वी वास्तविक, कठिन परिस्थितियाँ एवं अन्य समस्याएँ हैं। बच्चों को इस पुल से गुज़रना होगा। उन्हें ज्ञान के प्रकाश को लेकर पुल के दूसरे तरफ बड़ों के अन्धकारमय संसार में जाना चाहिए। इससे बच्चे अपने माता-पिता के जीवन में उनके सच्चे साथी हो सकते हैं और इस तरह वे समाज के लिए भी लाभदायक सिद्ध होंगे। बच्चों को यह जानना चाहिए कि उनके पिता को रोटी कमाने के लिए कितनी तकलीफ़ें उठानी पड़ती हैं। समद का विचार था कि हमें बच्चे को झूठा आशावादी बनाना चाहिए। उन्हें विचार करने का सही और वैज्ञानिक तरीका सिखाना चाहिए जिससे कि वे समाज की रोज़ बदलती परिस्थितियों को अपने ही ढंग से सोचकर उसका समाधान ढूँढ़ सकें।

बच्चों को लेकर कितने लेखक विश्व में होंगे जो उन्हें एक ज़िम्मेदार नागरिक बनाने के लिए उनके परिवेश से उनका सीधा सम्बन्ध जोड़ने और हक़ीक़त से टकरा हालात को झेलने की बात करते हुए उन्हें एक सच्चे सफल व्यक्ति में ढलते देखना चाहते हैं। उसी जद्दोजहद को समद ने अपनी हर कहानी में रेखांकित किया है जिसमें सबसे मुखर 'काली छोटी मछली' है जो उनकी बेजोड़ कहानियों में से एक है।

1980-81 में जब किताबों से ईरान भर गया था। उस वक़्त मैंने ढेरों किताबें खरीदी थीं। कुछ साथ ले आयी थी कुछ छोड़ आयी थी इस खयाल से कि दोबारा जब जाऊँगी तो ले आऊँगी। दोबारा जाना तो हुआ साल भर बाद लेकिन किताबें जल चुकी थीं। जो आज़ादी मिली थी वह चन्द माह की थी। देखते-देखते फुटपाथ पर लगी इन्क़िलाबी किताबें समेट ली गयीं। लेखकों को जेल में डाला जाना शुरू हुआ तो बाक़ी लेखक अण्डरग्राउण्ड हो गये। सईद सोल्तानपुर जैसे इंकलाबी कवि को शादी के मण्डप से उठा जेल में डाला गया फिर तस्करी के जुर्म में गोली से उड़ा दिया गया। ऐसी हालत में समद बहरंगी कहाँ टिक पाते? मैंने कुछ कहानियाँ समद की अनुवाद की थीं। बाकी को ढूँढ़ रही थी। भारत में रहनेवाले विद्यार्थियों से कुछ पुस्तकें मिलीं जो एक या दो कहानियों वाली थीं। मैं खासी दुखी थी। आपने को कोस रही थी कि क्यों छोड़ा उन किताबों को वहाँ! मेरा जाना अब हो पायेगा ईरान या नहीं।

किसी ने सच ही कहा है जहाँ चाह होती है वहाँ राह भी होती है। ईरान जाना हुआ वहाँ कुछ पुस्तकें मुझे मिलीं। कुछ लोगों ने अपने बेसमेण्ट में गढ़ा खोदकर किताबें दफन की थीं। उस पर ढेरों सामान सजा दिया था जैसा कि वहाँ क़ायदा था कि कुछ लोग साल छह माह की खरीदारी इकट्ठा कर लेते हैं। इस घटना पर मैंने एक कहानी 'किताबे दिल' के नाम से लिखी थी।

समद बहरंगी को ईरानी पाठक कैसे लेते हैं उसकी छोटी-सी झलक मैंने ऊपर लिखी है। मगर मैं एक पाठक के नाते इन कहानियों को बेहद पसन्द करती हूँ खासकर 'एक आड़ हज़ार आड़' और 'चुकन्दरवाला'। 'काली छोटी मछली' में जो धड़कनें और जद्दोजहद है वह उसको महत्त्वपूर्ण बनाती हैं। बच्चों को जानवर की कहानियों से विशेष लगाव होता है। इस संग्रह की कहानी 'प्रेम कथा' भी अहम है। वर्तमान समय की यह सबसे बड़ी जरूरत है जो इन्सानी रिश्तों में महसूस की जा रही है जबकि इंकलाब अपने बच्चे निगल चुका है और जो समाज बचा है वह मौत के यथार्थ को जी चुका है। उसका लक्ष्य अब आबादी की ओर है। समद की कहानी 'प्रेम कथा' एक वेहद सुन्दर बुनावट की कहानी है जो किसी कली की तरह धीरे-धीरे खुलती है और अपनी खुशबू फूल की तरह खिलकर पाठक के मन-मस्तिष्क को कुछ इस तरह सराबोर कर देती है कि पाठक तनाव मुक्त हो उठता है। आज जब संवेदनाएँ शुष्क हो रही हैं। इन्सानी रिश्तों से ईमानदारी काफूर बन उड़ गयी हो। अविश्वास के इस अँधेरे में हमको ऐसे साहित्य की

जरूरत है जो जड़ होते इन्सान के दिल व दिमाग में फिर से कोमल भावनाएँ भरकर उसे इन्सान बना सके।

समद ने अपनी कहानी प्रेम कथा को लोककथा की शैली में लिखा है। उसमें फंटासी है। एक गरीब प्रेमी, कबूतर के भेष में राजकुमारी के महल में पहुँच जाता है, वहाँ पर गहरे गम्भीर संवादों का आदान-प्रदान होता है। यह सिलसिला बड़े रोचक ढंग और बुनियादी प्रश्नों से जूझता हुआ तब तक चलता रहता है जब तक राजकुमारी का गुरूर टूट नहीं जाता और वह प्रेम की भावना का स्पर्श नहीं कर लेती है। प्रेम के साथ ही उसमें दया, धैर्य, दूसरों के प्रति आदर के भाव, बराबरी का अहसास उभरता है। जो कि यह कहानी बच्चों के लिए लिखी गयी है मगर इसका कैनवास बहुत बड़ा है। पाठक जितना संवेदनशील और जागरूक होगा यह कहानी उसको अनेक कोणों, अर्थों और सरोकार के संग अपनी गहराई को दर्शाएगी।

समद को बच्चों का लेखक कहना ठीक है मगर यह कहना कि ये कहानियाँ केवल बच्चों के लिए लिखी गयीं। ऐसा नहीं है। ये कहानियाँ किसी खाते में डालनेवाली कहानियाँ नहीं हैं बल्कि ये रचनाएँ समाज में मौजूद यथार्थ से उठाई गयी वास्तव में ज़िन्दगी की कहानियाँ हैं जो हर उम्र का पाठक पढ़कर वक़्त की नब्ज़ को पहचान सकता है।

आज समद बहरंगी की किताबें ईरान के पुस्तकालय और दुकानों में हैं या नहीं कहा नहीं जा सकता है क्योंकि इस्लामिक गणतंत्र का नारा था कि यह इन्किलाब गरीबों के लिए किया गया था। उसी गरीब तबक़े का सच इन कहानियों में मौजूद है तो भी ईरान की सत्ता इन कहानियों को पसन्द नहीं करती है क्योंकि उसे मार्क्सवाद से कोई दिलचस्पी नहीं है। बहरहाल फिर एक वक़्त आयेगा जब समद फिर छोटे-बड़े हाथों में होंगे और नयी पीढ़ी के दिमाग़ में उनका लेखन एक अच्छा प्रभाव अंकित करेगा!

21.10.2009

—नासिरा शर्मा

अनुक्रम

काली छोटी मछली

चिल्ले की रात थी। समुद्र के अन्दर बूढ़ी मछली अपने बारह हजार बच्चों, पोतों और पोतियों के बीच बैठी उन्हें कहानी सुना रही थी।

बहुत समय पहले की बात है कि एक काली छोटी मछली अपनी माँ के साथ एक चशमे में रहा करती थी। यह चशमा पहाड़ के पथरीले सीनें से फूटता हुआ दर्रे के बीच से होकर बहता था। इस छोटी मछली का घर काली चट्टान के पीछे था, जहाँ वे दोनों माँ-बेटी काई की छत के नीचे रात को सोती थीं। छोटी मछली के मन में बड़ी तमन्ना थी कि वह सूरज की चमकीली किरणों को अपने घर में चमकती देखे।

छोटी मछली अपनी माँ की इकलोती बैटी थी। माँ के दस हजार अंड़ों में से यही एक औलाद सही-सलामत निकली थी। इधर कुछ दिनों से वह बड़ी चुपचाप, गुमसुम-सी रहनें लगी थी, जैसे किसी गम्भीर समस्या के हल में डूबी हो। वह इस समय भी सुस्ती से भरी, अनमने मन से इधर-से-उधर धीरे-धीरे तैर रही थी। अधिकांश समय वह माँ के पीछे रह जाती थी। माँ समझ गयी कि बेटी की तबीयत आज जरा भारी है। यह थकान और अनमनापन शीघ्र ही दूर हो जायेगा। मगर वह यह नहीं जानती थी कि काली छोटी मछली का दु:ख कुछ और ही था।

एक दिन सुबह, अभी सूरज निकला भी नहीं था कि छोटी मछली ने माँ को सोते से जगाया और कहा, ''माँ, मैं तुमसे कुछ कहना चाहती हूँ।''

माँ नींद से उनमादे स्वर में बोली, ''जिगर के टुकड़े, बात कहने का यह कौन-सा समय चुना है? बात फिर करेंगे, अभी तो घूमने चलते हैं।'' छोटी मछली बोली, ''नहीं माँ, अब घूमने-फिरने में समय बरबाद नहीं करूंगी। मुझे इस जगह से कहीं दूर जाना है।''

माँ ने प्रश्न किया, ''बहुत जरूरी है तुम्हारा जाना?''

''हाँ माँ, बहुत ज़रूरी है मेरा जाना, मैं ज़रूर जाऊंगी।''

"इतनी सुबह आखिर तुम जाना कहाँ चाहती हो?"

छोटी मछली ने कहा, "चाहती हूँ, जाकर देखूँ कि इस चश्मे का अन्त कहाँ है? माँ, मैं सच में कई महीनों से इस उलझन में हूँ कि आखिर इस चश्मे का बहाव कहाँ पर जाकर समाप्त होता है? मगर अफसोस! अभी तक कुछ भी जान न पायी। कल रात इसी सोच में डूबी पल-भर के लिए भी पलक न झपका पायी। अन्त में मैंने फैसला कर लिया कि मैं स्वयं जाऊँ और जाकर इस चश्में को देखूं। दिल चाह रहा है कि मैं यह भी जानूं कि दूसरी जगहें कैसी हैं, क्या हो रहा है वहाँ?" माँ को बेटी की बातें सुनकर हँसी आ गयी, वह बोली "मैं भी जब छोटी थी तो इसी प्रकार के विचारों से मेरा मस्तिष्क परेशान रहता था, मगर प्यारी बेटी, वास्तव में न चश्मे का कोई आरम्भ है न अन्त। जो है यही है, जो तुम स्वयं देख रही हो। चश्मा हमेशा बहता रहता है और कहीं पहुँचता भी नहीं है।"

छोटी मछली ने प्रश्न किया, "आखिर माँ, क्या यह बात सही नहीं है कि हर चीज अपने अन्त तक पहुँचती है? रात समाप्त होती है, दोपहर ढलती है, दिन गुजरता है और इसी तरह से सप्ताह, मास, वर्ष..." माँ ने बेटी की बात बीच में ही काटते हुए कहा, "इतनी बड़ी-बड़ी बातें तुम्हें कहाँ से करनी आ गई है? चलो, चलकर घूमते हैं। यह समय सैर करने का है, ऐसी बातें करने का नहीं।"

काली छोटी मछली बोली, "नहीं माँ! मैं सच कहती हूँ, इस घूमने-फिरने, सैर-सपाटे से मैं अब थक चुकी हूँ। मैं कुछ और करना चाहती हूँ। इस दुनियाँ को देखना चाहती हूँ, घूमना चाहती हूँ, यह समझना चाहती हूँ कि आखिर वहाँ क्या हो रहा?"

माँ ने बेटी की बात पूरी सुनी और बोली, "मेरी नन्हीं बेटी, इसी को दुनियाँ कहते हैं। जहाँ हम जी रहे हैं, और इसी को ज़िन्दगी कहते हैं, जो हम गुज़ार रहे हैं।"

उसी समय एक बूढ़ी मछली उनके घर के समीप से गुज़री और बोली, "पड़ोसन, किस बात को लेकर लड़की से उलझ रही हो? क्या आज घूमने का इरादा नहीं है?"

पड़ोसन की आवाज सुनकर माँ बाहर निकली, "कलयुग आ गया है, औलाद माँ को उपदेश देने लगी है।"

"क्या हुआ?" पड़ोसन ने पूछा।

माँ ने कहा, "तुम्हीं देखो, बालिश्त-भर की छोकरी, कहाँ जाना चाहती है? लगातार एक ही बात की रट लगाये हुए है कि मैं दुनियाँ घूमूंगी। जाकर देखूंगी कि क्या हो रहा है वहाँ। कैसी बड़ी-बड़ी बातें हैं इसकी?"

"अरे, छंटकी, कब से तुम दार्शनिक और ज्ञानी बन बैठीं, हमें बताया भी नहीं?" पड़ोसन बोली।

माँ बोली, "मैंने तो कभी सोचा भी न था कि मेरी औलाद, वह भी इकलौती ऐसी निकलेगी एक दिन। नहीं समझ पा रही हूँ कि इस मासूम को बहकाने के पीछे किसका हाथ है?"

छोटी मछली ने कहा, "न किसी ने मुझे बहकाया है, न बरग़लाया है। मेरे पास खुद अकल और समझ है। मैं जो देखती हूँ, समझती हूँ, वही जुबान पर लाती हूँ।"

पड़ोसन ने माँ से कहा, "बहन, उस घोंघे की खुसर-फुसर कुछ याद है?"

माँ ने चौंककर कहा, "खूब याद दिलाया, वह तो सचमुच मेरी बेटी के पीछे हाथ धोकर पड़ा हुआ था। अब तुम्ही कोई तरकीब बताओ कि मैं अपनी बेटी को कैसे सुधारूँ?"

छोटी मछली बोली, "बस करो माँ, उसे कुछ मत कहना। वह मेरा मित्र था।"

माँ बोली, "मित्रता मछली और घोंघें की! ऐसा पहले तो कभी नहीं सुना था?"

छोटी मछली बोली, "मैंने भी आज तक मछली और घोंघे की शत्रुता नहीं सुनी है, मगर आप लोगों ने तो उसका काम ही तमाम कर दिया।"

पड़ोसन बोली, "तुम पुरानी बातें दोहरा रही हो।"

छोटी मछली बोली, "आप ही गुज़री बातों को याद दिला रही हैं।"

माँ बोली, "ठीक तो कह रही है। इधर-उधर बैठा कैसी बातें बनाया करता था?"

छोटी मछली बोली, "फिर मुझे भी वही दण्ड दीजिए, क्योंकि मैं भी उसी तरह की बातें बना रही हूँ।"

इनके बीच होते वार्तालाप की ऊँची आवाज़ों ने इधर-उधर की मछलियों को भी अपनी ओर आकर्षित कर लिया। उन्हीं में से एक बूढ़ी मछली बोली, "तुम हो किस खयाल में कि हम तुम पर रहम खायेंगे"

दूसरी बोली, "कान मरोड़ना काफी है।"

काली मछली की माँ चीखी, "छोड़ो, दूर हटो! मेरी बच्ची को हाथ मत लगाना।"

उन्हीं में से एक बोली, "जब बच्चों का लालन-पालन उचित ढंग से नहीं होता है तो फिर यही दिन देखने को मिलता हैं।"

एक पड़ोसन बोली, "मुझे तो शरम आ रही है कि मैं तुम्हारे पड़ोस में रहती हूँ।"

दूसरी बोली, "इससे पहले कि लड़की हाथ से निकल जाये, इसे बूढ़े घोंघे के पास भेज दो।"

मछलियाँ चारों तरफ से आगे बढ़ीं ताकि काली छोटी मछली को पकड़ें मगर उसकी दोस्तों ने झट उसे घेरे में ले लिया और तेज़ी से तैरती हुई मछलियों से दूर निकल गयीं। माँ ने रोते हुए सिर व सीना पीटना आरम्भ कर दिया, "हाय मेरी बेटी मेरे हाथों से निकल गयी। मैं क्या करूं?"

छोटी मछली बोली, "माँ! मेरे लिए आँसू मत बहाओ, बल्कि इन बूढ़ी खूसट मछलियों की हालत पर रोओ, जो कुछ भी नहीं समझती हैं।"

एक मछली यह सुनकर दूर से चिल्लायी, "पछताकर लौटी तो फिर अच्छी तरह खबर ली जायेगी।"

तीसरी बोली, "यह जवानी का जोश है, यूं मत जाओ"

छोटी मछली पर इन सारी पुकारों, फरियादों तथा उपदेशों का कोई प्रभाव न पड़ा। वह अपनी मित्र-मण्डली के साथ तैरती हुई आगे बढ़ने लगी। जल-प्रपात तक उसकी सखियाँ उसे छोड़कर वापस आ गयीं।

छोटी मछली पानी के तेज बहाव के साथ ऊपर से नीचे पानी से भरे ताल में गिरी। पहले तो वह बड़ी सटपटायी, फिर अपनी घबराहट पर काबू पाकर धीरे-धीरे तैरना और घूमना शुरू कर दिया। इससे पहले उसने इतनी बड़ी मात्रा में जमा पानी नहीं देखा था। ढेरों मेढ़कों के भेक उस पानी में लोट रहे थे। काली मछली को देखा तो मजाक उड़ाते हुए बोले, "इसका हुलिया तो देखो, यह कौन-सा जीव है?"

मछली ने बड़ी सहिष्णुता से कहा, "मेहरबानी करके आप मेरा उपहास न उड़ाएँ। मेरा नाम काली छोटी मछली है, आप भी अपना परिचय दें, ताकि हम एक-दूसरे से परिचित हो सकें।"

"हम तो एक-दूसरे को छुछमछली कहकर पुकारते हैं। एक मेढ़क के भेक ने कहा।"

दूसरी बोली, "खानदानी हैं।"

तीसरी बोली, "हम जैसा सुन्दर यहाँ दूसरा तुम्हें नहीं दिखेगा।"

चौथी बोली, "तुम्हारी तरह बेढंगी और बदसूरत नहीं है हम।"

काली छोटी मछली बोली, ''मैंने सोचा भी नहीं था कि तुम लोग इतनी आत्मकेन्द्रित और इतनी आत्ममोहित होगी। खैर छोड़ो, मैंने तुम्हें क्षमा किया, क्योंकि तुम लोग यह सारी बातें अपनी नादानी के कारण कर रही हो।''

सब मछलियाँ एक जुबान होकर चीखीं, ''यानी हम सब नादान हैं?''

मछली बोली, ''अगर नादान न होतीं तो ऐसी बातें ही क्यों करती? तब जानतीं कि बहुत सारे जीव ऐसे हैं, जिनका रूप-लावण्य उनके लिए बहुत बड़ी उपलब्धि है, और तुम लोगों का तो यह हाल है कि तुम्हारा नाम भी तुम्हारा अपना नहीं है।''

सारी छुछ्मछलियाँ क्रोधित हो उठीं, मगर वे समझ गयीं कि मछली की बातों में किसी हद तक सच्चाई है। फौरन बात पलटकर बोलीं, ''तुम तो हवा से लड़ रही हो! हम सुबह से शाम तक दुनियाँ घूमते हैं, मगर अपने माँ-बाप के अलावा हमने किसी को नहीं देखा, अगर देखा है तो छोटे-मोटे कीड़े-मकोड़ों को, मगर उनकी गिनती ही क्या है हमारे सामने?''

मछली ने कहा, ''इस तलैया के पानी से कभी बाहर भी निकली हो कि यूं ही दुनियाँ को देखने का भ्रम पाले हुए हो?''

''इस तलैया से बाहर भी कोई जगह है?''

मछली बोली, ''कम-से-कम इतना ही सोचो कि यह पानी ऊपर कहाँ से आ रहा है और बहकर कहाँ जा रहा है। इस पानी के अलावा और किन-किन वस्तुओं का वजूद है?''

छुछ्मछली बोली, ''पानी से बाहर कौन-सी जगह है? हमने तो पानी के अलावा कुछ देखा ही नहीं है। हा हा हा हा, क्या गप्पें मार रही है यह काली छोटी मछली।''

अब काली मछली को भी हँसी आ गयी। वह सोचने लगी कि उचित यही है कि इनको इनके हाल पर छोड़ दिया जाये और आगे बढ़ा जाये, मगर जाने से पहले उनकी माँ से मिलने का प्रलोभन न दबा सकी।

तभी मेढ़क की भारी आवाज़ उसके कानों में पड़ी। वह अचकचाकर मुड़ी फिर घबरा गई कि मेढ़कों की माँ ठीक उसके सामने रौद्र रूप धारण किये खड़ी है।

''सलाम दादी, ''काली मछली ने बड़ी नम्रता से कहा।

''तो तुमने आखिर अपनी चाटुकारिता और बड़बोले विचारों से इन मासूमों को प्रभावित कर ही लिया...तुम मुझे अब धोखा मत दो, क्योंकि मैंने जीवन-भर के अनुभवों

से यह जाना है कि ससार यही तालाब है। अब तुम कल की छोकरी मुझ-जैसी प्रौढ़ा को ज्ञान देने आयी हो? फौरन यहाँ से भाग जाओ और कान खोलकर सुनो लो, मेरे बच्चों को मत उकसाओ।'' बूढ़ी मेढ़की ने काली छोटी मछली को धमकाया।

छोटी मछली ने बिना विचलित हुए बड़ी सहिष्णुता से उत्तर दिया, ''यदि आप सौ साल और जीयें तो भी आप कुछ सीख नहीं पायेंगी और फिर जब आपने दूसरों की बातें न सुनने का दृढ़ निश्चय कर रखा है तो आप कैसे...''

मेढ़कों की माँ ने काली छोटी मछली की बात पूरी नहीं होने दी और क्रोध में आकर उस पर छलांग लगा दी। छोटी मछली सतर्क थी सो उसने कीड़ों से भरे पानी को हिलाया और पलक झपकते ही गहरे पानी की ओर डुबकी लगायी।

आगे संकरी घुमावदार घाटी थी और चश्मे का पानी कई गुना बढ़कर चक्कर काटता बह रहा था। अगर वह यहाँ से पहाड़ की ओर दृष्टि घुमाकर चश्मे को देखना चाहती, तो वह केवल एक बारीक सफेद धागे जैसा नजर आता। पहाड़ से एक बड़ी चौड़ी शिला बाहर को निकली हुई धार में फसी हुई थी और पानी को दो धाराओं में बाँट रहीं थी। एक बड़ी-सी छिपकली पत्थर पर पेट के बल लेटी धूप सेंक रही थी। नीचे पानी में छिपे चौड़े-मोटे केकडों को देख रहीं थी, जो खामोशी से छुछमछली और मेढ़कों का शिकार कर रहा था। उसे देखकर छोटी मछली डर गयी और घबराहट में सलाम कर गयी।

''कैसी बदतमीज मछली है! इधर करीब आओ छटंकी।''

छोटी मछली बोली, ''मैं दुनियाँ के सफर पर निकली हूँ, महाशय के मुँह का कौर मुझे नहीं बनना है।''

केकड़े ने कहा, ''तुम वास्तव में कितनी छिद्रान्वेषी हो, कितनी भयभीत हो छोटी मछली?''

छोटी मछली ने कहा, ''खूब! न मैं छिद्रान्वेषी हूँ, न भयभीत। मेरी आँखें जो देखती है और दिमाग जो समझता है, वही मेरी जुबान से निकलता है।''

केकड़े ने कहा, ''अच्छा, तो फिर देखूं तो तुम्हारी आंखें और दिमाग क्या कहते हैं? तुम इस गलतफहमी में हो कि हम लोग तुम्हारा शिकार करना चाहते हैं।''

मछली ने कहा, ''अब बात को दूसरी तरफ मत मोड़िए।''

केकड़े ने कहा, ''तुम्हारा इशारा मेढ़क की तरफ है। तुम तो एकदम बच्चों की तरह सोच रही हो। मैं तो स्वयं मेढ़कों से घृणा करता हूँ। अपनी इसी चिढ के कारण ही मैं

उनका शिकार करता हूँ। जानती तो हो तुम कि यह अपने को बड़ा महान समझते हैं। सोचते हैं कि संसार में केवल ये ही भाग्यशाली जीव हैं! अरे मैं इसीलिए इन्हें सबक सिखाना चाहता हूँ कि आखिर दुनियाँ है किसके हाथों में। बस बेटी, फिर मुझसे क्या डरना, आओ, आओ, करीब आओ, ''केकड़े ने चाटुकारिता से कहा और मछली अपनी हँसी न रोक सकी। और ठहाका मारकर बोलो, ''तुम रास्ता तो चलना जानते नहीं हो। तुम क्या खाक समझे हो कि दुनियाँ किसके हाथ में है?'' इतना कहकर काली मछली केकड़े से दूर हट गयी। एक बड़ी छाया पानी पर उभरी और केकड़े को बालू में दबा गयी। केकड़े के मुख के भाव देख छिपकली अपनी हँसी न रोक सकी और ऐसा खिलखिलाई कि फिसलकर नीचे पानी में गिरने को हुई। केकड़ा फिर बालू से बाहर न निकल पाया। काली मछली ने देखा कि एक छोटा गड़रिया का लड़का पानी के किनारे खड़ा केकड़े और उसकी और देख रहा है। भेड़ और बकरियों का झुण्ड पानी के पास आया और पानी में मुंह डाला। ''माँ, माँ बा बा'' की आवाजों से घाटी गूंज उठी। छोटी मछली तब तक चुप रही,जब तक वह लड़का अपनी भेड़-बकरियों के साथ लौट न गया। फिर उसने छिपकली को पुकारा, ''छिपकली जी! मैं काली छोटी मछली हूँ। मैं चश्में का अन्त ढूँढने निकली हूँ। आप तो बड़ी समझदार और बुद्धिमानहैं। मुझे आपसे कुछ पूछना है।''

छिपकली बोली, ''जो चाहो पूछ लो।''

''रास्ते में मुझे जलसिंह पक्षी, शार्क मछली और बगुले से लोगों ने डराया है, अगर आपको इनके बारे में कुछ पता हो तो मुझे बताने का कष्ट करें।''

छिपकली बोली, ''शार्क और बगुला यहाँ नजर नहीं आते हैं। विशेषकर शार्क मछली समुद्र में मिलती है मगर जलसिंह यहीं थोड़ा नीचे जाने पर तुम्हें नजर आयेंगे और हो सकता है कि तुम धोखा खाकर उसकी थैली में चली जाओ।''

छोटी मछली ने पूछा, ''थैली कैसी?''

छिपकली बोली, ''जलसिंह पक्षी की गर्दन के नीचे एक थैली-सी बनी होती है। जब वह पानी में नहाता है तो अनजाने ही मछलियाँ उसकी थैली में बह आती हैं, अगर वह भूखा नहीं होता है तो मछलियाँ थैली में ही पड़ी रहती हैं और भूखा हुआ तो फौरन उन्हें निगल लेता है।''

छोटी मछली ने पूछा, ''अगर मछली थैली में फंस जाये, तो निकास का कोई रास्ता है या नहीं?''

छिपकली बोली, "नहीं, जब तक थैली फाड़ी न जाये, निकलना कठिन है। मगर मैं तुम्हें एक खंजर दे रही हूँ जो तुम अपने पास रखना। फंस गयी तो निकलने की कोशिश करना।" यह कहकर वह पत्थरों के बीच छेदों में से किसी एक में सरक गयी, फिर एक खंजर लिये लौटी। मछली उससे खंजर लेकर बोली, "छिपकली जी, आप कितनी दयावान हैं। किस जुबान से और किन शब्दों में मैं आपको धन्यवाद दूं।"

"धन्यवाद देने की कोई आवश्यकता नहीं है, मेरे पास ऐसे खंजरों का खजाना है। मैं जब बेकार होती हूँ तो घास से बैठे-बैठे ऐसे बहुत से खंजर बनाती हूँ, फिर मछलियों को और तुम जैसी बुद्धिमानों को भेंटस्वरूप दे देती हूँ।" छिपकली बोली।

छोटी मछली ने पूछा, "क्या मेरे अलावा इधर से और मछलियाँ भी गुजरी हैं?"

छिपकली बोली, "असंख्य। अब तो वे अपने में एक समूह बनकर मछियारों को नाकों चने चबवाती होंगी।"

काली मछली बोली, "क्षमा कीजिएगा, मैं बाल की खाल नहीं निकाल रही हूँ, मगर मैं जानना चाहती हूँ कि मछलियाँ मछियारों को कैसे नाकों चने चबवाती होंगी?"

छिपकली बोली, "यही न कि सारी मछलियाँ एक साथ समूह में घूमती हैं। जब जाल में फंस जाती हैं तो जाल को खींच नीचे समुद्र में ले जाती हैं।" छिपकली ने पत्थर से कान लगाते हुए कहा, "अब मैं चलती हूँ। मेरे बच्चे जग गये हैं।"

काली छोटी मछली तैरती हुई आगे बढ़ रही थी, मगर उसका मस्तिष्क दुगने वेग से दौड़ रहा था। वह हर फलांग पर एक नयी चीज को देख रही थी, सुन रहीं थी, सीख रही थी। अब उसके मन को जल-प्रताप के बहते बहाव के साथ नीचे गिरना अच्छा लग रहा था। उसका दिल चाह रहा था फिर वह उसी तरह ऊपर पहाड़ी से उछलती-कूदती आये और नीचे आकर समतल धरातल पर तैरने लगे। चमकते हुए सूरज की गर्मी उसको अपनी पीठ पर महसूस हो रही थी और उसको एक अद्भुत स्फूर्ति बख्श रही थी। कुछ दूरी पर एक हिरणी को जल्दी-जल्दी पानी पीते देख मछली समीप गयी और बोली, "सुन्दर हिरणी, इतनी जल्दी में क्यों हो?" "शिकारी मेरा पीछा कर रहा है। एक गोली भी उसने मुझे मारी है, यह देखो।" हिरणी ने उत्तर दिया। छोटी मछली उसके दिखाने पर भी गोली का घाव न देख सकी, मगर जब दौड़ते हुए उसे लंगड़ाते हुए देखा तो लगा कि वह सच बोल रही थी। किनारे पर कछुए धूप सेंकते ऊंघ रहे थे। फाखताओं की आवाजों से घाटी गूंज रही थी। पहाड़ों पर उगी वनस्पति की सुगंध पानी में घुलमिल गयी थी।

दोपहर के समय मछली तैरते-तैरते ऐसी जगह पर पहुँची, जहाँ घाटी जरा चौड़ी हो गयी थी और आगे जाकर पानी चौड़ाई में बह रहा था। यहाँ पर आकर पानी इतना अधिक हो गया कि काली मछली को मज़ा आ गया। फिर उसने बहुत सारी मछलियों को देखा। जब से वह माँ से जुदा हुई थी, किसी मछली से अभी तक उसकी भेंट नहीं हुई थी। मछलियाँ उसके समीप पहुँची और उसे घेरकर बोलीं, ''लगता है, अजनबी हो यहाँ?''

''हाँ, मैं मुसाफिर हूँ। बड़ी दूर से आ रही हूँ।'' मछली ने उत्तर दिया। एक नन्हीं-मुन्नी मछली ने पूछा, ''कहाँ जाना चाहती हो?''

काली मछली ने कहा, ''जा रही हूँ, इस चश्मे का अन्त देखने।''

नन्हीं-मुन्नी मछली बोली, ''कौन-सा चश्मा?''

काली छोटी मछली बोली, ''अरे यही चश्मा, जिसमें तुम रहती हो।''

नन्हीं-मुन्नी मछली बोली, ''हम इसे नदी कहते हैं...''

तुरन्त ही मछलियों के बीच यह खबर फैल गयी कि काली छोटी मछली बड़ी दूर से आयी है और बहुत दूर जाना चाहती है। उसे जलसिंह पक्षी से किसी तरह का भय नहीं है। यह सब सुनकर कुछ नन्हीं-मुन्नी मछलियाँ उत्तेजित हो उठीं और आतुरता से वह काली मछली के साथ जाने की सोचने लगीं मगर बड़ों के भय से खामोश रहीं। कुछ काबू न रख पायीं और बोल पड़ी, ''अगर जलसिंह पक्षी का डर न होता तो तुम्हारे साथ चलते मगर उसकी थैली से हम डरती हैं।''

नदी अब एक गाँव से होकर बह रही थी। देहाती औरतें बर्तन-कपड़े लिये बैठी माँज-धो रही थीं। काली छोटी मछली बड़ी देर तक उनके शोरगुल सुनती रही और पानी में नहाते बच्चों को ताकती रही फिर अपनी मंजिल की ओर चल पड़ी...चलती गयी...चलती गयी। यहाँ तक कि रात घिर आयी और वह वहीं पत्थर के नीचे दुबकर सो गयी।

आधी रात को एकाएक वह तेज चाँदनी से जाग उठी। उसने देखा, चाँदनी में हर चीज जगमगा रही है। काली मछली को चाँद बहुत अच्छा लगता था। वह चाँद से बातचीत करती थी लेकिन उसकी माँ हमेशा जाग जाती और उसे जबर्दस्ती वापस लाकर घर में सुला देती थी। आज वह अकेली थी। नीचे से ऊपर आई और चाँद को सलाम किया। चाँद ने भी उसके अभिवादन का उत्तर दिया और पूछा, ''प्यारी मछली, कैसी हो?',

''अच्छी हूँ।'' मछली ने उत्तर दिया।

"नया क्या समाचार है?" चाँद ने पूछा।

"मैं पूरा संसार घूमने निकली हूँ।" मछली ने उत्साह से कहा।

"संसार तो बहुत बड़ा है, तुम पूरा संसार नहीं देख पाओगी।" चाँद ने बताया।

"खैर, मैं जितना घूम सकूंगी उतना ही देख लूंगी।" मछली ने कहा।

"मैं तुम्हारे साथ कुछ और समय तक रहना चाहता था मगर वह देखो...एक बहुत बड़ा काला बादल का टुकड़ा मेरी रोशनी को रोकने के लिए तेजी से मेरी तरफ बढ़ रहा है।" चाँद ने कहा।

"प्यारे चाँद, मुझे तुम्हारी रोशनी बहुत अच्छी लगती है। मैं चाहती हूँ कि तुम्हारी भरपूर चाँदनी में हमेशा नाहती रहूँ।" मछली ने कहा।

"मेरी प्यारी काली मछली, यदि तुम सच्चाई जानना चाहती हो तो मैं तुम्हें बता दूँ कि मेरे पास स्वयं मेरी कोई रोशनी नहीं है। मुझे तो रौशनी सूरज देता है। उसी उधार की रौशनी को मैं पृथ्वी पर डालता हूँ। क्या तुम्हें यह मालूम है कि मनुष्य अब मुझ पर आने लगे हैं?"

"लेकिन...लेकिन यह तो असंभव है।" छोटी मछली ने दुःख से कहा।

"यह मुश्किल है, लेकिन मनुष्यों के लिए संसार में कुछ भी मुश्किल नहीं है, वह कुछ भी कर सकते हैं।" अभी चाँद अपनी बात पूरी भी नहीं कर पाया था कि काले बादल ने उसे ढक लिया और रात फिर अँधेरी हो गयी। छोटी मछली फिर तन्हा रह गयी। थोड़ी देर अंधेरे में पलक झपकाती इधर-उधर ताकती रही फिर वापस पत्थर के नीचे जाकर सो गयी।

सुबह जल्दी ही उसकी आँखें खुल गयी। नन्हीं-मुन्नी मछलियाँ उसके समीप खड़ी खुसुर-पुसुर कर रही थी। उसे जागी जानकर एक साथ बोलीं, "शुभ प्रभात।" छोटी मछली ने शीघ्र ही उन्हें पहचान लिया और बोली, "तुम लोग मेरा पीछा करते-करते आखिर यहाँ तक पहुँच ही गयी!"

एक बोली, "मगर डर से अभी तक काँप रही हैं।"

दूसरी बोली, "जलसिंह पक्षी का डर तो किसी प्रकार से दिमाग से निकलता नहीं।"

काली मछली बोली, "तुम लोग कुछ ज्यादा ही सोचती हो। हर समय हर चीज से इतना भयभीत रहना उचित नहीं है। एक राह पकड़ लो। डर आप-ही-आप जाता रहेगा।"

लेकिन जैसे ही वे चलने को हुई पानी उनके ऊपर से आया और कोई चीज उनको समेट ले गयी। चारों तरफ अंधेरा छा गया। भागने की कोई राह न थी। हाथ को हाथ नहीं सूझ रहा था। काली मछली क्षणभर में समझ गयी कि वे जलसिंह पक्षी की थैली मैं कैद हैं मगर निकास का रास्ता एकदम बन्द नहीं हुआ है। हताश होने की कोई आवश्यकता नहीं है।"

नन्हीं-मुन्नी मछलियों ने यह सुनते ही रोना आरम्भ कर दिया। एक बोली, "हमारे पास भागने का अब कोई रास्ता नहीं है। तुम्हीं ने हमें बहकाया था और अब यहाँ यूं लाकर हमें फँसाया है।"

दूसरी बोली, "रुक जाओ, देखना अभी यह हमें निगलेगा।"

एकदम से एक भयानक हँसी पानी में गूँजी। यह आवाज जलसिंह पक्षी के कहकहे की थी, "कैसी नन्हीं-मुन्नी मछलियाँ मैंने पकड़ी हैं। हा हा हा हा! सचमुच मेरा दिल तुम्हारे लिए दुःख रहा है। दिल नहीं चाह रहा तुम्हें निगलूं, हा हा!"

नन्हीं-मुन्नी मछलियों ने घिघियाते हुए कहा, "श्रीमान जलसिंह पक्षी जी, हमने आपकी बड़ी प्रशंसा सुनी है। अगर आप जरा-सी दया कर अपनी चोंच मुबारक को थोड़ा-सा खोल दें तो हम बाहर निकल जायें। हम सदा आपकी इस भलाई का मुक्तकण्ठ से गुणगान करेंगी।"

काली छोटी मछली चीखी, "डरपोकों! किस खयाल में हो, इस धोखेबाज को क्षमा की मूर्ति समझ बैठी हो, जो इस तरह गिड़गिड़ा रही हो?"

नन्हीं-मुन्नी मछलियों ने कहा, "तुम समझ नहीं पा रही हो कि आखिर तुम कह क्या रही हो? अभी आगे देखती जाओ। जनाब जलसिंह साहब हमें कैसे क्षमा करते हैं और तुम्हें कैसे निगलते हैं?" जलसिंह पक्षी बोल उठा, "हाँ-हाँ, मैं तुम लोगों को क्षमा कर सकता हूँ मगर एक शर्त पर।"

नन्हीं-मुन्नी मछलियाँ अधीरता से बोलीं, "शर्त बतायें जनाब।"

"इस बेवकूफ मछली का गला घोंट दो। मैं सबको स्वतन्त्र कर दूँगा।" जलसिंह पक्षी बोला।

काली मछली ने कहा, "तुम सबकी अक्लें तो घास चरने गयी हैं। अगर मुझे मार डालोगी तो भी तुम्हारे नसीब में स्वतन्त्रता नहीं है। तुम धोखा खाओगी।"

मछलिया बोलीं, "यह तो तुम अपनी ज़ान बचाने के लिए कह रही हो बरना तुम्हें हमारी जानों की क्या फिक्र है?"

काली मछली बोली, "मेरी बात तो सुनो, मैं तुम्हें एक तरकीब बताती हूँ। मैं नीचे मरी मछलियों के बीच में सांस रोककर पड़ जाती हूँ फिर देखती हूँ कि जलसिंह पक्षी तुम लोगों को जीवनदान देता है या नहीं।"

जलसिंह हँस पड़ा, "काम बढ़िया किया तुम लोगों ने। इस बढ़िया काम के ईनाम में अब मैं तुम लोगों को एक-एक करके खाऊंगा फिर दूर तक लम्बी सैर को जाऊंगा...।" उसने कहा और इससे पहले कि मछलियाँ संभलती, उसने उन्हें निगल लिया। काली छोटी मछली ने खंजर निकाला और थैली को चाक किया। जलसिंह दर्द से तड़पता पानी पर मुंह मारने लगा। मगर काली मछली का पीछा न कर पाया। काली मछली एक छलांग में ही उसके जाल से दूर निकल गयी थीं।

काली मछली ने फिर यात्रा आरम्भ कर दी...तैरती गयी, तैरती गयी, यहाँ तक कि दोपहर हो गयी। पहाड़ और गुफाएं गुजर चुकी थीं। अब समतल नदी रह गयी। तभी उसने देखा कि एक बड़ा-सा जानवर तेजी से उसकी तरफ बढ़ रहा है। उसके मुँह के पास दो दुमी आरी थीं। उसे समझते देर न लगी कि यह शार्क मछली है। उसने सोचा कि शार्क मछली अभी उसके टुकड़े-टुकड़े कर देगी। मगर उसके अचेतन में एक बिजली लहराती वह तड़पकर बढ़ती हुई शार्क मछली के समीप से भागी और पानी की सतह पर निकल आयी। फिर थोड़ी देर बाद पानी की गहराई में उतर गयी। थोड़ी दूर पर उसे मछलियों का एक झुण्ड मिला। हजारों की संख्या में मछलियाँ थीं। उनमें से एक से उसने पूछा, "दोस्त! मैं यहाँ मुसाफिर हूँ और अजनबी हूँ। यह कौन-सी जगह है?"

मछली ने दोस्तों को पुकारा, "देखो तो एक और..." फिर काली मछली की तरफ मुड़कर बोली, "बांधवी, इस समुद्र में तुम्हारा स्वागत है।"

दूसरी मछलियों में से एक ने कहा, "यहीं पर सारे चश्मे व नदियाँ आकर मिलते हैं। वैसे कुछ दलदल में जज्ब हो जाती हैं।"

दूसरी बोली, "जब भी तुम्हारा मन करे, हमारे समूह में मिल जाना।" काली छोटी मछली खुश थी। प्रसन्नता से झूम रही थी आखिर वह समुद्र में पहुँच ही गयी। बोली, "जरा मैं समुद्र का एक-आध चक्कर लगाकर आती हूँ। फिर तुम्हारे समूह में मिल जाऊंगी।"

काली छोटी मछली ने उनसे विदा ली और तैरती हुई आगे बढ़ने लगी। थोड़ी देर बाद ही वह ऊपर पानी की सतह पर निकली। सूरज चमक रहा था। उसकी जलती किरणों की तपिश अपनी पीठ पर महसूस करके वह मस्त हो रही थी। खुश-खुश वह बड़े आराम और तरंग से तैर रहीं थी और स्वयं से बातें कर रही थी—बड़ी आसानी से इसी पल मुझे मौत अपने चंगुल में पकड़ सकती है मगर जब तक जिन्दा रहूँगी कोशिश करूंगी कि उसका निवाला न बनूं। मगर एक दिन अगर उससे सामना हो ही गया तो...जो होगा, सो देखा जायेगा...उसका महत्त्व भी क्या है...महत्त्व तो इस बात का है कि मेरी मौत और मेरी ज़िन्दगी दूसरों पर प्रभाव क्या डालती है?

काली छोटी मछली इससे आगे सोच न पायी थी कि बगुले ने उसे चोंच में दबा लिया। लम्बी चोंच के बीच में दबी छोटी काली मछली स्वतन्त्र होने के लिए बहुत तड़पी-मचली मगर सब बेकार। वह अपने को छुड़ा न सकी। बगुले की चोंच में दबी उसकी कमर दर्द से फटी जा रही थी और उसकी जान निकली जा रही थीं। एक मछली बिना जल के कितनी देर जिन्दा रह सकती है। काली मछली की इच्छा हो रही थी कि बगुला शीघ्रातिशीघ्र उसे निगल ले ताकि पेट की नमी में वह कुछ पल चैन की सांस तो ले सके। इसी आशा में उसने बगुले से कहा, "तुम मुझे निगल क्यों नहीं रहे हो? मरने के बाद मेरे शरीर में विष फैल जाता है।

बगुला ऊपर से चुप रहा मगर मन में बोला, "अरे चतुर, तेरी बातों में तो षड्यन्त्र की गध आ रही है। ऐसा तो नहीं है कि मुझे बातों में फंसाकर खुद भाग जाये!"

काली मछली को खुश्क किनारा अब साफ नजर आ रहा था जो पल-पल समीपतर होता जा रहा था।

बगुला अभी यह सोच ही रहा था कि मछली का शरीर ढीला पड़ने लगा और उसे अनुभव हुआ कि मछली का शरीर बेजान हो गया है। वह सोचने लगा-मर गयी है। अब तो मैं स्वयं भी नहीं खा सकता। मछली भी ऐसी नरम और नाजुक। बेवकूफी में मैंने हाथ से गंवा दी। "काली मछली, मैं तुम्हारे अधमरे शरीर को निगल रहा हूँ।" मगर वह अपना वाक्य पूरा भी न कर पाया कि चोंच खुलने से मछली का शव पानी में गिर गया और बगुला ताव खाकर रह गया। जब उसने मछली को हिलते देखा तो उसकी आशंका सही निकली मगर बगुला उसे पकड़ न पाया। वह तो पानी में गिरते ही एक अजीब तृष्णा से भरी सूखे मुख को खोल पानी से तर कर रही थी। मछली ने जैसे ही दुबारा जिन्दगी हासिल की और सन्तोष भरी सांस खींची, बगुले ने उसे ढूंढ लिया और बिजली की तेजी

से उस ओर झपटा और उसे निगल गया। पलभर तो काली मछली अकबकायी-सी समझ न पायी कि आखिर हुआ क्या? उसे केवल महसूस हुआ कि वह एक अंधेरी गीली जगह में है। वहीं पास ही उसे रोने की आवाज़ सुनाई दी। जब आंखें अंधकार की अभ्यस्त हो गयी तो उसने देखा कि एक बेहद बारीक-सी नन्हीं मछली औंधी पड़ी सिसक रही थी। माँ को पुकार रही थी। काली मछली पास गयी और बोली, "नन्हीं मछली उठो, कोई तरकीब सोचो, रोने से माँ थोड़े ही मिलेगी?"

नन्हीं ने रोते हुए कहा, "तुम....कौन हो? तुम...क्या देख नहीं रही हो...कि मैं...मरने वाली हूँ...आओ आहो माँ...माँ, अब तुम्हारे साथ जाल घसीटकर समुद्र तल तक नहीं ले जा पाऊंगी..."

काली मछली बोली, "बस करो भाई, तुम तो सारी मछलियों की इज्जत खाक में मिलाने पर तुली हुई हो।"

जब छोटी मछली ने रोना बन्द कर दिया तो काली मछली बोली, "मैं चाहती हूँ कि बगुले को मार डालूं ताकि मछलियों को इससे आजाद करा सकूं लेकिन इससे पहले मैं तुम्हें बाहर निकालूंगी ताकि बदनामी न फैले।"

मछली ने पूछा, "तुम तो स्वयं मर रही हो। तुम बगुले को क्या मारोगी?"

काली मछली ने छोटा-सा खंजर दिखाया और कहा, "यही इसका पेट फाड़ देगा। अब ध्यान से सुनो। मैं इधर-उधर उछलती-कूदती हूँ। इसके पेट में गुदगुदी करती हूँ। जब यह हँसेगा तो तुम फौरन तैयार रहना और उसके खुले मुँह से बाहर छलांग लगा देना।"

यह कहकर छोटी काली मछली ने बगुले के पेट में इधर-से-उधर दौड़ना, लोटना, उछलना-कूदना शुरू कर दिया। मेदे में नन्हीं मछली तैयार खड़ी थी। जैसे ही बगुला गुदगुदाहट से बेचैन होकर हँसा, वह एक ही छलांग में बाहर पानी में कूद पड़ी और काली मछली के आने की प्रतीक्षा करने लगी। मगर वह न आयी। फिर उसने देखा कि बगुला बेचैन है और तड़प रहा है। चिल्ला रहा है। उसके बाद वह हाथ-पैर पटकता वहीं पानी की सतह पर गिर पड़ा और पानी में डूबने लगा। पानी की सतह पर छोटा-सा भंवर उभरा, और हाथ-पैर मारता बगुला ठंडा हो पानी में डूब गया। मगर काली छोटी मछली का कहीं पता न चला और आज तक उसकी कोई खबर न मिली। वह लौटकर न आयी।

बूढ़ी दादी ने काली मछली की कहानी समाप्त की और अपने बारह हजार पोतों, नवासों से बोली, "अब सोने का समय है बच्चों, जाओ, सो जाओ।"

बच्चों ने पूछा, "दादी माँ, उस नन्हीं-मुन्नी मछली का क्या हुआ?"

बूढ़ी मछली ने कहा, "अब उसकी कहानी कल रात को सुनाऊंगी। शुभ रात्रि!"

बारह हजार छोटी मछलियों ने 'शुभ रात्रि' कहा और जाकर सो गयी। दादी माँ भी सो गयी। मगर लाल मछली की आंखों से नींद कोसों दूर थी। वह सारी रात समुद्र के बारे में सोचती सुबह तक जागती रही।

एक आड़ू और हज़ार आड़ू

बड़ा विचित्र संयोग था कि एक सूखे उजाड़ छोटे-से गाँव के पास एक बहुत बड़ा बाग था। फलों के वृक्षों से भरा और पानी के असीमित भण्डार से परिपूर्ण वह बाग इतना लम्बा-चौड़ा था कि यदि काई दूरबीन से बाग का दूसरा किनारा देखना चाहता तो उसे वृक्षों की अधिकता और विस्तृतता के कारण नहीं देख सकता था।

कुछ वर्षों पहले गाँव के जमींदार ने गाँव की जमीन को टुकड़े-टुकड़े करके गाँव वालों के हाथ बेच डाला था मगर बाग को नहीं बेचा। गाँव की जमीन ऊबड़-खाबड़, अनउपजाऊ तथा वृक्षों रहित थी। पानी का भी कोई स्रोत न था। दर्रे के बीच में यह गाँव लम्बवत् रूप में फैला हुआ था। समतल भाग में बाग था। असमतल भागों में गाँव वाले घर बनाकर रहते और थोड़ी-बहुत जो जमीन खेती के उपयुक्त बना ली थी उस पर गेहूँ और जौ बो लेते थे। इस तरह से वे अपना जीवन निर्वाह कर रहे थे।

खैर, इन बातों को छोड़ते हैं क्योंकि इससे इस कहानी का कोई सम्बन्ध नहीं है। आगे की बात करते हैं।

दो आड़ू के वृक्ष भी इस बाग में थे। एक बड़ा और दूसरा छोटा था। पत्तियाँ और फूल दोनों वृक्षों के एक समान थे। जो देखता उसे भ्रम होता कि जैसे दोनों वृक्ष एक ही हों। बड़ा पेड़ ग्राफ्ट किया हुआ था। हर साल उसमें बड़े-बड़े लाल रसीले आड़ू लगते थे। इतने बड़े-बड़े कि बड़ी मुश्किल से हाथ की मुट्ठी में समा पाते थे। उन्हें देखकर किसी का भी दिल उन्हें खाने को नहीं चाहता था बल्कि देखने और सजाने को करता था।

माली बताता था कि इस बड़े पेड़ को एक विदेशी इन्जीनियर ने ग्राफ्ट करके लगाया था। वास्तव में यह ग्राफ्ट पौधा वह अपने देश से लाया था। मालूम है कि जिस पौधे पर इतना धन खर्च हुआ हो उसका महत्त्व और दाम क्या हो सकता है?

दोनों पेड़ों की गर्दन में एक छोटी तख्ती दुआ की पंक्ति लिखकर टँगी हुई थी ताकि इन पर किसी की बुरी नजर न लगे। छोटे आड़ू के पेड़ पर हर वर्ष लगभग हजार की संख्या

में फूल लगते किन्तु एक भी फल पकता न था। या तो फूल झड़ जाते थे या फिर फल पकने से पहले ही पीले होकर गिर जाते थे। माली बेचारा हर प्रकार से उस छोटे वृक्ष की सेवा करता ताकि उसमें फल ठहरें और पकने लगें मगर उस छोटे वृक्ष में कोई परिवर्तन नहीं आया। हर वर्ष उसकी शाखें और पत्तियाँ बढ़ रही थीं मगर आँखों में लगाने के नाम पर भी नन्हा-सा आड़ू नहीं फलता था।

माली ने सोचा, इसको छाँट दिया जाय मगर उससे भी उस वृक्ष में कोई परिवर्तन नहीं आया। जैसे वृक्ष को अधपके फल गिराने की जिद हो गयी हो। आखिर माली तंग आ गया और सोचने लगा कि कोई तरकीब ऐसी सोचनी चाहिए जिससे वृक्ष डर जाये और फल देने लगे। कुछ सोचकर उठा और आरी उठा लाया। ठीक वृक्ष के सामने बैठकर आरी के दाँते तेज करने लगा। जब आरी तेज हो गयी तो धीरे-धीरे करके पीछे की तरफ लौटा और फिर पूरे जोर से चाहा कि छोटे वृक्ष के तने के दो टुकड़े कर दे ताकि फिर यह फल गिराने का साहस ही न कर सके। अभी माली का हाथ आधी दूर पर ही था कि उसकी पत्नी ने आरी को पीछे से पकड़ लिया और कहा ''तुम्हें मेरी सौगन्ध—रुक जाओ। मैं तुम्हें वचन देती हूँ कि अगले वर्ष से यह फलों को पकने देगा। अगर फिर भी इसने आलस दिखाया तो इस धूर्तता पर इसका सर हम दोनों मिलकर काटेंगे और तन्दूर में झोंक देंगे ताकि यह जलकर राख हो जाये। अब गुस्सा थूक दो। छोटा है समझ जायेगा।'' यह षड्यन्त्र भी वृक्ष को भयभीत न कर सका। अब तुम सब जानना चाहोगे कि छोटे वृक्ष के मन में क्या था? क्या ठान रखी थी आखिर उसने? क्यों वह फल पकने से पहले ही गिरा देता था? इन सारे कारणों व प्रश्नों के संग कहानी आगे बढ़ती है।

ध्यान से सुनो—

खूब अच्छी तरह से कान खोलकर बैठो क्योंकि छोटा आडू तुमसे स्वयं कुछ बात करना चाह रहा है। चुपचाप सब बैठो और सुनो कि आखिर यह कहना क्या चाहता है, सम्भवत: अपनी आत्म-कथा कहना चाहता है।

''हम लगभग डेढ़ सौ आडू थे जो एक टोकरी में साथ-साथ भरे हुए थे। माली टोकरी को नीचे से ऊपर तक हमारे वृक्षों की पत्तियों से हमें ढके हुए था ताकि सूरज हमारी मुलायम त्वचा को खुश्क न कर दे और हमारे लाल सुन्दर मुख पर धूल के कण न जमने पायें। केवल मद्धिम-सा हरा-हरा प्रकाश मुलायम पत्तों से छनकर हमारे ऊपर पड़कर हमारे रंग में धुल रहा था जो बड़ा मनोहर दृश्य उत्पन्न कर रहा था।

माली ने हमें सूरज निकलने से पहले ही तोड़ा था। इस कारण हम सबके बदन नम और ठंडे थे। पतझड़ की रात की ठंडक और सूरज की गर्मी दोनों ही मिलकर एक सुखमय अनुभूति का आभास हमें दे रही थीं। हाँ, हम सब एक ही वृक्ष के बच्चे थे। हर वर्ष इन्हीं दिनों माली मेरी माँ के तन से उसके सारे आड़ू तोड़कर टोकरियाँ भरता और शहर की तरफ चल पड़ता था। वहाँ पहुँचकर मालिक के घर का दरवाजा खटखटाता और टोकरियाँ उन्हें सौंपकर गाँव लौट आता था जैसे कि अभी जाता है।

हाँ तो मैं कह रहा था कि हम डेढ़ सौ के लगभग पके रसीले आड़ू थे। मैं अपनी बात करता हूँ कि मैं मीठे मजेदार रस से भरा हुआ था। मेरी नाजुक त्वचा को लग रहा था उसके बोझ से फट जायेगी। मेरे गालों पर लाली ऐसी फैली हुई थी कि यदि तुम मुझे देखते तो समझते कि मैं अपने नंगे होने के कारण लज्जा से लाल पड़ गया हूँ। मेरा सर अभी तक शबनम से तर लग रहा था जैसे मैं अभी-अभी नहा के निकला हूँ।

मेरा बड़ा-सा बीज एक नये जीवन के बारे में सोच रहा था और उसी की तरह मैं भी। मेरा बीज मुझसे अलग तो न था! माली ने मुझे टोकरी में सबसे ऊपर रख छोड़ा था ताकि सबसे पहले मुझ पर नजर पड़े। शायद उसका कारण मेरा बहुत बड़ा और रसीला होना था। मैं अपने मुँह मियां मिट्ठू नहीं बन रहा हूँ। हर आड़ू अपनी प्रतिभा के अनुसार फल-फूल और पक सकता है। मीठा और रसीला बन सकता है लेकिन वे आड़ू जो आलसी हैं, गर्मी से धोखा खा जाते हैं और उसे अपनी त्वचा और गूदे के अन्दर दाखिल हो जाने देते हैं। अपने बीज को खा जाने देते हैं। मैं उनकी बात नहीं कर रह हूँ। अगर मैं उसी तरह टोकरी में सबसे ऊपर सजा हुआ मालिक के घर पहुँचता तो उनकी इकलौती लाड़ली बेटी के हिस्से में आता और मालिक की बेटी मुझे हाथ में उठाकर मेरे गालों में दाँत गड़ाती, एक टुकड़ा चखकर मुझे दूर फेंक देती। मालिक का घर कोई साहब अली और पूलाद की तरह का न था कि जिनके चोखट से आज तक एक भी खुबानी, खीरा, आड़ू गुजरकर उनके घर में गया ही नहीं। जबकि माली बताता था कि मालिक अपनी बेटी के लिए विदेश से फल मंगवाते हैं। विशेष हवाई उड़ान से अंगूर, मौसमी, केला, यहाँ तक कि फूल भी-वह बेटी के पसन्द का ही मंगवाते है। इन कामों में वह पानी की तरह पैसा बहाते हैं। अब तुम ही हिसाब लगाओ कि कपड़ा, खाना, स्कूल, डॉक्टर, नर्स, नौकर, खिलौने, घूमना, विदेश यात्रा इन सब का खर्च मालिक की लड़की का कितना होगा? तुम कहोगे दस हजार, फिर भी कम कहा—खैर हम फिर कहानी से दूर चले गये। माली टोकरी उठाये बाग के बीच से गुजर रहा था कि उसका पैर गड्ढे में पड़कर मुड़ा और वह जमीन पर गिरने को हुआ मगर बड़ी मुश्किल से उसने अपने को संभाला इसके बावजूद भी टोकरी

जरा-सी हिल गई और मैं टोकरी के ऊपर से उछलकर दूर चला गया। माली की नजर मुझ पर नहीं पड़ सकी और वह मुझे छोड़कर आगे बढ़ गया।

अब बाग में धूप फैल चुकी थी। जमीन थोड़ी हल्की गर्माहट लिये हुए थी। मगर धूप बहुत गर्म थी। चूंकि मेरा बदन ठंडा था इसलिए मुझे धूप बहुत जलती हुई महसूस हो रही थी। धूप की तेजी धीरे-धीरे मेरी त्वचा में घुसकर मेरे गुदे में समाने लगी। मेरे बदन का रस गर्म होने लगा और मेरे बीज को प्रभावित करने लगा। थोड़ी देर बाद मुझे बड़ी जोर से प्यास लगी। जब माँ के पास था जब भी प्यास लगती, उसके अस्तित्व सें पानी पी लेता था। जब सूरज मुझ पर अधिक तेज और गर्म होकर चमकता था तो गर्मी के मारे मेरे गाल लाल अंगारा बन जाते थे। मैं माँ के स्तन को चूसता भरपेट आहार लेता था। मैं हर रोज बढ़ रहा था। मेरे बदन का रस मेरे शरीर में दौड़ रहा था, जो मुझे हर रोज अधिक सुन्दर, लाल और रसीला बना रहा था। लाली मेरी मुख की माँसपेशियों में दौड़ रही थी। मैं भारी हो रहा था। मैंने माँ के बाजू को झुका रखा था और मैं उसकी बांहों में झूलता था। माँ कहती, 'मेरे सुन्दर बेटे, अपने को धूप से मत छुपाओ, सूरज हमारा दोस्त है, जमीन हमें आहार देती है और सूरज उसे पकाता है। सौन्दर्य के अतिरिक्त तुम सूरज की ही देन हो। देखते नहीं जो अपने को धूप से छुपाते हैं वे कितने पीले और कमजोर पड़ जाते हैं अत: मेरे सुन्दर बेटे, तुम समझो कि यदि सूरज कभी जमीन से रूठ जाये और धूप न निकले तो कोई भी जिन्दा नहीं बचेगा, न वनस्पति और न जीव-जन्तु।'

इस तरह से जितना हो सकता था मैं धूप सेकता था। उसकी गर्मी को पीता और अपने अन्दर जमा करता, हर दिन मेरे अन्दर एक नई ताकत का संचार हो रहा था। मैं स्वयं से प्रश्न करता अगर किसी दिन किसी ने सूरज को नाराज कर दिया और सूरज रूठ गया तो हम क्या करेंगे? जब अन्त तक मैं इस प्रश्न का उत्तर न पा सका तो माँ से पूछा, ''माँ! अगर सूरज को कोई दु:ख पहुँचाए और वह हमसे क्रोधित हो उठे तो हम क्या करेंगे?''

माँ ने अपनी पत्तियों से मेरे गालों पर जमी धूल को पोंछते हुए कहा, ''कैसी-कैसी बातें सोचते हो? लगता है तुम बहुत समझदार हो गये हो? जानते हो मेरे बेटे, सूरज कभी भी एक-दो कारण या अपने स्वार्थ के कारण सारे इन्सानों से क्रोधित नहीं होगा, हाँ यह तो हो सकता है कि कभी उसका प्रकाश और ताप धीरे-धीरे करके समाप्त हो जाये और वह मर जाये। उस समय हमें दूसरे सूरज की आवश्यकता होगी वरना अंधेरे में जाड़े से जमे, ठिठुर जायेंगे और संसार समाप्त हो जायेगा।''

"सचमुच कहानी कहाँ पर छोड़ी थी?"

"हाँ, तो मैं कह रहा था कि गर्मी मेरे बीज तक पहुँच गई थी और मुझे बड़ी जोरों से प्यास लग रही थी। मेरा रस गर्मी से उबल रहा था और त्वचा धीरे-धीरे करके सूखने और फटने लगी। चींटियों की फौज मेरे आस-पास दौड़ती हुई जमा होने लगी। जब मैं टोकरी से उछलकर नीचे गिरा था तो एक जगह से मेरी त्वचा चोट लगने से फट गई और उसमें से रस निकलने लगा। धूप की तेजी से फैले रस की तरलता थोड़ी सख्त हो गई थी। चींटियों ने अपना मुँह रस में डुबाया और उसे चाटने लगीं। चींटे भी अपने बड़े-बड़े डंकों के साथ पहुँच गये थे। गर्ज कि मेरे उस रस पर सबकी नजर थी।

इसी समय बाग की खामोशी को तोड़ती हुई कुछ आवाजें उभरी। दो बच्चे बाग की दीवार से नीचे कूदे और मेरी तरफ आये। यह साहबअली और पूलाद थे जो अपना पेट फलों से भरने आये थे। यह उन देहातियों में से एक थे जो माली की बन्दूक से नहीं डरते थे क्योंकि इन दोनों को छोड़कर कोई भी देहाती बाग में घुसने का साहस नहीं कर पाता था मगर ये दोनों नंगे पाँव, पैबन्द लगा पायजामा पहने बाग में घूम रहे थे जबकि माली ने इन्हें देखकर कई बार इनके सर का निशाना लगाकर हवाई बन्दूक से फायर किये थे मगर हर बार यह भाग गये थे। उस समय उनकी उम्र मुश्किल से सात-आठ साल की होगी।

संक्षेप में उस दिन वे दौड़े-दौड़े मेरी तरफ आये। फिर वे मेरी माँ की तरफ गये और फिर देखा कि वे लौट रहे हैं लेकिन उनका मूड़ बहुत खराब था। उनकी बातों से महसूस हो रह था कि वे माली से बहुत रुष्ट हैं।"

पूलाद ने कहा, "कुत्ते के बाप ने एक भी आड़ू हमारे लिए नहीं छोड़ा। हाय, कितना मन था कि एक रसीले आड़ू को मुंह में डालने और चूसने का—याद है पारसाल कितने आड़ू खाये थे? साहबअली ने उत्तर दिया, "जैसे कि हम इन्सान न हों, सब एक-एक चुनकर ले गया है ताकि उस आदमी को भेंट करे, जो कुत्ते का बाप सरीका है। इसे व्यर्थ करेगा। यह सब हमारी गलती है जो हम हाथ पर हाथ रखे बैठे हैं और इन्हें छूट दे रखी है कि यह गाँव को तबाह कर दें।"

पूलाद बोला, "साहबअली जानते हो, यह बाग हमारे गाँव का बन जाये वरना मैं इसके हर पेड़ को आग लगा देता हूँ।"

साहबअली—"दोनों मिलकर लगायेंगे।"

पूलाद—बेहया है जो न लगाएँ।

साहबअली—''अपने बाप से नहीं, जो न लगाएं।''

बच्चे इतने क्रोधित थे कि अपने पैर जमीन पर पटक रहे थे। मुझे डर लगा, कहीं मुझे जोर से लात न मार बैठे लेकिन नहीं, उन्होंने मुझे नहीं मारा। मैं ठीक उनके सामने पड़ा था कि पूलाद के पैर में कांटा चुभ गया। पूलाद झुक कर कांटा निकालने लगा कि एकदम से उसकी नजर मुझ पर पड़ी। कांटा निकालना भूलकर उसने मुझे धूल से उठाया और साहबअली से कहा, ''देखो तो साहबअली।''

दोनों बच्चे अपने-अपने हाथों में मुझे उठाकर खुश हो रहे थे। उसका मन नहीं कर रहा था कि वे मुझे यूं ही खा जाएं। मैं काफी गर्म हो गया था। मेरी इच्छा थी कि ये दोनों पहले मुझे ठण्डा कर लें और फिर खाएं ताकि इन्हें अधिक स्वाद आये। उनके गन्दे-मैले चिकनाई से अटे खुरदरे हाथों ने मेरी त्वचा को कई जगह से खरौंच दिया मगर मुझे दुःख न हुआ क्योंकि मुझे मालूम था कि यह अन्तिम कण तक मेरा स्वाद लेंगे और खाने के बाद अपने होंठ और उंगलियाँ देर तक चाटते रहेंगे और मैं कई दिनों तक, कई हफ्तों तक उनकी जबान का स्वाद बना रहूँगा।

साहबअली ने कहा, ''पूलाद, तुमसे शर्त लगाता हूँ इससे पहले हमनें इतना बड़ा आड़ू कभी नहीं देखा था।''

पूलाद—''सचमुच, कभी नहीं देखा था।''

साहबअली ने कहा, ''चलो तालाब के किनारे ठंडा करें, अधिक स्वादिष्ट हो जायेगा।''

मुझे इस तरह से दोनों संभालकर ले जा रहे थे जैसे कि मैं शीशे का हूँ। हल्के से झटके से टूट सकता हूँ। तालाब के किनारे ठण्डी छाया थी। बेदमजनू और नाखोन के वृक्षों ने अजीब शीतलता फैला रखी थी। जिसे मैंने न केवल त्वचा से बल्कि अन्दर कहीं मन के गहरे से महसूस किया। फिर उन्होंने मुझे बड़ी सावधानी से उथले पानी में डाला। चार खुरदरे गन्दे हाथ मेरे आगे दीवार बनकर खड़े थे कि कहीं मैं फिसलकर गहरे पानी में न चला जाऊँ। पानी बहुत बर्फीला था। थोड़ा बैठने के बाद पूलाद बोला, साअबअली!

साहबअली—''हाँ, कहो।''

पूलाद बोला—''मैं कहता हूँ यह आड़ू बड़ा महगावाला है।''

साहबअली—हाँ।

पूलाद—केवल हाँ कहना क्या कोई बात हुई? अगर जानते हो तो कहो इसका दाम क्या होगा?

साहब अली ने थोड़ी देर सोचने के बाद कहा, "मैं कहता हूँ कि यह बहुत महंगा होगा।

पूलाद—फिर भी कितना?

साहबअली ने सोचकर कहा, "अगर मैं इसका हिसाब हर एक टोकरी से करता हूँ तो—हजार तूमान।"

पूलाद बोला, "पैसा देखा नहीं है मगर सोच लिया, हजार तूमान कोई कीमत हुई?"

साहबअली—"अच्छा तुम तो माशाअल्लाह खजाने के मालिक हो। कहो, कितना है इसका दाम?"

पूलाद ने कहा, "सौ तूमान।"

साहब अली—"हजार तो सौ से अधिक है?"

पूलाद—"पागल कहीं के। मैं कोई स्वयं थोड़ी कह रहा हूँ। यह तो बाबा से मैंने सुना है।"

साहबअली—"शायद हम दोनों सही हों क्योंकि मैंने भी अपने बाबा से सुना है।"

पूलाद ने मुझे हल्के से छुआ और कहा, "मेरा हाथ तो ठण्ड से ऐंठ गया है। मुझे लगता है कि आडू भी ठण्डा हो गया है।"

साहबअली ने मुझे बड़ी सावधानी से छुआ और कहा, "हाँ ठण्डा, एकदम ठण्डा है।" यह कहकर वे मुझे पानी से बाहर निकाल लाये। मुझे पानी से निकलते ही तेज गर्मी का एहसास हुआ। मन चाहा कि ये मुझे शीघ्र ही खा लें ताकि मेरा स्वाद खराब न हो और मैं भी इन्हें बता सकूं कि जितना वह सोच रहे हैं उससे कहीं अधिक मैं स्वादिष्ट हूँ। मेरी इच्छा थी कि वह सारी शक्ति जो मैंने सूरज और माँ से हासिल की थी, इन दोनों देहाती बच्चों के बदन में पहुँचा दूं।

जब पूलाद व साहबअली मुझे खाने का इरादा कर रहे थे, तब मैं इस सोच में डूबा हुआ था कि मैंने अभी तक अपने सारे जीवनकाल में कितने रूप बदले हैं और आगे जाने कितनी बार और परिवर्तन आयेगा फिर स्वयं से बोला, "समय था जब मेरा जीवन केवल

धरती से सींचे पानी और मिट्टी में था, तब कुछ माँ ने सूरज से इस धरती से लिया और ऊपर शाखों तक पहुँचाया फिर माँ की सारी टहनियों पर कलियाँ फूटीं, फिर फूल खिले फिर आहिस्ता-आहिस्ता मैं बना। मैंने माँ के तन से और सूरज से जीवन का पान किया और धीरे-धीरे करके मैं एक रसीले आड़ू में बदल गया। अभी यह मुझे खायेंगे। इनके खून में, हड्डियों में और बालों में मैं धुल जाऊंगा मगर ये भी तो एक दिन मर जायेंगे, तब मेरा क्या बनेगा?''

बच्चों ने तय कर लिया था मुझे खाना। साहबअली ने पूलाद को देते हुए कहा, ''एक टुकड़ा पहले तुम काटो। पुलाद ने मेरे नरम रसीले बदन पर दांत लगाकर काटा फिर साहबअली को वापस देते हुए अपने होंठों को चूसने लगा। साहबअली ने मेरा एक टुकड़ा काटा और मुझे पूलाद के हवाले किया। जैसाकि मैंने कहा था, सचमुच उनकी जबान का मैं चटखारा बन गया था।

मेरे शरीर से मेरा सारा गूदा गायब था। अब केवल बीज बाकी था जो नये जीवन की प्रतीक्षा में था। उसके ऊपर मेरा कोई नामोनिशान न था मगर वह भविष्य के सपने बुन रहा था कि कैसे और कब वह उगेगा। मैं भी एक विशेष काल तक मुर्दा और विशेष काल तक जिन्दा रहने वाला था।

पूलाद ने मुँह में डालकर मेरा कण-कण बीज से चूस लिया। जब मुँह से निकाला तो मैं आड़ू न था, केवल बीज था। एक सख्त छिलके का बीज जो अन्दर एक नयी जिन्दगी को छुपाए हुए था। मुझे अब थोड़ा आराम और गीली मिट्टी का बिछौना चाहिए था, जहाँ जाकर मैं अपना सख्त छिलका खोलकर अपने अन्दर का अंकुर बाहर निकाल सकूं।

जब बच्चे हाथ और होंठों को कई बार चाट और चूस चुके तो पूलाद बोला, ''अब क्या करें?''

साहब अली—''पानी में चलें।''

पूलाद—''बीज का गूदा नहीं खायेंगे?''

साहबअली—''नहीं, मैंने इसके लिए कुछ सोचा है ठहरो अभी।''

पूलाद ने मुझे बेद के वृक्ष की जड़ के पास छोड़ा और फिर पानी में कूद पड़ा।

घुटने सीने पर रख उसे दोनों हाथों के घेरे से बाँध लिया। गन्दा पानी नीचे से ऊपर को आया साहबअली बोला, ''पूलाद, मुँह उधर करना।''

पूलाद—''क्यों अपना पायजामा उतारोगे?''

साहब अली—"हाँ, ताकि बाबा न समझे कि हम फिर पानी में तैरे थे वरना मार पड़ेगी।"

पूलाद—"अरे दोपहर तक घर लौटेंगे। अभी बहुत समय है।"

साहबअली—"सर पर सीधे खड़े सूरज को भी तो देखो।"

पूलाद कुछ न बोला और मुंह फेर लिया। जब साहबअली के कूदने की आवाज आई तो पूलाद ने मुँह घुमाया—दोनों ने तैरना आरम्भ कर दिया। कभी नीचे पहुँचते, कभी ऊपर आकर एक-दूसरे पर पानी उछालते, फिर दोनों बाहर निकल आये। पूलाद ने पायजामें की मोहरी कई बार निचोड़ी फिर मुझे बेद की जड़ से उठाकर चल पड़े। आगे चलकर दीवार पर चढ़े और दूसरी तरफ कूद पड़े। मालिक के बाग से घर काफी दूरी पर थे।

पूलाद बोला, "अच्छा, तुम कह रहे थे कि कुछ सोचा है तुमने?"

साहबअली बोला, "जब छाया हो जायेगी तब मैं तुम्हें पुकारूँगा, फिर पहाड़ी पर चलेंगे। वहीं पर बातें होंगी।"

गाँव की गलियाँ खामोश थीं मगर बदबू और मक्खियों से उबल रहीं थीं। खारिशज़दा कुत्ता दोनों के पैरों पर आकर लोटने लगा। पूलाद ने उसे पुचकारा और वे घर में घुस गए। उन्हीं के पीछे-पीछे वह कुत्ता भी घुस गया।

ऊपर जाकर गली थोड़ी ऊंचाई पर थी जिससे कुछ घरों के आँगन दूसरे घरों की छत के बराबर में थे। साहबअली उन्हीं छतों पर पैर रखता हुआ कुछ दूर स्थित अपने घर पहुँच गया। मैं उसके हाथों की मुट्ठी के बीच में था। वह आँगन में कूदा। इस आवाज से माँ ने खिड़की से झाँका और पुकारा, "साहबअली, अपने बाप के लिए रोटी ले जाओ।"

मुझे ले जाकर साहबअली ने अस्तबल की दीवार के छेद में छुपा दिया। मैंने वहाँ पर केवल अन्धेरे और बदबू का अनुभव किया। नहीं समझा कि कितने घण्टे वहाँ घुटता रहा कि महसूस हुआ किसी ने मुझे छुआ है। साहबअली ने मुझे झाड़ा, हाथ से मला, अपने पायजामें से रगड़ा फिर उसी रास्ते से जिससे हम पूलाद के घर से आये थे, चल पड़े। पूलाद की माँ और बहनें उपले पाथ रही थीं और पड़ौसन से बातें भी कर रही थीं। साथ-साथ सूखे उपले जमा भी कर रही थीं।

साहबअली ने पूलाद की माँ से पूछा, "पूलाद कहाँ है?"

माँ ने कहा, "पूलाद बकरी चराने गया है।"

हम जब पहुँचे तो पूलाद हमारे इन्तजार में अपने कुत्ते के साथ बैठा था और काली बकरियाँ चर रही थीं। जाने क्यों मुझे महसूस हुआ कि पूलाद और साहबअली का रंग ठीक मेरी तरह है। खुली धूप में नंगे बदन रहते-रहते उनका रंग जलकर कोयला हो गया था।

पूलाद ने व्याकुलता से पूछा, "क्या बात है, बताओ?"

साहबअली—"एक आड़ू के पेड़ का मालिक बनना चाहोगे?"

पूलाद—"क्या पागल हूँ जो नहीं चाहूँगा।"

साहबअली—"तो फिर चलते हैं।"

पूलाद—"बकरियों का क्या करूं मैं?"

साहबअली—"घर में छोड़ते हुए चलते हैं।"

पूलाद—"माँ ने कहा था कि सूर्यास्त से पहले मत लौटना।"

साहबअली—"फिर कुत्ते को बकरियों के पास छोड़कर चलते हैं।"

पूलाद ने कुत्ते को थपथपाते हुए कहा, "बकरियों को देखना जब तक कि मैं लौटकर नहीं आता।"

हम तीनों तेजी से बाग के समीप पहुँचे। साहबअली बोला, "चलो ऊपर चढ़ो।"

पूलाद—"अब मुझसे कुछ छुपा नहीं। मैं समझ गया। तुम चाहते हो कि हम अपना वाला आड़ू का बीज यहाँ गाड़ दें।"

साहब अली ने कहा, "ठीक समझे। हम अपना यह बीज उस मिट्टी के टीले के पास गाड़ेंगे जोकि बाग के आखिर में है। फिर चन्द साल बाद हम स्वयं एक आड़ू के वृक्ष के मालिक बन जायेंगे। तुम तो जानते हो न हम इस बीज को क्यों नहीं कोई और जगह लगा रहे हैं?"

पूलाद ने कहा, "पहाड़ के ऊपर, पत्थरों के बीच में आड़ू का पेड़ नहीं उगता। वृक्ष के लिए पानी चाहिए और नर्म मुलायम मिट्टी चाहिए तथा खाद।"

साहबअली—"अब मौलवियों की तरह वृत्तान्त मत पढ़ो। मैं ऊपर चढ़ रहा हूँ ताकि देखूं कि माली लौटा या नहीं।"

अभी माली शहर से लौटा न था। दोनों नीचे आये। मिट्टी के टीले के पास उन्होंने जमीन खोदी और मुझे उसमें डाल दिया फिर मिट्टी बराबर करके चल दिये।

अँधेरी नम मिट्टी ने मुझे लिपटा लिया और बाहों में मुझे दबाया फिर मेरे बदन से चिपक गई। लेकिन मैं अभी फुटाव नहीं दे सकता था। अभी समय बाकी था कि मैं फुटाव के लिए अपने में शक्ति जमा करूँ।

मिट्टी के नीचे पहुँची ठण्डक से मैं समझ गया कि शीत ऋतु आ गयी है और जमीन पर बर्फ जम गयी है। मिट्टी के अन्दर एक बालिश्त तक मिट्टी ठंडी थी, मगर नीचे गर्म थी वरना मैं भी जम जाता। इस तरह से मैं हर हलचल से दूर, शांत-मीठी नींद में डूब गया— आने वाली बसन्त तक जब मैं सोकर उठूँगा तब मुझ में अधिक शक्ति होगी। मेरी कोपलें फूटेंगी, मैं पौधे से वृक्ष बनूंगा फिर मुझ में आडू लगेंगे। साहबअली और पूलाद के इस वृक्ष की शाखें रसीले, मीठे स्वादिष्ट आडूओं से भर जायेंगी। ऐसे सुन्दर और ऐसे लाल कि जैसे शरमाई लड़कियों के गाल। मैं इस सपने को लिये गहरी नींद में डूब गया।

मैंने शीत ऋतु में जो भी सपने देखे, ठीक से याद नहीं सिवाय एक के। वह सपना कुछ यूं था कि मैं एक बड़े वृक्ष में बदल गया हूँ। मेरी ऊपर साहबअली और पूलाद चढ़े हुए मेरी शाखों को हिला रहे हैं और नीचे खड़े नंगे बच्चे हवा में आडुओं को लपक कर उसे मुँह में डाल उसका स्वाद ले रहे हैं। मुँह से गिरता रस उनकी ठुड्डी, सीना, नाक को तर कर रहा है। मुंडडेसर वाला बच्चा बार-बार पूलाद को पुकार कर पूछ रहा है, "पूलाद, बताया नहीं कि यह जो हम खा रहे हैं, इसका नाम क्या है? ताकि जब मैं घर जाऊँ तो दादी माँ को बता सकूं कि मैंने आज क्या खाया है? बहुत ज्यादा खाया मगर स्वाद के कारण अब भी मन नहीं भरा है। अब भी मैं तैयार हूँ। ढेरों खाने की मैं शर्त लगाने को तैयार हूँ कि मेरा मन नहीं भरा है।" दो छोटे बच्चे और भी थे जो ऊपर से नीचे तक नंगे थे। उनकी नाक और मुँह पर मक्खियों के झुंड जमा थे। बड़े-बड़े आडू खाते हुए बच्चे खुश थे और वाह-वाह कर रहे थे।

यही सपनों में से एक सपना था जो याद रह गया था। इसके अतिरिक्त बादाम की जड़ से अपनी भेंट धरती के नीचे याद है।

ज़मीन के अन्दर बीमार-सा मैंने महसूस किया कि एक बहुत जानी-पहचानी खुशबू जमीन के अन्दर दाखिल हुई है। "गुले बादाम आगे बढ़ो और अपनी गन्ध को आडू के सुन्दर मुँख पर लगा दो। अगर फिर भी न जागे तो अपना हाथ उसके चेहरे पर लगाना और उसके बदन को अपनी गन्ध को जी भरकर सूंघने देना। संक्षेप में, जितनी जल्दी जगा सको जगा दो। यह मौसम है कोंपल के फूटने का सो, बीजों के कल्ले फूट चुके हैं, मगर यह है कि सोया पड़ा है।"

बादाम के फूलों की गन्ध और उसके हाथों का स्पर्श जो मैं अपने बदन पर महसूस कर रहा था, इतनी सुखमय अनुभूति थी कि मन किया, काश! मैं हमेशा यूं ही बेहोश रहता। मगर ऐसा क्या मुमकिन था? आखिर मैं होश में आ ही गया। चाहता था कि बेहोशी का स्वांग रचाऊँ कि गुले बादाम की जड़ हँस पड़ी। ''अब मेरी जान नाज न करो। अपने अन्दर तुमने नयी जिन्दगी छुपा रखी है। क्या वचन नहीं उठाया था कि फलोगे-फूलोगे और एक बड़े वृक्ष में परिवर्तित होगे, क्यों?''

गुले बादाम की मूलिका एकदम दुल्हन की तरह सुन्दर थी। बर्फ की तरह सफेद कपड़े और होंठों पर लाली मले। मैंने अभी तक बर्फ देखी नहीं थी। जब मैं आड़ू था जब मैंने माँ से इसका विवरण जरूर सुना था। मैं जानना चाहता था कि गुले बादाम से पहले कौन मिला था? किसने उसे मेरे पास भेजा था? गुले बादाम ने अपने हाथ मेरे चारों तरफ फैलाये और मुझे प्यार करके हँसती हुई बोली, ''कैसे बड़े-से हो! तुम मेरी बांहों में भी नहीं समाते हो?'' फिर बोली, ''बसन्त ऋतु भी आयी थी। कह रही थी, अब तुम्हारे फलने-फूलने का समय है।''

बसन्त का नाम सुनते ही मानो मेरा आलस्य एकदम से उड़ गया। मुझे लगा कि बसन्त आयी और चली गयी, और मैं पड़ा सोता ही रहा। घबराकर धड़कते-भयभीत मन से मैं उठ बैठा। मुझे अंधेरी नम मिट्टी गले लगाये हुए प्यार कर रही थी। मेरे बीज का छिलका बाहर से नम था और मैं अन्दर से पसीने में डूबा था, ऊपर से पसीने की बूंदें फिसलती मेरे बदन से गुजरती जमीन में जब्त हो रही थीं। मेरे बीज से एक रेशा निकालकर जमीन से अपना आहार ले रहा था। दूसरा कोंपल फूटने वाला था और एक दिन मैंने देखा मेरा नाजुक छिलका भी हट गया और मैं धरती पर ठीक सूरज के नीचे हूँ। धरती के समीप जहाँ पर मेरी माँ थी अपने पूर्ण अस्तित्व के साथ और दूसरे वृक्ष जीवित थे। मेरे समीप बादाम का सफेद वृक्ष था। जो प्रसन्नता से खिला बढ़ रहा था। उसने मुझे भी एक विचित्र खुशी दी। मैंने सलाम किया। बादाम के वृक्ष ने कहा, ''सलाम, तुम्हारी चाँद-सी शक्ल को, धरती के ऊपर तुम्हारा स्वागतम्, धरती के अन्दर के क्या समाचार हैं? पुष्प खाकशीर की झाड़ी काफी बड़ी हो गयी थी। उसकी छाया भी पड़ रही थी मगर मैं दो फीके पत्तों से अधिक कुछ भी न था। सर को भी धीरे-धीरे करके सीधा कर रह था।

एक दिन पूलाद और साहब अली मुझे देखने आये। तब मेरे दस-बारह पत्ते निकल आये थे। अन्य वनस्पति से मेरा कद भी कुछ ऊँचा निकल आया था मगर खाकशीर तो दिन दूनी-रात चौगुनी के रफ्तार से बढ़ रहीं थी कि मैं आश्चर्यचकित थां। सोच रहा था,

कुछ समय बाद वह बादाम के वृक्ष से भी ऊँचा हो जायेगा लेकिन मैंने जब ध्यान दिया तो पता चला कि उसकी जड़ें धरती पर गहरी नहीं हैं। वह शीघ्र ही सूखेगा और समाप्त हो जायेगा।

पूलाद और साहबअली मुझे देखते ही खुश हो गये। दोनों ने कहा, "यह वृक्ष हमारा अपना है।" सामने के तालाब से चुल्लू-भर कर पानी लाये और मुझे सींचने लगे। फिर चले गये क्योंकि माली समीप ही कहीं काम कर रहा था, फावड़े की आवाज आ रही थी।

बसन्त का अन्त था कि देखा खाकशीर की झाड़ी नहीं बढ़ रही है। फूलों से भरी झाड़ी सूखने लगी थी। पीले पड़ते फूल अपने बीज बिखेर रहे थे। ग्रीष्म ऋतु आयी तो मैं उनके बराबर हो गया मगर मेरी शाखें न थीं। लगा पहले लम्बा हो जाऊँ फिर शाखें निकालूंगा।

पूलाद और साहबअली जल्दी-जल्दी मेरे पास आने लगे। कभी-कभी वह कुछ देर बैठते भी और मेरे बारे में और भविष्य के बारे में बातें करते। एक दिन आये तो उनके हाथ में लाल रंग का चमकीला लम्बा सांप था जिसका मुँह कुचला हुआ था। मेरे पास की जमीन खोदकर उसे मेरे चारों तरफ गाड़ दिया। पूलाद अपने हाथ साफ करता हुआ बोला, "अजीब मस्ती लेगा।"

यह मेरी तरफ इशारा था।

साहबअली बोला, "एक सांप कई बोरे खाद के बराबर है।"

पूलाद—"आशा है, अगले साल हम इसके फल खायेंगे।"

साहबअली—"मैं क्या जानूं, पहले कभी वृक्ष रखा हो तब न?"

पूलाद—"होगा, वैसे मैंने सुना है कि खुबानी और आड़ू के वृक्ष तेजी से बढ़ते हैं और जल्दी फल देते हैं।"

मैं खुद यह जानता था। मेरी माँ दो वर्ष की थी। जब दो नये आड़ू उसमें लगे थे। मैं सोच रहा था, जब मेरे आड़ू खूब बड़े हो जायेंगे, तब मेरा रूप-लावण्य कैसा होगा? दिल चाह रह था कि जल्द-से-जल्द मुझ में फल लग जायें ताकि मैं जानूं कि आखिर मेरे फल मेरे तन से कैसे पान करेंगे। दिल चाह रहा था कि आड़ू इतने भारी हों कि मेरी शाख झुककर धरती को चूमने लगें।

ग्रीष्म गुजरकर पतझड़ ऋतु आयी।

मेरे बदन ने एक पाइप-सा अपने अन्दर बना लिया था। जो भी धरती से पीता उसे इसी पाइप के द्वारा ऊपर भेजता। पतझड के माध्यम में इस पाइप को मैंने कई स्थान से बन्द कर आहार भेजना बन्द कर दिया। उस समय पत्तियों को जब भोजन नहीं पहुँचा तो वे पीली होनी आरम्भ हो गयी, फिर सारी पत्तियाँ गिर गयीं और मैं नंगा हो गया। मैंने हर पत्ती के स्थान पर एक छोटी-सी गाँठ बाँध दी थी ताकि आने वाले बसन्त में इन स्थानों से शाखें निकालूँ। नये फलों का भी मुझे ध्यान था। चाहता था कि माँ की तरह शीघ्र ही फल दूं। मुझे फूलों के बारे में सोचते रहना अच्छा लगता था। शीत ऋतु का आरम्भ, फिर बर्फ का गिरना। मेरी नींद धीरे-धीरे गहरी होने लगी। बर्फ जमने लगी और फिर मैं पूर्ण रूप से अचेत हो गया।

पूलाद और साहबाअली ने मेरे चेहरे के चारों तरफ टाट बांध दिया था। मैं अभी काफी कोमल था। बर्फ की सख्ती को संभालना कठिन था। फिर मेरा नर्म-मुलायम अस्तित्व खरगोशों के लिए जाड़े में स्वादिष्ट आहार बन सकता था या फिर बर्फ के कारण गल जाता और बसन्त में फिर दोबारा कोपल के रूप में अपनी यात्रा आरम्भ करता।

बसन्त आया। सबसे पहले मेरी पेशियों में जीवन का संचार हुआ। मेरा तना नये तरल पदार्थ के पहुँचने से जागा और कोपलों के स्थान में हलचल हुई, कुछ उभर आये। पानी, जो धरती से मेरे अन्दर पहुँच रहा था, मेरे अंग-अंग को नया जीवन और स्फूर्ति देने लगा। मेरे तने में जगह-जगह कोपलें फूटी थीं। इन्हें मुझे बढ़ाकर लाखों में बदलना था। कुछ दिन बाद शाख पर चार कलियाँ निकलीं। एक कली को पेटू चिड़िया ने चोंच मारकर कुटक लिया।

तीन फूल मैंने खिलाये मगर अफ़सोस! एक तो सूखकर गिर गया। दूसरे को ठीक से आहार न मिला जिससे वह बीच में ही गिर गया। अब मेरे पास केवल एक फूल बचा था जिसे मुझे फल बनाना था। मैंने अपनी सारी शक्ति लगा दी ताकि वह इकलौता मेरा पहला फल हज़ारों पर भारी हो। रसीला, सुन्दर, गूदेदार, बड़ा, लाल, अपने में अद्‌भुत और सबसे अनोखा हो ताकि जो देखे उसकी आँखें आश्चर्य से फट जायें।

मेरा आखिरी फूल फल बन रहा था। इसका स्थान ठीक मेरी फुनगी पर था और उसने मुझे थोड़ा-सा झुका दिया था। मैं चिन्तित हो उठा कि यदि मन की इच्छा अनुसार इसे बड़ा किया तो शायद मेरी कमर ही झुककर टूट जायेगी। इतना बोझ मेरा नाजुक तन कैसे सह पायेगा? मगर मैं इस चिन्ता से मुक्त होने के लिए यह कभी नहीं चाहता था कि इस छोटे से आडू को गिरा दूं। मैंने संकल्प लिया था कि हर वर्ष मैं हजार आडू दूंगा, इसलिए

मेरे लिए आवश्यक था कि मैं इस प्रथम परीक्षा में उत्तीर्ण होऊँ। साँप जो बच्चों ने मेरी जड़ के थाल के समीप गोल गाड़ा था, मिट्टी में मिलकर मुझे शक्ति प्रदान कर रहा था तथा शाखों और पत्तियों को शक्तिमान बना रहा था।

इन दिनों साहबअली और पूलाद मेरे पास कम आ रहे थे। मेरा ख्याल था कि वह पिता के संग खेत-खलिहान में फसल काटने व जमा करने में व्यस्त थे। एक दिन आये तो अपने साथ एक लकड़ी लाये और मुझे उसके सहारे बांधा। एकदम से पूलाद बोला, "साहबअली, साहबअली, कहीं वह कुत्ते का बाप माली हमारे पेड़ को ढूंढ न ले।"

साहबअली—"अगर देख लिया तो क्या होगा?"

पूलाद खामोश रहा। साहबअली बोला, "हमने लगाया, हमने बड़ा किया, हम ही फल के मालिक ठहरे।" पूलाद कुछ देर सोचता रहा फिर बोला, "लेकिन वह जमीन तो हमारी अपनी नहीं है।"

साहबअली—"वह हमारा कुछ भी बिगाड़ नहीं सकती हैं। जमीन उसी की है जो बोये, यह एक टुकड़ा जमीन जिस पर हमने वृक्ष लगाया हम उसके स्वामी हुए।"

पूलाद का मन कुछ बढ़ा, "हाँ हमारा है। अगर माली ने कुछ गड़बड़ी की तो सारे बदन की सौगन्ध, जो बूंद भर पानी हलक से खुशी से उतरे। इसकी तबाही पर हम आग लगाकर भाग जायेंगे।"

उस रात को तेज आँधी आयी। अगर मुझे लकड़ी का सहारा न होता तो मेरी कमर टूट चुकी होती। सुबह मैंने बादाम की कई टूटी शाखें देखीं।

दिन गुजर रहे थे। मैं अपने इकलौते लाडू को अपने खून से सींच रहा था। उसे धूप में रखता ताकि वह अधिक लाल और रसीला बने और गर्मी उसके गूदे में पहुँच जाये। मेरा बेटा ऐसा चिपककर मेरे तन से पान करता कि मैं कभी-कभी पीड़ा से तड़प उठता मगर मुझे कभी भी क्रोध न आया क्योंकि अब मैं सृजनकर्ता बन चुका था और मेरे पास एक बहुत सुन्दर बेटा था।

साहबअली और पूलाद मुझे लेकर इतना मगन थे कि बाग के दूसरे पेड़ों को भूल चुके थे। पारसाल की तरह मेरी माँ के आडूओं की ताक में छुपकर नहीं बैठते थे। मैं अपने को उन्हीं का समझता था इसलिए उन्हें पूरा हक दे रखा था कि मेरा पहला फल जब पक जाये तो वह उसे तोड़कर उसी चाव और स्वाद से खायें जैसा कि एक दिन उन्होंने मुझे चटखारे ले-लेकर खाया था।

पतझड़ का आरम्भ था। एक दिन पूलाद दुःखी, उदास, अकेला मेरे पास आया। यह पहला मौका था जब मैंने इनमें से एक को यूँ अकेला देखा था। पूलाद ने पहले मुझे पानी से सींचा फिर घास पर बैठकर मुझसे बातें करने लगा।

"मेरे आड़ू के वृक्ष, मेरे सुन्दर आड़ू! जानते हो क्या हुआ? कुछ जाना भी तुमने कि मै क्यों आज अकेला आया हूँ? मैं जानता हूँ कि तुम कुछ भी नहीं जानते हो। साहबअली मर गया—उसे साँप ने काटा था। मन्जूक दादी पूरी रात उसके सिरहाने बैठी रहीं। जो दवा उन्होंने कही थी, मैं और साहबअली के पिता जंगल जाकर ढूंढ़ कर लाये थे मगर कुछ न हुआ। बेचारा साहबअली—आखिर तुम क्यों चले गये, मुझे अकेला छोड़कर..."

पूलाद ने रोना आरम्भ कर दिया, फिर बातें आरम्भ की—' कुछ दिन पहले, दोपहर को जब हम जंगल से लौट रहे थे और पहाड़ के ऊपर पहुँचे तो तय किया कि एक साँप पकड़ते हैं। पारसाल की तरह मारकर यहाँ लाकर गाड़ दें ताकि मिट्टी उपजाऊं हो जाये। हम साँपों की गुफा के समीप पहुँचे। वहाँ साँप-ही-साँप भरे थे। एक ओर पहाड़ी दर्रा था। दूरी ओर पत्थर-ही-पत्थर थे, जिनके बीच में साँप धूप लेने के लिए ऊपर आते। हमारा और हमारे पड़ोसियों और साहबअली का मकान इसी सांपों के दर्रे में है। जमीन से हमेशा साँप के फुँफकारने की आवाज हमें सुनायी पड़ती रहती थी।"

मैं और साहबअली पहाड़ी के नीचे से पत्थरों के बीच मोटा-ताजा चर्बी वाला साँप ढूंढ़ रहे थे। हम नंगे बदन थे, केवल पायजामा पहने। पीठ धूप से सिक कर इतनी गर्म हो रही थी कि बड़ी आसानी से अण्डा तला जा सकता था। हम इस पत्थर से उस पत्थर पर कूद रहे थे। एकाएक साहबअली का पैर फिसला और वह पीठ के बल गिरा। गिरते ही ऐसी जोर से चीख मारी कि सारा दर्रा गूंज उठा। जिस पत्थर पर जाकर गिरा था वहाँ पर एक साँप कुण्डली मारे बैठा था। एक और चीख के साथ साहबअली लुढ़कता हुआ धूल में गिरा। मैंने साँप को फिर अवसर न दिया। छड़ी मार-मारकर भुरता बना दिया। उसके पेट से दो चूहे और एक गौरेया निकले थे।

साहबअली बेहोश हो गया था। उसके हाथ की डंडी जाने कहाँ उछलकर जा गिरी थी। जहाँ तक साँप ने कांटा था वह हिस्सा लाल हो गया था। साँप ने यदि हाथ-पैर में काटा होता तो मैं जानता था उपचार करना, मगर ठीक पीठ के बींच में भला मैं क्या करता? उसे जल्दी से कन्धे पर लादकर गाँव पहुँचा। सुबह साहबअली की कब्र के सिरहाने मन्जूक दादी ने कहा, "अगर साहबअली को उसके पास जल्दी लाया जाता तो वह कभी न मरता", आखिर मैं कैसे उसे जल्दी पहुँचा सकता था। आड़ू के वृक्ष! तुम

जानते हो, साहबअली मुझसे भारी था। अगर मेरे पास खच्चर होता तो मैं भला देर करता? तब मन्जूक दादी को अधिकार था यूँ कहने का कि मैंने देर कर दी—आखिर मैं क्या कर सकता था?''

पूलाद ने यह कहकर फिर रोना शुरू कर दिया। मैंने महसूस किया कि मैं साहबअली और पूलाद को बहुत प्यार करने लगा हूँ। मैं सोचने लगा कि अब साहबअली को फिर नहीं देख पाऊँगा। दुःख से पागल होकर सोचने लगा कि इसी पल सारी पत्तियाँ गिरा दूं। शाखों को सुखा डालूं और कभी भी नये कोपलों को अंकुरेत न होने दूं।

पूलाद ने रोना समाप्त करके कहा, ''मैं अब इस गाँव में नहीं रह पाऊँगा। मैं कहीं भी जाता हूँ तो साहबअली की शक्ल आँखों के सामने नाचती है। दुःखी हो उठता हूँ। पहाड़ों पर जाऊँ, बकरियों को चराऊँ, कुत्ते की पीठ थपथपाऊँ, बच्चों के साथ खेतों में गिटगिटान या टिड्डी पकड़ूँ चारा काटूँ, कोठे पर जाऊँ—हमेशा साहाबअली की याद मेरे साथ रहती है जैसे कि वह मुझे पुकार रहा हो 'पूलाद! पूलाद! पूलाद!' हाँ आडू के वृक्ष!, मुझ में सहने की शक्ति नहीं है कि यह आवाज मैं सुनूं। मैं शहर मामू के पास जाना चाहता हूँ। वहाँ परचूनी की दुकान में काम करूँगा। मैं नहीं समझ पाता कि मैं आखिर क्या करता जिससे साहबअली जिन्दा रहता? अब मैं नहीं जानता कि ऐसा क्या करूं जिससे साहबअली की तरह मैं एक बारगी गिर कर मर न जाऊँ। मैं छोटा हूँ। मेरी बुद्धि किसी चीज को पूर्ण रूप से समझ नहीं पाती हैं। मैं केवल इतना जानता ही हूँ कि अब इस देहात में नहीं रह पाऊंगा। मैं जा रहा हूँ। मेरे आडू के वृक्ष! यह आडू तुम्हारे लिए ही छोड़े ज़ा रहा हूँ।''

जब मैंने देखा कि पूलाद जाने को उठ रहा है, आडू मैंने ठीक उसके पैरों के सामने गिरा दिया। पूलाद ने आडू को उठाया, उसे सूंघा फिर उसकी धूल पोंछने लगा। फिर मुझे दोनों हाथों से ऊपर से नीचे तक बहुत प्यार से उसने आहिस्ता-आहिस्ता छुआ और फिर मुझे छोड़कर चला गया।

दूसरे साल मैं बहुत लम्बा हो गया था। शाखें और पत्तियाँ मेरे बदन के हर हिस्से से निकल रही थीं। बीस-तीस फूल लगे थे। मैं अब इतना ऊँचा हो गया था कि टीले के इस पार से उस पार बाग को देख सकता था।

एक दिन आखिर माली मेरी ओर आकर्षित हो ही गया। मेरे समीप आया और मुझे देखकर प्रसन्नता के मारे समझ न पाया कि आखिर वह क्या करे? मेरे फूलों, पत्तियों से समझ गया कि मैं आखिर किसकी औलाद हूँ? आडू का इतना बढ़िया वृक्ष, वह भी बिना मेहनत के मिल जाना कोई मामूली बात न थी। मगर मैं दुःखी था कि मैं अन्त में माली के

हाथों ही पड़ा। जो एक धनवान का नौकर है और इसी धन के कारण वह गाँव वालों से शत्रुता मोल ले बैठा है।

मेरे तन पर दस-पन्द्रह आडू पककर लाल हो गये थे। जब मैंने यह सोचा कि आखिर यह आडू किसके भाग्य में आयेंगे तो मुझे बुरा लगा। मुझे तो पूलाद व साहबअली ने बोया था। वही मेरे फलों के हकदार थे। वही इसे खाते।

जब से यह विचार मस्तिष्क में आया बस उसी दिन से मैंने आडू गिराना प्रारम्भ कर दिया। जब माली ने मेरी यह हालत देखी तो समझा कि मेरा स्थान ठीक नहीं है।

ऊँची आवाज में बोला, ''अच्छा, मैं अगले साल तुम्हारी जगह बदल दूंगा, खूब पानी पीना और बड़े-बड़े सुन्दर, रसीले आडू देना।''

अगली बसन्त में जब मैंने अपनी जड़ों को जगाया तो देखा कि उसकी व्यवस्था छिन्न-भिन्न हो गयी है। कुछ रेशे सूख गये हैं। कुछ उलझ गये हैं। कुछ उखड़ गये हैं फिर भी कुछ रेशे जिन्दा बचे हुए थे। पहले मैंने जिन्दा रेशों को गीली मिट्टी से जीवन प्रदान किया फिर नये रेशे जन्म दिये। जड़ें मजबूत बनायीं और उसे चारों तरफ फैलाया। उस समय कि कोपलों, नये पत्तों और फूलों के बारे में मैंने सोचा—कुछ दूर पर ख़ड़ी अपनी माँ को भी पहचाना।

उस घटना से अब तक जाने कितने साल गुजर गये हैं। मेरी उम्र में अब कितने साल बचे हैं! मगर इस बीच माली मेरे फलों को मेरी शाख पर अपनी कोशिशों के बावजूद न रोक सका। शायद मेरी शाखें कभी पके फल न दे सकें। मैं इस माली का आज्ञाकारी नहीं हूँ चाहे वह मुझे आरी से डराये या प्रेम से मेरे ऊपर से अपने को बलिदान कर देने का स्वांग रचे। मैं अपने तन से एक भी लाल, सुन्दर, रसीला आडू नहीं दूंगा।

चौबीस घंटे सोते जागते

अगर मैं सारी घटनाएँ, जो कुछ मेरे साथ तेहरान में घटी हैं, बिस्तार पूर्वक लिखने बैठ जाऊँ तो कई पुस्तकों में जाकर समाप्त होंगी और आप पढ़ते-पढ़ते थक जायेंगे। इस कारण मैं आखिरी चौबीस घंटे का ही विवरण दूंगा। मगर आरम्भ में यह बताने के लिए बाध्य हूँ कि किस प्रकार मेरे पिता और मैं तेहरान आये।

कुछ महीनों से मेरे पिता बेकार थे। एक दिन बहिनों और माँ को छोड़ मेरी उंगली पकड़ वे तेहरान की ओर चल दिये। हमारे गाँव के कुछ लोग पहले से वहाँ मौजूद थे। उन्होंने काम-धन्धा भी ढूंढ़ लिया था। उन्हीं के सहारे हम अपना शहर छोड़ अनजान शहर में आ गये। हमारा एक परिचित बर्फ बेचता था। दूसरा पुराने कपड़े खरीदता और बेचता था। तीसरा फल बेचता था। मेरे पिता ने भी एक छोटी-पुरानी रेड़ी ढूंढ ली और आलू-प्याज, खीरा इत्यादि की फेरी लगाना आरम्भ कर दिया। हम एक कौर खुद खाते, एक अपने गाँव माँ के पास भेज देते थे। कभी मैं पिता के साथ फेरी लगाने चला जाता था या फिर अकेले ही इधर-उधर हाट, बाजार, गली-कूचे में खेलता फिरता था और रात को लौटता था। कभी-कभी चुइंगम, फाले हाफिज जैसी चीजों को सड़क के किनारे खड़ा होकर बेचता था। मगर बहुतकम। अब मैं मूल विषय पर आता हूँ।

उस रात मैं था, क़ासिम था और जेवर लाटरी टिकट वाले का बेटा था। अहमद हुसैन था, दो लड़के और थे जो घण्टेभर पहले ही बैंक की सीढ़ियों पर हमारे दोस्त बने थे।

हम चारों सीढ़ियों पर बैठे सोच रहे थे कि कहाँ जायें? आखिर हमने जेब से सिक्का निकालकर उछाला ताकि फैसला हो जाये तभी वे दोनों हमारे समीप आकर बैठ गये। दोनों उम्र में हमसे बड़े थे। उनमें से एक लड़का काना था। दूसरा जो नया काला जूता पैर में पहने हुए था उसकी मैली-गन्दी टांगे और जांघे फटे पैंट से झांक रही थीं। उसके सर और बदन की हालत हम से भी बदतर थी। हम चारों ने तिरछी नजर से कभी उसके नये जूते ओर कभी उसके फटे-पुराने मैले कपड़ों को देखा। फिर एक-दूसरे की ओर देखकर मानो आँखों-ही-आँखों में कहा—

"देखो जूते चोर को।" वह हमारी नजरों की भाषा को ताड़ गया। चिढ़कर बोला, "क्या है? पहले कभी जूता नहीं देखा?"

उसके साथी ने कहा, "छोड़ो महमूद। देखते नहीं हो इनकी नाफ और कूल्हे कपड़े के बाहर दिख रहे हैं। इन बेचारों ने जूता कहाँ देखा होगा?" महमूद ने कहा, "खैर मुझे छोड़ो, मैं स्वयं इनके नंगे पैर देख रहा हूँ मगर सीधा इनसे पूछना चाह रहा हूँ कि क्या इन्होंने अपने नंगे पैरों में कभी जूते देखे हैं?"

महमूद का दोस्त, जो काना था बोला, "तुम्हारी तरह सबके पिता दरिया दिल नहीं हैं कि पानी की तरह पैसे बहायें और जाकर बेटे के लिए जूते खरीद लाएं।"

यह कहकर दोनों मुँह पर हाथ रखकर हँसी से लोट-पोट हो गये। हम चारों खिसिया कर चुप रह गये। अहमद हुसैन ने जेवर लॉटरी वाले के लड़के की तरफ देखा। उन दोनों ने कासिम की ओर देखा। फिर तीनों ने मुझे घूरा कि इन्हें हँसने दिया जाये या इस हँसी का दाम चुकाया जाय?

मैंने जोर से महमूद को सम्बोधित किया, "तुम चोर हो...तुमने जूतों की चोरी की है..."

हँसी के मारे दोनों बेहाल हो रहे थे। काना महमूद की पीठ पर हाथ मारकर बार-बार कहने लगा—"महमूद, तुम से कहा नहीं था? हा-हा...कहा नहीं था?...सच...हा...हा...हा..."

रंगीन कारें एक-एक करके हमारे सामने आ-कर खड़ी हो गयीं। ऐसा लग रहा था जैसे फौलाद की दीवार हो। एकाएक हमारे सामने खड़ी लाल कार थोड़ी-सी हिली और हमें सड़क के उस पार देखने का अवसर मिला।

कारों, बसों, टैक्सियों ने सड़क को भर रखा था। धीरे-धीरे पंक्तिबद्ध वे रेंग रही थीं। शोर और धुंआ फैल रहा था। ऐसे लग रहा था कि वह एक-दूसरे को पीछे से धक्का देती आगे बढ रही हों और आगे बढ़ने के लिए एक-दूसरे पर चिल्ला रही हों। मेरी समझ में तेहरान संसार में सबसे अधिक गुनजान शहर है और यह जगह तेहरान की सबसे अधिक भीड़-भाड़ वाली सड़क।

काना महमूद का दोस्त अधिक हँसने के कारण बेहोश होने वाला था। मैं तो खुदा से चाहता था कि झगड़ा आरम्भ हो जाये। नयी गालियाँ सीख रखी थीं और मेरी इच्छा हो रही थी कि चाहे गलत हो मगर उनमें से एक गाली कम-से-कम इन्हें दे दूं। मैं स्वयं से

कहने लगा, ''काश! महमूद मुझसे उलझ पड़े और मुझे झापड़ मार दे ताकि मैं गाली दे सकूं। मुझ पर हाथ उठाते हो? अभी आता हूँ तुम्हारा आगे का...चाकू से काटने।' इसी विचार से अपने पास बैठे महमूद को छेड़ते हुए मैंने कहा, ''अगर तुम चोर नहीं हो तो फिर बताओ यह जूता तुम्हारे लिए किसने खरीदा है?''

इस बार उनका हँसना रुक गया। मेरा हाथ अपने गिरेबान से हटाता हुआ महमूद बोला, ''ठीक से बैठो लड़के अपनी जगह! जानते हो इस बदतमीजी का मतलब?''

काने ने हमारा बीच-बचाव कर झगड़ा नहीं होने दिया, ''छोड़ो महमूद, क्यों बेकार में इनसे उलझ रहे हो। इतनी रात को झगड़ा करने का फायदा? हँसने का सारा मजा किरकिरा न करो।''

हम चारों झगड़ा और मारपीट करना चाहते थे मगर वे दोनों केवल मजा लेना और हँसना-हँसाना। महमूद ने मुझसे कहा, ''भाई, मैं आज की रात झगड़ा नहीं करूँगा। अगर तुम लोग लड़ना ही चाहते हो तो फिर यह कल की रात पर रखो।''

काना लड़का बोला, ''आज की रात, हम चाहते हैं इसी तरह से हँसना, मजाक करना और बस?''

मैंने कहा, ''ठीक है।''

एक चमकीली कार हमारे सामने आ खड़ी हुई और खाली जगह को उसने भर दिया। एक जवान साहब, मेमसाहब और एक सफेद कुत्ता उससे उतरे। उनका लड़का ठीक अहमद हुसैन के बराबर था। वह नेकर, सफेद मोजे, दो रंग की आगे से खुली सैण्डिल पहने, तेल लगे बालों में कंघी किये हुए था। सफेद कुत्ते की जंजीर मेम साहब के हाथ में थी जो ऊँची ऐड़ी के सैण्डिल, नगी टांगों और बाजुओं के साथ थी। जब वह हमारे पास से गुजरी तो इत्र का तेज झोंका हमें लगा। कासिम ने बादाम का छिलका अपने पैरों के नीचे से उठाया और जोर-जोर से उस लड़के की गर्दन पर मारा। लड़का मुड़ा, हमें घूरकर देखा और बोला, ''आवारा।'' अहमद हुसैन ने गुस्से से कहा, ''चलो भागो, नकचढ़े।'' मुझे अवसर मिला था बोल पड़ा, ''अभी आता हूँ तुम्हारा आगे का...चाकू से काटने।'' सुनते ही सब-के-सब खिलखिलाकर हँस पड़े। पिता ने बेटे का हाथ खींचा और सामने वाले होटल के दरवाजे में दाखिल हो गया।

फिर सबकी नजरें महमूद के जूते पर जा टिकीं। महमूद ने बड़ी आत्मीयता से कहा, ''मेरे लिये यह जूता इतना महत्त्वपूर्ण नहीं है। अगर चाहो तो यह तुम अपना समझो।''

फिर अहमद हुसैन की तरफ मुँह घुमाकर बोला, "आओ छोटू, जूते उतारकर खुद पहन लो।"

अहमद हुसैन ने शक की नजर से महमूद को आंका मगर जगह से हिला नहीं। महमूद ने फिर कहा, "मुझे यूं क्यों घूर रहे हो? नये जूते नहीं चाहते हो क्या? आओ ले लो।"

इस बार अहमद हुसैन अपनी जगह से उठा और महमूद के सामने झुका ताकि जूते उतार सके। अहमद हुसैन ने महमूद के पैर मजबूती से पकड़े और अपनी तरफ खींचा मगर उसका हाथ फिसल गया और वह लुढ़ककर फुटपाथ पर जा गिरा। महमूद और वह काना लड़का बुरी तरह हँसने लगे—इस तरह से कि मुझे लगा इनके पेट में दर्द होने लगेगा या फट जायेगा। अहमद हुसैन के दोनों हाथ काले हो चुके थे। काना बार-बार महमूद की कमर में कोहनी मार-मारकर कह रहा था "महमूद कहा नहीं था?...हा-हा...हा। नहीं कहा था? हा...हा...हा...हा।"

महमूद के पैरों पर अहमद हुसैन की फिसली उंगलियाँ साफ नजर आ रही थीं। अब हम समझ गये थे कि हमें इन्होंने बुद्धु बनाया था। अब उनकी हँसी हमें भी छूत के रोग की तरह लग गयी थी और हम हँस रहे थे। अहमद हुसैन लोगों के पैरों से बचता फुटपाथ से उठ गया था और हमें कुछ क्षण ताकता रहा फिर वह भी हँसने लगा। अभी न हँसोगे तो कब हँसोगे की स्थिति में हम सब पेट पकड़े लोट रहे थे। हमें राहगीर देखते हुए गुजर रहे थे। मैं झुका और महमूद के पैर को निकट से देखा। जूता कहाँ था? महमूद ने तो सिर्फ पैरों को रंग रखा था। इस तरह से चमका रखा था कि देखने वाले को लगता कि उसने काले रंग के नये जूते पहन रखे हैं। हमें कैसा धोखा हुआ था?

महमूद ने कहा, "चलो हम छः लोग पासा खेलते हैं।" मेरे पास चार पैसे थे। कासिम ने बताया ही नहीं उसके पास कितने थे। उन दोनों के पास पाँच पैसे थे। अहमद हुसैन के पास पैसे नहीं थे। सड़क के ढलान की ओर एक दुकान बन्द थी। तय हुआ उसी के सामने खेलेंगे। लॉटरी के टिकट वाले के लड़के ने पासा फेंका। उसका पाँच नम्बर आया फिर फेंका दो आया, फिर फेंका दो आया। अब महमूद का नम्बर था। महमूद चार नम्बर लाया। दो पैसे कासिम से लिए और खुशी से हाथों को एक-दूसरे में पकड़कर बोला, "नफा है किस्मत चढ़ी है।" इस तरह से दो-दो करके खेलते रहे।

दाहिनी तरह से दो फैशनेबुल नौजवान गुजरे। अहमद हुसैन दौड़कर उनके पास पहुँचा—"एक पैसा...जनाब केवल एक पैसा...खुदा भला करे।"

उनमें से एक ने अहमद हुसैन का हाथ पकड़ा और पीछे धक्का दिया। अहमद हुसैन कहाँ मानता, फिर उनके आगे पहुँच गया और कहने लगा, "खुदा के नाम पर केवल एक पैसे का सवाल है...एक पैसा है क्या आपके लिए?...खुदा के नाम पर दे दो।"

हमारे पास से जब वह गुजरे तो उनमें से एक ने अहमद हुसैन की गर्दन को ऊपर उठाया और पेट के बल सड़क के किनारे लगे कटघरे पर लिटा दिया। अहमद हुसैन का मुंह सड़क की तरफ था और पैर फुटपाथ की तरफ। किसी तरह अहमद हुसैन ने हाथ-पैर मारकर अपने को फुटपाट पर पहुँचाया और वहीं पेड़ों की जड़ों में बहते पानी की नहर के पास खड़ा हो गया। बाईं तरफ से दो सुन्दर लड़कियाँ एक जवान लड़के के साथ हँसती हुई आ रही थी। दोनों फूलदार ऊंची फ्राकें पहने हुए थीं और लड़के के इधर-उधर चल रही थी। अहमद हुसैन दौड़कर एक लड़की के आगे जाकर खड़ा हो गया, "खुदा के नाम पर एक पैसा...कल से भूखा हूँ...एक पैसा होता क्या है...खुदा की कसम...एक पैसा।"

उस लड़की ने जरा भी ध्यान न दिया, अहमद हुसैन खुशामद करता रहा। दूसरी लड़की ने अपना पर्स खोला और पैसा निकालकर अहमद हुसैन के फैले हाथ पर रख दिया। अहमद हुसैन खुशी से फूला न समाया, दौड़कर हमारे पास आया और बोला, "मैं भी खेलूंगा।"

लॉटरी वाले के लड़के ने कहा, "पैसा है?"

अहमद हुसैन ने मुट्ठी खोलकर दिखायी। दो तूमान (दो रुपये) का सिक्का चमक रहा था।

कासिम ने कहा, "फिर भीख माँगी तुमने ?" यह कहकर उसने मारने के लिए हाथ उठाया। मगर महमूद ने उसे मारने नहीं दिया। अहमद हुसैने ने कुछ नहीं कहा। अपने लिए जगह बनाकर बैठ गया। मैं खड़ा हो गया और बोला, "मैं फकीरों के साथ नहीं खेलता।" मेरे पास केवल एक पैसा था, चार पैसों में से तीन हार चुका था। महमूद भी, जो हार रहा था, "बस, अब कोड़ी नहीं खेलते, चलो दूसरा खेल खेलें।"

कासिम ने मुझसे कहा "लतीफ! अब इस तरह की बातें करके खेल मत बिगाड़ो।" फिर दूसरों की तरफ मुख करके बोला—

'कौन डाल रहा है?"

काना बोला, "अकेले तुम खुद डालो, हम तो दूसरा खेल खेलते है।"

लॉटरी वाले के लड़के ने कासिम से कहा, ''इससे पासा खेलना बेकार है। पाँच या छह लाता है हमेशा, शेर या कट्टमकुट्टा खेलते हैं।''

अहमद हुसैन ने कहा, ''अच्छा।''

महमूद ने कहा, ''नहीं ! दीवार वाला खेल।''

सड़क की भीड़ धीरे-धीरे करके कम हो रही थी। हमारे सामने की कई दूकानें बन्द हो गयी थीं। खेल आरम्भ करने के लिए सबने एक-एक पैसा नहर के सामने से दुकानों की दीवार की ओर फेंका। अभी सिक्के दीवार के नीचे ही पहुँचे थे कि अहमद हुसैन चीखा—

''पुलिस की गाड़ी !''

हमारे एक-दो गज के फासले पर गाड़ी थी। मैं, अहमद हुसैन और काना भाग खड़े हुए। लॉटरी वाले का लड़का और महमूद हमारे पीछे भागे। कासिम जल्दी से दीवार के नीचे जमा पैसा बटोरना चाह रहा था कि पुलिस गाड़ी ने हौले से धक्का दिया, ''आवारा जुए बाज...क्या तुम्हारे घरबार नहीं है क्या? माँ-बाप भी नहीं हैं?''

गाड़ी के धक्के से कासिम बिलबिला उठा मगर पैसा उठाना बन्द नहीं किया। पैसे उठाकर वह तेजी से भागा।

चौराहे से आगे बढ़ा तो देखा मैं अकेला रह गया हूँ। सड़क के उस पार की 'चुल्लोकबाबी' का रेस्ट्रा बन्द हो गया था। जब भी इस दुकान का शटर आधा गिर जाता था, वह वक्त घर लौटने का होता था। मैं तेजी से चौराहे और सड़कें पार करता गुजरने लगा, ''बाबा सो गये होंगे'' इस भय से मैं चाल तेज कर रहा था। दिल-ही-दिल में कहे जा रहा था, ''काश, मेरी प्रतीक्षा में जागते हों...'' इतनी देर में तो उन्हें हमेशा नींद घेर लेती है—फिर स्वयं से कहता ''खिलौनों की दुकान !'' इतनी रात गये क्या वह खिलौना खरीदने जायेंगे? मेरे ऊँट को उन्होंने शीशे से हटाकर अन्दर दुकान में रखकर ताला लगा दिया होगा—काश ! मैं ऊँट से बात कर सकता। मैं डर रहा था कि कल रात का दिया वचन भूल गया हो? नहीं वह जरूर आयेगा। उसने खुद कहा था कि मैं आऊंगा, तुम्हें बिठाकर पूरा तेहरान दिखाऊंगा। ऊँट की सवारी का अपना मजा है।

एकदम से ब्रेक की आवाज आई और मैं हवा में नाचा, इस प्रकार कि स्वयं को विश्वास हो गया कि मैं मर गया। बीच सड़क पर पड़ा मैं समझ गया कि कार से मेरी दुर्घटना हुई है मगर मुझे कुछ हुआ नहीं है। अभी मैं हाथ की कलाई की मालिश कर रहा

था कि किसी ने कार से सर निकालकर ललकारा, ''चलो, भागो कार के सामने से, मूर्ति काहे को बन गये? चलो भागो।''

मुझे होश आ गया, एक बूढ़ी औरत कार मैं बैठी थी। पास में एक बड़ा-सा कुत्ता। उसकी गर्दन का पट्टा चमक रहा था। एकदम से मेरी हालत ऐसी हो गयी कि मुझे लगा कि अभी कुछ कर बैठूं या कार का शीशा मेरे क्रोध की अधिकता से टूट जायेगा और मैं अपनी जगह से किसी प्रकार हिल नहीं सकता हूँ।

बूढ़ी औरत ने एक-दो बार हार्न बजाया और कहा, ''बहरे हो क्या लड़के? भागो मेरी कार के सामने से।''

एक-दो कारें आयीं और हमारे इधर-उधर से गुजर गयीं। बूढ़ी औरत ने अपना चेहरा कुछ कहने के लिए खिड़की से बाहर निकाला ही था कि मैंने उसके मुँह पर थूका और गन्दी गालियाँ बकता हुआ वहाँ से भागा। थोड़ा चला, आगे जाकर बन्द दुकान की सीढ़ी पर बैठ गया। दिल तेजी से धड़क रहा था। दुकान का दरवाजा सलाखों का बना हुआ था। अन्दर दुकान में प्रकाश जगमगा रहा था। शीशे के पीछे तरह-तरह के जूते सजे थे। एक दिन बाबा ने यहाँ तक कहा था कि यदि हम दस रोज की मजदूरी भी खर्च कर दें तो भी इस तरह के जूते का एक भी जोड़ा खरीद नहीं पायेंगे।''

मैंने अपना सर दरवाजे से टिका दिया और पैर सामने फैला दिये। हाथ की कलाई में भी दर्द हो रहा था। दिल मतला रहा था। एकदम से याद आया कि अभी तक मैंने कुछ खाया नहीं है। अपने आपसे कहा, ''आज की रात भूखे ही सोना पड़ेगा। काश ! बाबा मेरे लिए कुछ ले आये हो'' एकदम से याद आया आज की रात ऊँट आने वाला है और मुझे पीठ पर बिठाकर घूमाने वाला है। मैं अपनी जगह से उछला और तेजी से घर की ओर चलने लगा। खिलौने की दुकान बन्द थी लेकिन खिलौनों की आवाजें लोहे की सलाखों के पीछे से कानों में पहुँच रहीं थीं। रेलगाड़ी छुकछुक करके चल रही थी। काला बड़ा-सा भालू मशीनगन लिये बैठा तड़ा-तड़ गोलियाँ चला रहा था और पास खड़ी मासूम खूबसूरत गुड़ियों को डरा रहा था। बन्दर इधर से उधर कूद रहे थे, ऊँट की दुम में लटक रहे थे और ऊँट पीड़ा के कारण चीख रहा था और बुरा-भला कह रहा था। गधा अपने बड़े-बड़े कान लिये अपने दांतों को किट-किटाकर उर-उर की आवाज निकाल रहा था और भालू के बच्चों और गुड़ियों की पीठ पर सवार होकर उछल-उछलकर चल रहा था। ऊँट के कान घड़ी की टिक-टिक पर लगे हुए थे जैसे उसने किसी को समय दे रखा हो। हेलिकॉप्टर और हवाई जहाज उड़ रहे थे। कछुए मुँह अन्दर किये सो रहे थे। कुतिया अपने बच्चों को

दूध पिला रही थी। बिल्ली बास्केट से अण्डे चोरी कर रही थी। खरगोश ताज्जुब से शिकारियों को देख रहा था। लंगूर माउथ आरगन बजा रहा था...बस और कारें गुड़ियों को बिठाकर उन्हें घुमा रही थीं। मशीनगन, पिस्तौल तथा बन्दूक धड़ाधड़ गोलियाँ बरसा रहे थे। सबसे महत्त्वपूर्ण मेरा ऊँट था, अगर जरा भी हिलता, सारी चीजें इधर-उधर बिखरने लगतीं। इतना बड़ा था कि शीशे में नहीं आ रहा था बल्कि दुकान के बीचों बीच खड़ा था। उसकी गर्दन में पड़ी घण्टी टनटन करके बोल रही थी, मुँह चला रहा था मगर कान उसके घड़ी की टिक-टिक पर लगे हुए थे। एक सफेद बालों के ऊँट के बच्चों की पंक्ति ठुनक रही थी "अगर बाबा तुम बाहर गये तो हम भी साथ चलेंगे।"

मैं चाहता था कि ऊँट से दो बातें कर लूं मगर मैंने जितना भी पुकारा उसने मेरी आवाज न सुनी। मैंने दरवाजा भड़भड़ाया। सब खामोश हो गये मगर ऊँट...उसी समय किसी ने मेरा कान पकड़कर उमेठा "क्या पागल हो गये हो लड़के? जाओ, जाकर सो जाओ।"

अब वहाँ ठहरना उचित न था। अपने को पुलिस से मुक्त कर चुका था, अब और देर नहीं करना चाहता था सो सीधे घर की तरफ चल दिया। जब मैं बाबा के पास पहुँचा तो सारी सड़कें खाली और खामोश थीं। कभी-कभी एक-आध टैक्सी गुजर रही थी। बाबा अपनी रेड़ी के ऊपर सोये पड़े थे। अगर मैं सोना चाहता तो उन्हें जगाना जरूरी था ताकि वह अपना पैर सीधा कर लेते तो मैं लेट जाता। हमारी रेड़ी के अलावा अन्य रेड़ियाँ भी सड़क पर थीं, जिन पर लोग सो रहे थे। कुछ दीवार के पास जमीन पर सो रहे थे। यह जगह चौराहे के समीप थी। यहाँ पर हमारे एक जानने वाले की बर्फ बेचने की दुकान थी, मैं नींद में डूबा था, वहीं रेड़ी के नीचे पड़ गया और गहरी नींद में डूब गया।

ट्रिंग—ट्रिंग—ट्रिंग

"अरे लतीफ कहाँ हो? लतीफ, जवाब क्यों नहीं दे रहे हो? मैं तुम्हारा ऊँट हूँ। आया हूँ तुम्हें सवार करके तेहरान घुमाने।"

ऊँट आया और मैं उस पर बैठ गया और हँसकर बोला, "मैं तो तुम्हारी पीठ पर बैठा हूँ फिर तुम क्यों चिल्ला रहे हो?"

ऊँट मुझे देखकर प्रसन्न हो गया। एक चूर्ण मुझे दिया और खुद भी मुँह में डालकर मुँह चलाने लगा। अभी हम कुछ दूर चले ही थे कि वह बोला, "मैं अपने साथ मुँह से बजाने वाला बाजा भी ले आया हूँ। लो बजाओ, मैं भी गाना सुनता हूँ।"

मैंने वह बाजा ऊँट से लिया और जोर से फूंक मारने लगा। मेरी धुन के साथ ऊँट के गले की बजती घण्टी भी शामिल हो गयी थी। ऊँट मेरी तरफ गर्दन घुमाकर बोला, "लतीफ, खाना खा लिया है?"

मैंने उत्तर दिया, "नहीं! पैसा ही न था।"

ऊँट बोला, "फिर चलते हैं पहले खाना खाते हैं।"

हमारी बात सुनते ही एक सफेद खरगोश पेड़ से कूदा और बोला—

"आज का खाना 'रेडरविला' में खाते हैं। वहीं मैं जा रहा हूँ, आप भी चलिए, दूसरों को भी खबर दे देता हूँ।" यह कहकर खरगोश भागा और हमसे दूर चला गया।

ऊँट बोला, "जानते हो विला का अर्थ?"

मैंने कहा, "कोठी।"

ऊँट बोला, 'कोठी नहीं, बल्कि रईस लोग पहाड़ी स्थानों पर अपने लिए महल और शानदार घर हर तरह की चीजों से सजे हुए आरामदेह बनवाते हैं। जब भी उनका मन शहर से उकताये, वह वहाँ जाकर आराम करें। इन घरों को 'विला' कहते हैं। इसके अतिरिक्त विला में फव्वारे, बाग, स्वीमिंगपूल और रंग-बिरंगे फूल भी होते हैं। एक दर्जन माली, नौकर और रसोईया भी रखते हैं। कुछ रईस तो विदेशों में भी इसी प्रकार के विला रखते हैं, उदाहरणत: स्वीटजरलैण्ड और फ्रांस आदि जगहों में। अब हम चलते हैं तेहरान के उत्तर की ओर ताकि इस गर्मी से हमें निजात मिले और हम आराम से विला का आनन्द लें।" इतना कहकर ऊँट आसमान पर पक्षी की तरह उड़ा। हमारे नीचे सुन्दर और साफ-सुथरे मकान गुजर रहे थे। हवा में न बदबू थी न धुआँ पर और गलियाँ इस प्रकार की थीं कि मुझे लगा कि मैं फिल्म देख रहा हूँ। आखिर मैंने ऊँट से पूछा, "ऊँट! कहीं हम तेहरान से बाहर तो नहीं निकल आये हैं?"

ऊँट ने पूछा, "यह तुमने कैसे सोचा?"

मैंने कहा, "आखिर इधर न बदबू है न धुआँ, घर भी ऐसे बड़े और सुन्दर जैसे फूलों की डलिया।"

ऊँट हँसा और बोला, "तुम्हारा कहना सही है लतीफ! तेहरान के दो हिस्से हैं—हर हिस्सा अपने लिए महत्त्वपूर्ण है। इसका दक्षिणी भाग धुएँ और गंदगी से भरा हुआ मगर उत्तरी भाग साफ-सुथरा है। दक्षिणी भाग में टूटी-फूटी बसें और कारें चलती हैं। ईटों की भट्टी हैं। अधिकतर गलियाँ गच्ची हैं। उत्तर का सारा गन्दा पानी दक्षिणी भाग में बहकर

आता है। संक्षेप में शहर के दक्षिणी भाग में भूखे दरिद्र तथा बेचारे लोग रहते हैं। उत्तरी भाग में अमीर और रईस लोग रहते हैं। तुमने कभी 'हसीराबाद' और 'बाजीराबाद' और 'खियाबान हाज अब्दुलमहमूद' की संगमरमर की दस मंजिला ईमारत देखी है? यहाँ अमीरों के घर के नीचे बड़ी-बड़ी दुकानें जिसके ग्राहक बड़ी-बड़ी कारों और हजारों की कीमत वाले कुत्तों के साथ आते हैं। मैंने कहा, ''लेकिन दक्षिणी भाग में ये चीजें नजर नहीं आती। वहाँ तो किसी के पास कार नहीं बल्कि वहाँ तो लोग खेतों में सोते हैं या अपनी-अपनी ठेली पर।''

अब मुझे इतनी तेज भूख लग रही थी कि मुझे महसूस होने लगा कि अन्दर कहीं मेरे पेट में सूराख हो गया है। हमारे नीचे एक बहुत बड़ा बाग था। रंग-बिरंगी रोशनी के कुमकुमों से जगमगाता ठण्डा सुगन्धित, फलोंयुक्त वृक्षों से भरा इमारतों के बीच में वह बाग एक गुलदस्ते के रूप में नजर आ रहा था। उसी के पास एक हौज था। जिसमें उज्ज्वल पानी और तरह-तरह की मछलियाँ तैर रही थीं। उसके चारों तरफ कलियाँ, फल-फूल और मेज-कुर्सी सजी थीं। मेजों पर तरह-तरह के व्यंजन सजे थे, जिनकी खुशबू से आदमी मस्त हो सकता था।

ऊँट ने कहा, ''चलो नीचे खाना लग गया है।''

मैंने पूछा, ''बाग का मालिक कहाँ है?''

ऊँट ने कहा, ''उसकी चिन्ता मत करो। वह नीचे तहखाने में पड़ा हुआ सो रहा है।''

ऊँट हौज के रंगीन टायलस के पास बैठा और मैं उछलकर नीचे आ गया। खरगोश मौजूद था। मेरा हाथ पकड़ा और मुझे एक मेज पर बिठा दिया। कुछ समय पश्चात् मेहमान आने लगे। गुड़िया कार, हैलिकॉप्टर और हवाई जहाज से तो गधा, कछुआ, लंगूर, ऊँटों के बच्चे तथा खरगोश सब दौड़ते हुए आ रहे थे। अजीब दावत थी। तरह-तरह के व्यंजन ऐसे मजेदार और खुशबूदार कि केवल इन्सानों के मुख को पानी से भर सकते थे। बड़े-बड़े टर्की तले हुए जूजे कबाब, बर्रे कबाब, पुलाव, सालन और तरह-तरह के अन्य विभिन्न व्यंजन ऐसे कि मैं वास्तव में उनका नाम भी नहीं जानता था। फल जितना दिल चाहे खा सके थे, भरे हुए थे।

ऊँट उस हौज के किनारे खड़ा था। उसने सर और गर्दन के इशारे से सबको शान्त किया और कहा, ''छोटे से बड़ों तक का स्वागत, आप पधारे, यह हमारे लिए प्रसन्नता

का अवसर है। मगर मैं चाहता हूँ आपको बता दूं कि यह भोज किसलिए और किस कारण से दिया गया है? इतना धन किसलिए खर्च किया गया है?''

गधे ने जवाब दिया, ''लतीफ के लिए, ताकि वह एक बार अच्छा, बढ़िया और मजेदार खाना भरपेट खा सके और उसके मन में कोई इच्छा बाकी न बचे।''

भालू ने मशीनगन के पीछे से कहा, ''लतीफ इतनी बार हमें देखने आया है कि हम उसे प्यार करने लगे हैं।''

चीते ने कहा, ''और नहीं तो क्या? जिस तरह से लतीफ़ का मन करता है कि हम सब उसके अपने हो जायें ठीक उसी तरह हमारा भी मन चाहता है कि वह हम सबका स्वामी बन जाये।''

शेर ने कहा, ''हाँ, अमीरों के बच्चों के दिल बड़ी जल्दी हमसे भर जाते हैं। उनके पिता रोज नये-नये खिलौने लाते हैं। हमें छोड़कर वे नयी चीजों पर टूटते हैं और हम धूल में उलटे-सीधे पड़े होते हैं या टूट जाते हैं या फिर लापरवाही के कारण हमारी रंगत खराब हो जाती है।''

मैं अन्त में बोला, ''अगर तुम सब मेरे बन जाओ तो मैं वचन देता हूँ कि कभी भी मेरा दिल तुम से नहीं भरेगा। मैं सदा तुम्हारे साथ खेलूंगा, तुम्हें कभी अकेला तन्हा नहीं छोडूंगा।''

सारे खिलौने एक साथ बोल पड़े, ''हम जानते हैं। हम सब तुम्हें पहचानते हैं मगर हम सब तुम्हारे नहीं बन सकते। दुकानदार हमें बहुत महंगा बेचते हैं। हमारी यही मजबूरी है।''

एक ने कहा, ''मैं सोचता हूँ कि हममें से किसी एक को खरीदने के लिए तुम्हारे पिता की मास भर की आय भी कम होगी।''

ऊँट ने सबको शान्त किया और कहा, ''हम मूल विषय पर लौटते हैं, तुम सबका कहना सच है मगर यह दावत मैंने किस महत्त्वपूर्ण कारण से दी है, तुम लोगों ने उस ओर ध्यान नहीं दिया ?''

मैंने फिर कहा, ''मैं स्वयं जानता हूँ कि तुम मुझे यहाँ क्यों लाये हो? तुम चाहते हो कि मैं यह जान लूं कि सारे लोग मेरे और बाबा की तरह भूखे सड़क के किनारे नहीं सोते हैं।''

कई मर्द और औरत कुछ दूर पर बैठे जल्दी-जल्दी खाना खा रहे थे। देखने से लग रहा था कि इस घर के नौकर-चाकर है। मैंने भी खाना आरम्भ कर दिया मगर जैसे मेरे पेट में छेद हो गया था। जितना भी खा रहा था मगर भूख थी कि मिटने का नाम नहीं ले रही थी, पेट था कि भरने का नाम नहीं ले रहा था। पेट ऐसा गुडगुड आवाजें कर रहा था जैसे खाली हो। ठीक उस तरह से जब मैं बहुत भूखा होता हूँ। एकदम से ध्यान आया कहीं सपना तो नहीं देख रहा हूँ? दोनों हाथ आँखों पर फेरे। दोनों खुली थीं, खुद से बोला, ' मैं सो रहा हूँ? नहीं, अगर सोता तो आँखें बंद न होती मेरी, मैं कुछ भी देख न पाता। फिर पेट क्यों नहीं भर रहा है मेरा? फिर क्यों मेरा जी मतला रहा है?''

अब मैंने इमारत के चारों तरफ घूमना आरम्भ कर दिया। उसके बहुमूल्य पत्थरों को हाथ से छुआ। जाने कहाँ से धूल का झोंका आया और मेरे चेहरे पर महसूस हुआ कि मैं अब नीचे तहखाने में था। मुझे लगा कि वहीं से धूल उड़ रही है। पहले ही सीढ़ी पर धूल इस तरह से नाक में घुसी की छींक आ गयी। आक—छी—!

मैंने स्वयं से पूछा, ''क्या हुआ? मैं कहाँ हूँ?''

झाडू लगाने वाला जमादार ठीक मेरे पास से फुटपाथ को बटोरता और धूल के बादल उड़ाता गुजर रहा था। मैंने धूल से अटे मुख को हिलाया ''क्या हुआ? मैं कहा हूँ? कहीं सपना तो नहीं देख रहा हूँ?'' लेकिन वह सपना न था, मैंने बाबा की रेड़ी देखी फिर टैक्सी की आवाज सुनी। फिर भोर की सफेदी में चौराहों के आसपास इमारत देखी, ''वह सब कुछ मैंने सपने में देखा था?''

हाँ—वह सब सपना था। नहीं !—नहीं !—नहीं !—जमादार ने मुड़कर मुझे देखा। बाबा ने रेड़ी के ऊपर से नीचे झाकते हुए पूछा, ''लतीफ! सो रहे हो?''

मैंने कहा ''नहीं !—नहीं !—''

बाबा ने कहा, ''जब सो नहीं रहे हो तो यूँ चिल्ला क्यों रहे हो? आओ, ऊपर आओ मेरे पास।''

मैं ऊपर गया। बाबा ने अपना हाथ फैलाकर तकिया बनाया मगर मुझे फिर नींद नहीं आयी। जी मतला रहा था। पेट अन्दर धंसा पीठ से चिपका हुआ था। बाबा ने जब देखा कि मुझे नींद नहीं आ रही है तो बोले, ''रात बड़ी देर कर दी। मैं भी थका हुआ था, जल्दी ही सो गया।''

मैंने बताया, "दो कारें टकरा गयी थीं उसी को खड़ा देखता रहा, इसी में देर हो गयी।" फिर थोड़ी देर बाद मैंने पूछा—

"बाबा ! क्या ऊँट बात कर सकता है?"

"नहीं ! वह कहाँ बोल सकता है?"

"हाँ ! ऊँट के पंख भी नहीं होते।—"

"क्या बात है बेटे ! हर सुबह जागते हो तो हमेशा ऊँट के बारे में बोलते हो?" पिता ने कहा।

"अमीर होना भी कितना अच्छा है बाबा ? है न, आदमी का जो दिल चाहे, जितना चाहे खा सकता है, खरीद सकता है, है न बाबा?"

"नाशुक्री न करो बेटे ! ख़ुदा खुद जानता है कि किसे पैसे वाला बनाए, किसे बिना पैसे वाला।"

बाबा हमेशा ऐसा ही बोलते थे। जब रोशनी फैल गयी तो बाबा ने सिराहने रखी गठरी निकालकर पैरों के पास रखी फिर हम दोनों रेड़ी से नीचे उतर आये। बाबा ने कहा, "कल मैंने आलू धोए नहीं आधे से अधिक यूँ ही पड़े रह गये।"

"क्या दूसरी चीज लाना चाहते हैं?" मैंने पूछा।

बाबा कुछ बोले नहीं। रेड़ी का ताला खोलकर भरे हुए बोरे निकाले और उसे रेड़ी के ऊपर खाली कर दिया। मैंने भी तराजू और बटखरे नीचे से निकाल उन्हें सजा दिया। फिर हम चल पड़े।

"चलो 'आश' खाते है" बाबा बोले। बाबा जब भी सुबह 'आश' (सब्जी से भरा सूप) खाने को कहते हैं, मैं समझ जाता कि बाबा ने रात खाना नहीं खाया है।

जमादार ने सड़क बटोर दी थी। हम भी पार्क शहर की ओर चल पड़े। बूढ़ा आश बेचने वाला हमेशा की तरह सड़क की ओर पीठ किए फुटपाथ पर पानी के नहर के सामने बैठा था। सामने अंगीठी पर रखा पतीला कुल-कुल कर उबल रहा था। तीन ग्राहक सामने बैठे अलमूनियम के कटारों में आश खा रहे थे। लॉटरी बेचने वाले जेवर की पत्नी भी इनमें थी। जेवर ही की तरह सर पर चादर डाले, पालथी मारे वह आश खा रही थी। गोद में लॉटरी के टिकट का पैकेट पड़ा था और सर पर पड़ी चादर घुटनों पर डाले हुई थी। बाबा ने पड़ोसी बूढ़े का हाल-चाल पूछा और हम दोनों बैठ गये। दो छोटे कटोरे आश

एक टुकड़ा रोटी से खाकर हम उठ गये। पिता ने दो पैसे देते हुए कहा, "दोपहर को लौट आना, साथ खाना खायेंगे। अब मैं फेरी लिए जाता हूँ।"

मैंने पहले किसी को देखा तो वह था जेवर लॉटरी वाले का बेटा। एक मर्द के सामने खड़ा लगातार कह रहा था, "साहब, एक टिकिट खरीद लो, आपका नंबर आ जाएगा, जरूर खरीद लो।"

मर्द बड़ी कठिनाई से लड़के से अपने को छुड़ा आगे बढ़ा। जेवर के लड़के ने होठों-ही-होठों में गालियाँ दीं और आगे बढ़ने को हुआ तभी मैंने आवाज देकर कहा, "क्यों फसा नहीं पाये?"

"इसका मिजाज बिगड़ा हुआ था। लगता है पत्नी से लड़कर आया था। "जेवर के लड़के ने कहा और हम आगे बढ़ गये। वह हर आदमी के आगे टिकटों की गड्डी करके कहता, "मैडम, टिकिट?—साहब टिकट?" यह हर टिकट पर अपनी माँ से एक पैसा लेता था। जब अपना खर्च निकाल लेता तो टिकट बेचना बन्द कर देता था और घूमने-फिरने, सिनेमा देखने और किसी से लड़ने-भिड़ने चल देता था। हम सब में पैसे वाला वही था। दोपहर में उसकी आदत थी कि पुल के नीचे, नहर किनारे दो घण्टे पढ़कर सोता था। सुबह सवेरे उठ जाता था। माँ से दस-बीस टिकट लेता और ग्राहक की खोज में निकल पड़ता ताकि दोपहर से पहले अपना काम समाप्त कर ले। वह नहीं चाहता था कि दोपहर के बाद भी वह टिकट बेचने में समय खराब कर दे। नादरी सड़क तक उसने तीन टिकट बेच लिए फिर बोला "मैं तो यहीं रुकता हूँ।"

एक-आध दुकानें खुली थीं। खिलौने की दुकान बन्द थी। अभी ऊँट फुटपाथ पर नहीं आया था। मेरा मन न किया कि दरवाजा खटखटाकर उसकी नींद खराब करूँ। उसे छोड़ मैं आगे बढ़ गया। सड़कें स्कूली बच्चों से भरी थीं। हर कार में माँ-बाप के साथ एक-दो बच्चे स्कूल जाने वाले बैठे थे।

इस समय मैं केवल अहमद हुसैन को खोज रहा था ताकि इस अकेलेपन से छुटकारा हासिल कर सकूं। कुछ देर बाद मैं उस सड़क पर पहुँच गया जहाँ पर बड़े लड़के साफ-सुथरे से आ-जा रहे थे। दुकान सामानों से चमक रहीं थीं। लड़कियाँ, औरतें रंग-बिरंगे फूलों की तरह महक रही थीं। मैं जब भी इस सड़क से गुजरता हमेशा लगता कि मैं सिनेमा हाल में बैठा फिल्म देख रहा हूँ। कभी भी समझ नहीं पाता कि इन बड़े-बड़े शानदार मकानों में रहने वाले किस प्रकार खाना खाते हैं, कैसे सोते हैं, कैसे बात करते हैं और कैसे कपड़े पहनते हैं? क्या तुम जान सकते हो कि माँ के पेट में हम कैसे जीते थे? क्या सचमुच

तुम देख सकते थे कि माँ के पेट में तुम कैसे खाना खाते थे? नहीं न? मैं भी तुम्हारी तरह था, कैसे यह सब कुछ जान सकता था? दुकान के सामने तीन बच्चे बस्ता लिये अन्दर रखे सामान को देख रहे थे। मैं भी उनके पीछे जाकर खड़ा हो गया। उनके सर से सुगन्ध उठ रही थी। बड़ी मन-मोहक थी। मैंने एकाएक एक का सर झुककर सूंघा, लड़कों ने पीछे मुड़कर देखा, मुझे खड़ा देखकर उनकी त्यौरियों पर बल पड़ गए। उनकी आँखों में घृणा उभरी और वे मुझसे दूर हट गये। दूर से मैंने सुना कि उनमें से एक ने कहा, ''कैसी गन्दी बदबू आ रही थी उसके पास से?''

मुझे केवल इतना अवसर मिला की दुकान के शीशे में मैं अपनी शक्ल देख सकूं। मेरे सर के बाल इतने बिखरे और परेशान थे और कानों तक को ढके हुए थे, लग रहा था मैंने घने बालों की बड़ी-सी टोपी पहन रखी हो। कपड़ा भी गन्दगी से काला पड़ गया था और कालर से मेरा धूप से झुलसा काला रंग नजर आ रहा था। नंगे पैर, एड़ी फटी हुई थीं दिल में क्रोध उमड़ा कि इन तीनों अमीरजादों का सर फोड़ दूं।

क्या उनकी गलती थी जो मैं इस हालत से था?

दुकानदार अन्दर से बाहर निकला और मुझे हाथ के इशारे से भगाता हुआ बोला, ''चलो भागो छोकरे! अभी बोहनी नहीं हुई कि माँगने आ गए। इतनी सुबह-सुबह, क्या दूं तुम्हें? भागो।''

मैं न जगह से हिला न कुछ बोला, ''चलो भागो! अजीब ढीठ हो।''

मैं हिला नहीं मगर बोला, ''मैं फकीर नहीं हूँ।''

दुकानदार बोला, ''क्षमा करना लड़के, फिर काम क्या है?''

मैंने कहा, ''कुछ काम नहीं है, खड़ा देख रहा हूँ।'' कहकर मैं आगे बढ़ गया। दुकानदार अन्दर चला गया। सामने बहते पानी की नहर में एक टाईल का टुकड़ा पड़ा था। उसे उठाया और अपनी पूरी ताकत से दुकान के बड़े शीशे की तरफ फेंका। शीशा एक तेज आवाज के साथ टूटा और चकनाचूर होकर नीचे बिखर गया। शीशे की आवाज ने मेरे मन का भारीपन कम कर दिया और मैं सर पर पैर रखकर वहाँ से भागा। कई सड़कें पार कर जब मैं अहमद हुसैन से मिला तो समझ गया कि उस दुकान से काफी दूर निकल आया हूँ।

अहमद हुसैन लड़कियों के स्कूल के सामने इधर से उधर आ-जा रहा था। बच्चे कारों से उतरकर स्कूल में दाखिल हो रहे थे। अहमद हुसैन उनके माँ-बाप के सामने हाथ

फैलाता पैसा माँग रहा था। सुबह का काम अहमद हुसैन का भीख माँगना था। मैं आज तक समझ नहीं पाया था कि अहमद हुसैन कहाँ और किसके पास रहता है? एक बार कासिम बता रहा था कि अहमद हुसैन अपनी दादी के साथ रहता है। वह भी भीख माँगती है। इनका और कोई नहीं है। अहमद हुसैन ने खुद कभी कुछ नहीं बताया था।

जब स्कूल की घण्टी बजी और बच्चे क्लास में जाने लगे तो अहमद हुसैन बोला, ''आज भीख अच्छी नहीं मिली। सबने कहा भुना पैसा नहीं है।''

मैंने कहा, ''हम कहाँ जाना चाहते हैं''

अहमद हुसैन ने कहा, ''इसी तरह चलते हैं आगे।''

मैंने कहा, ''इसी तरह से कैसे? कासिम के पास चलते हैं। एक-एक गिलास मट्ठे का पीते हैं।''

कासिम सीमीटरी सड़क के अन्त में मट्ठे की दुकान पर काम करता था। एक गिलास एक पैसे का बेचता था। हम जब भी उससे मिलने जाते मुफ्त एक गिलास मट्ठा पीते थे। कासिम का पिता हाल अब्दुल महमूद सड़क पर, पुराने कपड़े खरीदने और बेचने का धन्धा करता था। कमीज करीब डेढ़ रुपये की, दो अन्डरवियर दो रुपये या ढाई रुपये के, कोट-पैन्ट लगभग आठ रुपये की। दोनों के काम के स्थान के बीच एक गली थी। यह जगह टूटी-फूटी चीजों से भरी हुई थी। कासिम के पिता की दुकान बहुत छोटी थी। रात को माँ-बेटे-पिता, तीनों वहीं सोते थे। माँ सुबह से शाम तक पुराने खरीदे कपड़ों को नहर के पानी से धोती, फटे कपड़ों को सीती और पैबन्द लगाती थी। 'हाज अब्दुल महमूद सड़क' बच्ची थी। पानी की बूँद वहाँ न थी, वहाँ से कोई भी कार या बस नहीं गुजरती थी।

मैं और अहमद हुसैन दो घण्टे बाद कासिम के काम वाली जगह पर पहुँचे। कासिम वहाँ न था। उसके पिता की दुकान पर पहुँचे। उसके पिता ने बताया वह माँ को लेकर दवाखाने गया है। कासिम की माँ के पेट और पैरों में हमेशा दर्द रहता था।

दोपहर के लगभग मैं, अहमद हुसैन और जेवर का बेटा नादरी सड़क पर नहर के किनारे बैठे फल के बीज छील-छीलकर खा रहे थे और ऊँट की कीमत के बारे में बात कर रहे थे। अन्त में तय हुआ कि हम स्वयं दुकान जाकर दुकानदार से पूछ लें। दुकानदार ने इस विचार से कि हम भिखमंगे हैं हम से दुकान के अन्दर घुसने से पहले ही कह दिया, ''चलो बाहर। मेरे पास खुले पैसे नहीं है।''

मैंने कहा, "हमें पैसा नहीं चाहिए जनाब, इस ऊँट की कीमत क्या है?" मैंने बाहर की ओर इशारा करते हुए कहा।

"ऊँट?" दुकानदार ने आश्चर्य से कहा।

"हाँ! ऊँट कितने का है?" कासिम व अहमद हुसैन ने मेरे पीछे से एक साथ पूछा।

दुकानदार बोला, "अरे भाई बाहर निकलो, ऊँट बेचने के लिए नहीं है।"

हम उदास दुकान से वापस हुए जैसे अगर ऊँट बिकने वाला होता तो इतना पैसा हमारे पास था कि उसका दाम चुकाते और उसे ले आते। ऊँट उसी तरह से अपने स्थान पर खड़ा था। हमने सोचा कि यह एकसाथ हमें बैठा सकता है। हमें जरा भी कष्ट नहीं होगा। अहमद हुसैन का हाथ मुश्किल से ऊँट के पेट तक पहुँच रहा था। जेवर के बेटे ने भी अपने हाथ की परीक्षा लेनी चाही कि वह कहाँ तक पहुँच रहा है तभी दुकानदार बाहर निकला और कान उमेठकर बोला, "गधे, दिखता नहीं है क्या?" और हाथ से कागज के टुकड़े की ओर इशारा किया "लिखा है 'हाथ मत लगाओ'।" हमने उसे देखा कि पिन से उसकी गर्दन में कुछ लगा है मगर हम समझ नहीं पाये। हम वहाँ से आगे बढ़े। थोड़ी देर बाद जेवर के बेटे ने कहा, "मुझे नींद आ रही है।" कहकर वह पुल के नीचे जाकर सो गया। अब मैं और अहमद हुसैन अकेले रह गये। हम पसीने से डूबे थे। आपस में बात नहीं कर रहे थे। मेरा मन कर रहा था कि काश ! मैं माँ के पास होता, अजीब तरह से मैं तन्हाई और अजनबीपन महसूस कर रहा था और उदास हो गया था।

पार्क शहर के समीप पहुँचकर अहमद हुसैन ने दो रुपये के अण्डे का सैंडविच खरीदा। मुझे एक कौर खाने दिया। फिर हम पहले वाली जगह नहर के किनारे पहुँच गये। हम नहाना चाहते थे। हमसे ऊपर की तरफ कुछ बच्चे नहा रहे थे और एक-दूसरे के ऊपर पानी उछाल रहे थे। हम दोनों खामोशी से पानी में लेट गये और अपने हाथ-पैर व सर धोते रहे। उन लड़कों की ओर हमने ध्यान नहीं दिया। जैसे ही पार्क की ओर से शोर उठा, हम तेजी से भागे और आगे जाकर धूप में बैठ गये। जमीन पर हम दोनों ऊंट का चित्र बना ही रहे थे कि बाबा की आवाज सुनी। अहमद हुसैन चला गया और मैं पिता के साथ जिगर की दुकान की ओर चला कि खाना खा लें। मुझे खामोश देखकर बाबा ने पूछा, "लतीफ ! क्या बात है? खामोश क्यों हो तबियत तो ठीक है न?"

"नहीं ठीक हूँ !" मैंने उत्तर दिया।

पार्क में आकर हम पेड़ों के साये में लेट गये। बाबा ने देखा कि मैं बेचैन हूँ और सो नहीं पा रहा हूँ तो पूछा, "लतीफ ! किसी से लड़ाई हो गई है क्या? किसी ने कुछ कहा है तुमसे? आखिर मुझसे कहो तो क्या बात है?"

मेरा मन कुछ भी कहने-सुनने का नहीं कर रहा था बल्कि मैं खामोशी से अपना दुःख तन्हा ही पीना चाहता था। मेरा दिल चाह रहा था कि माँ पास होती तो मैं उनसे लिपटता, उन्हें सूंघता, प्यार करता। एकदम से मेरी रुलाई फूट पड़ी। बाबा के सीने में मैंने अपना चेहरा छुपा लिया। बाबा ने मुझे गोद में लेकर सीने से चिपका लिया और मुझे सहलाने लगे। कुछ न बोले मुझे रोने दिया। मैं दिल भरकर रोया मगर बाबा से मन का हाल न कहा। केवल इतना ही कहा, "माँ की बहुत याद आ रही है।" सिसकते-सिसकते मैं बाबा से लिपटा-लिपटा सो गया। जब जागा तो देखा कि बाबा मेरे पैरों को गोद में लिये बैठे है और सामने की भीड़ को ताक रहे हैं। मैंने अपना पैर समेटा और उठकर बैठ गया।

"बाबा।" बाबा ने मेरी ओर देखा फिर मेरे सर पर हाथ रखकर प्यार से पूछा, "जाग गये मेरी जान !"

मैंने सर हिलाकर 'हाँ' कहा।

"हम कल अपने गाँव जा रहे हैं तुम्हारी माँ के पास अगर कोई काम मिला तो वहीं करूंगा। रूखा-सूखा जो मिलेगा उसी पर सन्तोष करूंगा, यदि वह भी न मिला तो भी दुःख न होगा। कम-से- कम साथ तो रहेंगे वरना हम यहाँ बेघर-बार हैं और वह वहाँ अनाथों की तरह रह रहे हैं।"

पार्क से गैरेज तक सारे रास्ते समझ नहीं पाया कि मैं प्रसन्न हूँ या दुःखी। दिल नहीं चाह रहा था कि ऊँट से दूर रहूँ। मगर मैं ऊँट अपने साथ ले जा सकता तो फिर दुःख की बात ही क्या थी ? हम बस का टिकट लेने गये। उसके बाद बाबा चाहते थे अपनी रेहड़ी को शाम तक किसी-न-किसी प्रकार बेचना। मैं चाह रहा था किसी-न-किसी तरह ऊँट को अन्तिम बार जी भरकर देखना। आपस में हमने तय कर लिया कि रात को गैरेज में सोयेंगे। बाबा मुझे अकेला छोड़ना नहीं चाहते थे मगर मैंने बहाना बनाया थोड़ा घूम लूं ताकि मन का बोझ हल्का हो जाये।

संध्या का समय था। जाने कितने घण्टे गुजर गये थे ऊँट को देखते-देखते। तभी एक कार ठीक मेरे ओर ऊँट के समीप फुटपाथ के पास सड़क पर आकर रुकी। एक आदमी और एक साफ-सुथरी छोटी-सी लड़की अन्दर कार में बैठी हुई थी। लड़की की आँखें ऊँट पर टिकी हुई थीं और खुशी से हँस रही थी। मेरा दिल दर्द से फटने लगा कि कहीं यह

ऊँट खरीदने तो नहीं आये हैं! लड़की बाप का हाथ घसीटते हुए बोली, ''जल्दी पापा! कहीं कोई और न आकर इसे खरीद ले।''

बाप-बेटी चाहते थे कि दुकान में घुसें, मैं भागकर उनके आगे जाकर रास्ता रोककर खड़ा हो गया। नहीं जानता कि मेरे मन पर क्या गुजर रही थी। डर रहा था कहीं रोने न लगूं। दुःख किस चीज का था मुझे? मैं वास्तव में अपने होश में न था। मुझे कुछ हो गया था। केवल इतना याद था कि मैं लगातार उनका रास्ता रोके कह रहा था, ''जनाब! वह ऊँट बिकने वाला नहीं है। आज सुबह ही दुकानदार ने मुझसे कहा था, आप मेरा विश्वास करें।''

उस आदमी ने मुझे जोर से धक्का दिया और कहा, ''क्यों रास्ता रोके हो लड़के! किनारे हटो।''

और दोनों दुकान में दाखिल हो गये। आदमी ने दुकानदार से बातें करना आरम्भ कर दिया। लड़की बार-बार पलटकर ऊँट को देख रहीं थी। इतनी प्रसन्नचित थी कि देखने से लग रहा था कि उसने जीवन में दुःख का साया भी नहीं देखा है। मुझे महसूस हो रहा था कि मैं गूंगा हो गया हूँ और पैर जम गये हैं। दरवाजे पर खड़ा दुकान के अन्दर देख रहा था। बन्दर, ऊँट के बच्चे, भालू, खरगोश सब मुझे खामोशी से ताक रहे थे। मुझे लगा कि वे सब मेरी इस दशा पर दुःखी हैं।

बाप-बेटी दुकान से निकलने वाले थे। बाप ने दो रुपये का सिक्का मेरी तरफ बढ़ाया। मैंने हाथ पीछे बांध लिये और उनके चेहरे पर दृष्टि गड़ा दी। जाने मेरी आंखों में क्या देखा था कि उसने घबराकर सिक्का जेब में डाल लिया और आगे बढ़ गया। उस समय दुकानदार ने मुझे भगाया। दो नौकर दुकान के बाहर निकले और ऊँट की तरफ बढ़े। लड़की भागकर कार में बैठ गई थी और ऊँट को देख रही थी। अपनी आंखों से वह ऊँट पर बार-बार न्योछावर हो रही थी। नौकरों ने ऊँट को उठाया। मैं बिजली की तेजी से लपका और ऊँट के पांव से लिपट गया और चीखने लगा, ''यह ऊँट मेरा है...कहाँ ले जा रहे हैं, मैं नहीं ले जाने दूंगा।''

एक नौकर बोला, ''अरे छोकरे, दिमाग फिर गया है क्या तेरा? भाग यहाँ से।''

लड़की के बाप ने दुकानदार से पूछा, ''फकीर है?''

लोग तमाशी बनकर जमा होने लगे थे। मैं किसी हालत में ऊँट का पांव छोड़ने को तैयार न था। मजबूर होकर उन नौकरों ने ऊँट नीचे जमीन पर रख दिया और मुझे पूरी

ताकत से दूर हटाया। कार से लड़की व्याकुलता से बोली—''पापा, अब उसे हाथ मत लगाने देना।''

आदमी कार में बैठ गया था। ऊँट को पीछे की सीट पर बाप और बेटी के पीछे रख दिया गया था। कार चलना ही चाहती थी कि मैंने अपने को छुड़ाया और कार की तरफ दौड़ा और कार से लिपटकर चीखा, ''मेरे ऊँट को कहाँ ले जा रहे हो? मैं अपना ऊँट चाहता हूँ।''

सोचता हूँ मेरी आवाज किसी के कान में नहीं पहुँची। मैं गूंगा हो चुका था। आवाज हलक में घुट गई थी। केवल स्वयं सोच रहा था कि मैं चीखा हूँ। कार चल पड़ी। किसी ने मुझे पीछे से पकड़ा। हाथ कार से उखड़ गये और मैं चारों खाने चित्त पक्की सड़क पर गिरा। मैंने सर उठाकर अंतिम बार ऊँट को देखा जो मुझे देखकर रो रहा था और क्रोध से अपने गले में पड़ी घण्टी को बजा रहा था।

मेरा चेहरा खून से गीला हुआ जो मेरी नाक से बहकर सड़क पर फैल गया था। पैर पटक-पटककर मैं वहीं औंधा पड़ा रोता रहा था।

दिल चाह रहा था कि काश दुकान की खिड़की के पीछे रखी मशीनगन मेरी अपनी होती!

नारंगी का छिलका

हाँ, शायद वह मेरा ही अपराध था जो शुक्रवार की रात शहर में रुक गया था या फिर झुग्गी वाले की पत्नी के दर्द की खता थी जो उसके पेट में उसी रात को उठना था। मेरी गलती या उसकी पत्नी की गलती साबित कर देना इतना आसान भी न था कि कोई फैसला कर लिया जाय। मेरे लिए उचित यही है कि मैं सारी घटना तुम लोगों के सामने रखूं, उसे सुनकर तुम फैसला करना आखिर खता किसकी है, मेरी या उसकी? हो सकता है कि हम दोनों ही बेगुनाह निकलें और खता किसी तीसरे की हो।

वह बृहस्पतिवार की एक दोपहर थी। मैं चाय की झुग्गी के सामने शहतूत के पेड़ के नीचे बैठा खाना खा रहा था। इरादा था शहर जाने का इसीलिए पाठशाला की छुट्टी समय से कुछ पहले कर दी थी। ताहिर भी बड़ी फुर्ती से बस्ता घर में रख ताँगा लेकर लौटा था। अब वह पोखर के किनारे खड़े-खड़े घोड़े को पानी पिला रहा था और स्वयं अपने फूली हुए जेब से रोटी के बड़े-बड़े टुकड़े निकाल-निकाल लगातार मुँह में ठूंस रहा था। उसी तेजी से उसका मुँह बड़े-बड़े कौर को चबाने में तेजी से चल रहा था। मैंने खाना समाप्त कर लिया था। मेरे सामने से झूठी थाली उठाते हुए झुग्गीवाले ने अपने बेटे को आवाज देकर मेरे लिए हुक्का और चाय लाने को कहा फिर मेरे समीप आकर बैठ गया। ''मास्टर साहब ! एक छोटी-सी विनती है।''

''हुक्म दो, नूखश मियाँ'' मैंने कहा। इस बीच अली चाय ले आया था और अब भागकर हुक्का दम करने गया था। नूखश बोला, ''साहब अली की माँ को जाने किस दर्द ने जकड़ लिया है कि छोड़ने का नाम ही नहीं लेता है। जिसने जो कहा वही दवा-दारू की, फुका पानी, नजर की शक्कर गर्ज कि कुछ भी न छोड़ा जो उसे पीसकर-छानकर-उबालकर न पिलाया हो, मगर दर्द है कि लगता है जान लेकर ही रहेगा। मंजूक दादी का कहना है कि इस दर्द की बस एक ही दवा है, वह है नारंगी का छिलका। कहीं से मिल जाता तो अच्छा था। मेरे पास था मास्टर साहब, मगर जाने किसको दे दिया है। अब कुछ

याद भी नहीं है। आप शहर जा रहे हैं। आप से निवेदन है थोड़ा-सा छिलका लेते आयें, बड़ी मेहरबानी होगी आपकी। अली हुक्का ले आया था। मेरे सामने रखकर वह बड़ी तन्मयता से हमारी बातें सुन रहा था। जब मैंने कहा, ''तुम्हारा हुक्म सर आँखों पर नूखश मियाँ!'' सुनते ही साहब अली के चेहरे पर प्रसन्नता की ऐसी लाली दौड़ी जैसे उसने अपनी माँ को भली-चंगी देख लिया हो।

शनिवार की सुबह को मैं शहर से लौटा। मेरे हाथों में नारंगी का थैला था। पुराने लोगों का ख्याल था कि इसके छिलके को उबालकर उसका पानी पीने से हर प्रकार का पेट का दर्द और विकार ठीक हो जाता है। मगर कौन-सा दर्द? बस स्टाप से गाँव तक का रास्ता यदि तेज-तेज पार किया जाये तो पौन घण्टा लगता है। मुझे जल्दी तो थी नहीं, आराम से टहलते हुए मैं रास्ता तय करने लगा। सीधे घर पहुँचा। क्लास में दो-तीन पुस्तकें जो जरूरी थीं, उठायीं और नारंगी का लिफाफा ले मैं बाहर निकल आया। अभी मैं कम्पाउण्ड में ही पहुँचा था कि मकान मालिक की आवाज सुनाई पड़ी, ''सलाम !'' फिर आहिस्ता से बोले, ''खुदा सब पर रहम करे, सबको एक दिन जाना है।''

''क्या...साहब अली मातृहीन हो गया? बेचारा साहब अली !''

अब कौन उसे रोटी बाँधकर पाठशाला के लिए देगा? एकाएक हाथ में पकड़ा वह नारंगी का लिफाफा भारी हो उठा, भारी पत्थर में परिवर्तित हो गया जिसे सम्भालना मेरे लिए कठिन हो गया! पूछा ''कब?''

मकान मालिक बोले, ''बृहस्पतिवार की रात को, लगभग आधी रात के बाद, कल ही तो दफन किया है।''

मैं घर में दोबारा लौट आया। हाथ में पकड़ा लिफाफा किताबों के पीछे छुपाया, दिल न माना वहाँ से उठाकर लिफाफा-तोशक के नीचे छुपा दिया। मैं नहीं चाहता था कि जब मेरे घर साहब अली या नूखश मियाँ आयें तो उसकी निगाह भूले से भी इस पर पड़ जाये।

झुग्गी एक-दो दिन बन्द रही फिर सारा काम पहले की तरह चलने लगा। मगर साहब अली अपनी पुरानी हालत में नहीं लौटा। बीस-पच्चीस दिन गुजर गये थे मगर वह हरदम सोच में डूबा उदास बैठा रहता। हँसना-बोलना तो जैसे वह भूल ही गया था। मेरी तरफ तो उसे ध्यान देना जाने कब से बन्द कर दिया था। जैसे हम में कभी जान-पहचान ही न हो या फिर बरसों से बोलचाल बन्द हो गई हो। यहाँ तक कि जब मैं उसकी झुग्गी पर जाता तो बड़ी कठिनता से वह मेरे सलाम का जवाब देता था।

नूखश मियाँ अपने बेटे के इस व्यवहार से पानी-पानी हो जाता। सफाई पेश करते हुए कहता "सबसे ही यूं मिलने लगा है, केवल आपसे ही नहीं। जाने इसका स्वभाव कैसा होता जा रहा है ?"

मैं उत्तर देता, "बच्चा है, सब्र कम है, कुछ मास बाद सब ठीक हो जायेगा। धीरे-धीरे ही तो दु:ख को भूलेगा बेचारा।"

पत्नी के देहान्त के बाद नूखश अपनी गृहस्थी झुग्गी पर ही उठा लाया था। अब वह झुग्गी घर और दुकान दोनों थी। दोनों बाप-बेटे रात-दिन वहीं रहते थे। मैं भी कभी-कभी काफी देर तक झुग्गी पर बैठा रहता था।

काफी दिन गुजर गये थे मगर साहब अली के स्वभाव में सुधार न हुआ। दिन-प्रतिदिन उसका व्यवहार मेरे प्रति अधिक विचित्र होने लगा था। वह बहुत कम पढ़ने की तरफ ध्यान देता था। कक्षा में कुछ पूछने पर उसे पढ़ाया हुआ कुछ भी याद न रहता था, मगर मुझे आश्चर्य तब होता जब वह दूसरों से अब पहले ही की तरह मिलने लगा था, मगर मेरे प्रति उसका व्यवहार पहले जैसा ठण्डा और अपरिचित-सा। मैं इस समस्या पर जितना भी सोचता, समस्या का सिर हाथ नहीं लगता था बल्कि अधिक उलझ जाता था। आखिर माँ के देहान्त के बाद वह मुझसे इतना कटा-कटा क्यों रहने लगा है? फिर सोचता कहीं साहब अली अपनी माँ की मौत का जिम्मेदार मुझे तो नहीं समझता है? यह प्रश्न इतना बेवकूफी का लगता है कि इस पर कुछ सोचना मुझे व्यर्थ-सा लगा। साहब अली की माँ को ऐपेन्डिक्स का दर्द उठा था। अगर तभी उसका ऑपरेशन हो जाता तो वह बच जाती, मगर अनजाने ही वह मौत के मुँह में चली गई।

एक दिन कक्षा में भूगोल पढ़ाते हुए शब्द 'नारंगी' आया। मैंने बच्चों से प्रश्न किया "किसी ने नारंगी देखी है?"

पूरी कक्षा में खामोशी छाई रही जैसे मेरा प्रश्न उनकी समझ में न आया हो। मगर हैदरअली, मंजूक दादी के पोते के चेहरे का रंग बदल रहा था जैसे वह बोलना चाह रहा हो मगर झिझककर रुक जाता हो। मैंने दोबारा अपना प्रश्न दोहराया, "नारंगी के बारे में किसी को कुछ पता है?" इस बार भी वही खामोशी मगर हैदरअली के चेहरे पर वही बेचैनी जैसे वह कुछ कहना चाह रहा हो। मुँह खोलता मगर आवाज नहीं निकलती। आखिर मुझे पूछना पड़ा, "हैदरअली, कुछ कहना चाह रहे हो? जो कहना हो कहो, शाबाश!"

अब सबकी आँखें हैदर अली के चेहरे पर गड़ गईं सिवाय साहब अली की आँखों के, जो ब्लैक-बोर्ड पर टिकी हुई थीं। जब से 'नारंगी' शब्द का जिक्र चला था, साहब अली का बदन अकड़ गया था और चेहरे पर एक ऐसा भाव था जैसे वह मेरी बात सुन ही नहीं रहा हो। हैदर अली ने डरते-सहमते हुए बहुत धीरे से कहा, ''मास्टर साहब! मेरे पास नारंगी है।'' किसी को भी हैदर अली से ऐसे उत्तर की आशा न थी सो सारा क्लास एक साथ खिलखिलाकर हँस पड़ा। साहब अली शान्त रहा मगर उसकी आँखों में एक तेज चमक पैदा हुई और उसने तेजी से गर्दन घुमाकर आँखें मंजूक दादी के पोते हैदरअली के चेहरे पर गड़ा दीं। सब के मन में खलबली-सी मच गई। बेचैन निगाहें जल्द-से-जल्द नारंगी को देखने के लिए इधर-उधर घूमने लगीं। क्लास का सबसे शरीर लड़का अली खड़ा हुआ और बोला, ''यह झूठ बोल रहा है मास्टर साहब! अगर होता तो दिखाता न?'' मैंने अली को उसकी जगह बैठने का इशारा किया फिर कहा, ''वह यदि चाहेगा तो हमें जरूर दिखायेगा।''

सचमुच हैदर अली साइंस की किताब बस्ते से निकालकर तेजी से उसके पन्ने पलटने लगा था जैसे वह किसी चीज को ढूंढ़ रहा हो मगर उसे मिल नहीं रही हो। साथ-ही-साथ वह लगातार बड़बड़ा भी रहा था।

''मैंने रखा तो था दिल और नसों वाले चित्र के बीच में।''

मैंने किताब हैदर अली से ले ली। अब सबकी आंखें मेरे हाथों पर टिक गई थीं। यहाँ तक कि साहब अली की भी आँखें। सब देखना चाह रहे थे कि आखिर नारंगी कौन-सा सर्वोत्तम उपहार है। मैं इस बात से दिल ही दिल में प्रसन्न था कि साहब अली को धीरे-धीरे मैं अपनी ओर खींचने में कामयाब हो गया लेकिन यह न समझ सका कि आखिर इस आकर्षण का कारण क्या है जो साहब अली यूं मेरी ओर आकर्षित हो गया है ? क्या केवल वह नारंगी का रंग और रूप देखना चाहता है?

दिल और धमनियों वाला चित्र मैंने हैदरअली की पुस्तक में से निकाल लिया और वह दोनों पन्ने सबको दिखाए लेकिन उसमें नारंगी नहीं थी लेकिन पीले रंग के धब्बे दोनों पन्नों पर साफ नजर आ रहे थे। सबसे पहले साहब अली अपनी बेंच से खड़ा हुआ और पुस्तक के बीच में झाँकने लगा, फिर मेरे बोलने की व्याकुलता से प्रतीक्षा ! नारंगी की सुगन्ध पन्नों के बीच से उठ रही थी। एकदम से एक बात मुझे याद आ गई जो उस समय तक मैं पूरी तरह से भूला हुआ था। साहब अली की माँ के देहान्त के कुछ दिन बार नारंगी को ले जाकर मैंने हैदर अली की दादी को दे दिया था ताकि गाँव में फिर किसी को

आवश्यकता हो तो उससे जाकर ले ले। मंजूक दादी सफेद बालों वाली गाँव की सबसे बूढ़ी औरत थी। लोगों का विचार था मंजूक दादी हर प्रकार के रोगों का उपचार जानती है। वह दाई का काम भी करती थी।

मंजूक दादी अपने पोते हैदर अली के साथ रहती थी। इस पोते के अलावा दुनियाँ में उनका कोई न था। सो वह हैदर अली पर जान छिड़कती थीं। यही हाल हैदर अली का था। उसका भी दादी के सिवा आगे-पीछे कोई न था इसलिए वह दादी से पल भर भी अलग नहीं रह सकता था। पूरे गाँव के लोग हैदर अली को मंजूक दादी का पोता कहते थे। बहुत कम लोग ही उसे उसके नाम हैदर अली से सम्बोधित करते थे। जब मुझे याद आ गया कि मैंने नारंगी मंजूक दादी को दे दी थी तो समझ गया कि यह पीला धब्बा कहाँ से और किस चीज का है ? मंजूक दादी ने उसका एक टुकड़ा पोते को दे दिया होगा और उसने उसे अपनी पुस्तक के बीच रख लिया होगा।

जब मैं छोटा था और स्कूल जाता था तो उस समय नारंगी और मौसमी के छिलकों को किताबों के बीच में रखता था ताकि किताब में सुगन्ध भर जाये। हैदर अली ने जब देखा कि किताब के बीच में कुछ नहीं है, इस तरह से उसने रोना आरम्भ कर दिया जैसे कि उसकी बहुत कीमती चीज खो गई हो। रोते हुए बोला, ''मास्टर साहब ! मेरी नारंगी किसी ने निकाल ली है।''

मैंने क्लास के एक-एक लड़के का मुँख गौर से देखा, कौन हो सकता है जिसने यह हरकत की हो? अली? ताहिर? साहब अली? आखिर कौन? हैदर अली को चुप कराके मैंने कहा, ''अब रोना बन्द करो, देखूँ तो आखिर हुआ क्या है? शायद तुमने गिराया या खो दिया हो।'' हैदर अली ने कहा, ''नहीं मास्टर साहब मैंने सुबह देखा था। वह इसी किताब में था, खाने की छुट्टी में मैं घर भी नहीं गया।''

वह सच कह रहा था। ताहिर की माँ के पेट में रात से दर्द उठा था। मंजूक दादी वहीं थीं। जब तक बच्चा न हो जाता वह कैसे रोगी को छोड़ सकती थीं? इस कारण हैदर अली घर न जाकर पाठशाला में ही रहा। मैंने कहा, ''लड़को, तुम में से जिसने भी हैदर अली का नारंगी का छिलका निकाला है खुद बोल दो। हमको आपस में झूठ नहीं बोलना चाहिए। हम लोग तो आपस में दोस्त हैं। झूठ तो उनसे बोला जाता है जो कि हमारा दुश्मन हो और हम उस पर विश्वास न रखें।''

मैंने फिर कहा, ''पता नहीं चला कि तुम में से किसने नारंगी का छिलका उठाया है?''

पलभर तक सन्नाटा छाया रहा। बाद में अली ने अपना हाथ ऊपर उठाया और कहा, ''मास्टर साहब, मैंने निकाला था मगर अब मेरे पास नहीं है।''

मैंने पूछा, ''क्या किया आखिर उसका?''

अली ने उत्तर दिया, ''मैंने कहरमान को दे दिया था ताकि वह अपनी किताब को सुगन्धित कर ले मगर अब कहता है मेरे पास नहीं है। मैंने लौटा दिया है।''

कहरमान अपनी जगह से उठा और बोला, ''मास्टर साहब! मैं सच कह रहा हूँ, मेरे पास केवल आधा है।''

मैंने पूछा, ''आधा कैसे हुआ?''

कहरमान बोला, ''मैंने आधा ताहिर को दे दिया था।'' यह कहकर कहरमान ने एक छोटे-से टुकड़े नारंगी के छिलके को हिसाब की किताब से निकाला और मेरी मेज पर रख दिया। वह छिलका सूखकर सख्त सीमेंट के टुकड़े में बदल गया था। सबकी निगाहें ताहिर पर से हटकर मेरी मेज पर केन्द्रित हो गई थीं। सभी चाह रहे थे उसे उठाकर देखें और सूघें। मैंने रजिस्टर उठाकर नारंगी के छिलके के टुकड़े पर रख दिया और ताहिर की तरफ मुड़ा। ताहिर मजबूर हो गया कि जगह से खड़ा हो और कुछ कहे, ''मास्टर साहब मेरे पास आधा है। मैंने बाकी हिस्सा दलाल-ओग़ली को दे दिया है।''

ताहिर ने भी एक छोटा-सा टुकड़ा साइंस की किताब से निकालकर दिया। इस तरह से नारंगी का एक टुकड़ा पाँच-छह बार छोटे-छोटे टुकड़ों में बाँटा गया था और आखिरी टुकड़ा छोटी उंगली के पोरभर का रह गया था। हर टुकड़े के मिलने पर नन्हें हैदर अली की हालत सम्भलती जा रही थी। मगर साहब अली बात करने या पूछने के बजाय खामोशी से नारंगी के टुकड़ों को देखकर अन्त की प्रतीक्षा कर रहा था। जब सारे टुकड़े जमा हो गये तो मैंने उन्हें मुट्ठी में उठा लिया और सोचने लगा क्या करूँ? मैं चाह रहा था कि पहले लड़कों को यह बताऊं कि यह स्वयं नारंगी नहीं है बल्कि उसका छिलका है। जो सूखकर इस शक्ल का हो गया है लेकिन साहब अली ने इसका अवसर नहीं दिया। एकाएक वह अपनी जगह से उठा और क्रोध में उबलता आगे बढ़ा और पूरी ताकत से मेरी मुट्ठी के नीचे घूसा मारा। इस तरह से छिलके के सारे टुकड़े उछलकर कमरे में इधर-उधर फैल गये। कुछ लड़के टुकड़ों की तरफ लपके मगर मेरी डाँट से सब अपनी-अपनी जगहों पर खामोश बैठ गये। उन्हें पता चल गया था कि मैं गुस्से में हूँ और हो सकता है एक-आध को मार भी बैठूं। साहब अली अपने स्थान पर जाकर बैठ गया और डेस्क पर मुँह रखकर बिलख-बिलखकर ऐसा रोया कि सबकी आँखें नम हो गयीं।

रात को मैं काफी देर तक झुग्गी में बैठा रहा। यहाँ तक कि सारे ग्राहक एक-एक करके चले गये। बस मैं, साहब अली और नूखश मियाँ रह गये।

मुझे विश्वास हो गया था कि मैंने समस्या का सिरा पकड़ लिया है। यदि थोड़ा कष्ट उठाऊँ तो सारी चीज समझ जाऊँगा। मेरा विचार था कि साहब अली की कटुता और क्रोध का कारण, हर तरह से नारंगी से जुड़ा है। कैसे और क्यों कर, वह यह समझ नहीं पाया था?

साहब अली बेंच पर बैठा था। किताब पर उसका सर झुका हुआ था। जैसे कि पढ़ने में व्यस्त हो परन्तु मैं समझ गया था कि वह मेरे बोलने की प्रतीक्षा कर रहा है। जब चाय की झुग्गी में सन्नाटा छा गया तो मैंने कहा, ''कैसे हो साहब अली?''

साहब अली ने उत्तर न दिया। नूखश बोला, ''बेटे! मास्टर साहब तुमसे कुछ पूछ रहे हैं?''

''ठीक हूँ।'' साहब अली ने थोड़ा-सा सिर ऊपर उठाया और कहा।

मैंने फिर कहा, ''साहब अली, मेरा दिल चाह रहा है कि इस बार जब मैं शहर जाऊँ तो तुम्हारे लिए नारंगी ले आऊँ, क्यों?''

मेरे ऐसा कहने का अर्थ केवल यह था कि इस बहाने साहब अली से बातचीत हो जायेगी। इस बीच नूखश ने फिर चाहा कि कुछ कहे मगर मैंने कह दिया कि हमारे बीच न बोले। साहब अली ने कोई उत्तर न दिया। मैंने दोबारा पूछा, ''साहब अली, तुम्हें नारंगी नहीं चाहिए?''

साहब अली एकदम से गुब्बारे की तरह फट पड़ा और बोला, ''अगर सच कह रहे हैं तो उस समय क्यों नहीं लाये थे जब मेरी माँ मरी थी? अगर आप नारंगी तब ले आते तो क्या मेरी माँ मरती कभी?''

साहब अली अपने मन का बोझ आंसुओं से कम कर रहा था। दोनों हाथों में मुँह छुपाए वह फूट-फूटकर रो रहा था। नूखश मियाँ की समझ में कुछ नहीं आ रहा था कि वह क्या करे, बेटे को दिलासा दे, मुझसे क्षमा माँगे, या उन आँसुओं को रोके जो उनकी आंखों में तेजी से जमा हो रहे थे?

अब मेरे लिए जरूरी हो गया था कि मैं साहब अली को विश्वास दिलाऊँ कि नारंगी का छिलका उसकी माँ की मौत को रोक नहीं सकता था। मगर यह काम वास्तव में बहुत मुश्किल था। बहुत मुश्किल था।

चुकन्दर वाला

कुछ वर्षों पहले मैं एक देहात में अध्यापक था। पाठशाला के नाम पर केवल एक कमराभर था जिसमें एक दरवाजा और खिड़की थी। देहात से उसकी दूरी लगभग दस मीटर से अधिक न थी। कुल बत्तीस विद्यार्थी थे। जिनका क्रम कुछ इस प्रकार से था—पन्द्रह लड़के पहली कक्षा में, आठ दूसरी कक्षा में, छह तीसरी कक्षा में तथा तीन लड़के चौथी कक्षा में। मुझे पतझड़ के आखिरी दिनों में वहाँ पर भेजा गया था। लड़के दो-तीन मास से बिना किसी अध्यापक के थे इसलिए मुझे देखकर काफी खुश हुए।

तीन-चार दिन तक कक्षा नहीं लग पाई। किसी तरह से मैं लड़कों को मैदानों, कालीन बुनने के कारखानों और इधर-उधर से पकड़कर कक्षा में बिठाने में सफल हुआ। बच्चे या लड़के बेकार होने के कारण हाजी कुली कालीन बुनने वाले के कारखानों में काम की तलाश में चले गये थे। जो काम में चुस्त होता उसे डेढ़ रुपया मजदूरी मिलती थी। यह हाजी कुली शहर से आया था। यहाँ देहात में उसे नफा था क्योंकि शहर में मजदूर व कारीगर अधिक मजदूरी चाहते थे। चार रुपये से नीचे पर बात ही नहीं करते थे मगर यहाँ अधिक-से-अधिक ढाई रुपया तथा साढ़े तीन रुपया मजदूरी से रेट आगे नहीं बढ़ता था।

अभी दस दिन भी नहीं गुजरे थे उसे देहात में आये कि एक दिन भारी बर्फ-बारी हुई और जमीन बर्फ से भर गयी। दरवाजे और खिड़कियों पर कागज चिपका दिया था ताकि कमरे में हवा न घुस सके। उस दिन मैं चौथी कक्षा को श्रुतिलेख बोल रहा था। पहले और दूसरी कक्षा के लड़के बाहर खड़े थे। सूरज चमक रहा था। जमी हुई बर्फ पिघलने लगी थी। खिड़की से देखा कि लड़के एक कुत्ते को घेरे हुए हैं। उसके बदन और सर पर बर्फ की गेंद बना-बनाकर फेंक रहे हैं। गर्मियों में यही खेल मिट्टी के ढेलों या छोटी कंकरियों से खेलते हैं। थोड़ी देर बाद एक महीन-सी आवाज दरवाजे के पीछे से सुनाई पड़ी—
''चुकन्दर वाला... चुकन्दर लाया है लड़कों !... गर्म और मीठे चुकन्दर...।''

मैंने क्लास मानीटर से पूछा, ''मुशकाज़िम, यह कौन है?''

मुशकाज़िम ने कहा, "कोई नहीं मास्टर साहब...तारवरदी है...जाड़ों में चुकन्दर बेचता है...अगर आप कहें तो उसे अन्दर बुला लेते हैं।"

मैंरे दरवाजा खोला, तारवरदी अपनी सेनी के साथ अन्दर आया। पुरानी सूती चादर अपने सर और मुँह पर बाँधे हुए था। पैरों में दो तरह के जूते थे, एक में मर्दाना दूसरे में जूट का बुना हुआ थैला जैसा। मर्दाना कोट जो उसके घुटने तक पहुँच रहा था और हाथ आस्तीनों में छुपे हुए थे। नाक की नोंक जाड़े के मारे लाल हो रही थी। उसकी उम्र यही दस-ग्यारह बरस के लगभग होगी। उसने मुझे सलाम किया। सर पर रखा खोंचा उतारकर जमीन पर रखा और बोला—

"आज्ञा दें जनाब तो हाथों को गर्म कर लूं।"

लड़कों ने उसे 'बुखारी' के किनारे बैठाया। मैंने अपनी कुर्सी आगे बढ़ाते हुए उसे बैठने को कहा। वह बैठा नहीं और बोला, "नहीं, जनाब ! मैं इस तरह जमीन पर बैठना भी जानता हूँ।"

दूसरे लड़के भी 'तारवरदी' की आवाज सुनकर कक्षा में आ गये थे। कक्षा में काफी भीड़ और शोर बढ़ गया था। सबको उनकी जगहों पर बिठाया। तारवरदी जब थोड़ा गर्म हो गया तो बोला, "जनाब, चुकन्दर खायेंगे?"

मेरे जवाब की प्रतीक्षा किये बिना ही वह अपने खोंचे के समीप पहुँचा और उस पर से गन्दा रंगीन कपड़ा हटाया। देगची से गर्म भाप उठी। उबले चुकन्दरों के ऊपर लकड़ी के दस्ते का एक चाकू रखा हुआ था। तारवरदी ने एक चुकन्दर पसन्द कर उठाया और मेरे हाथों में देता हुआ बोला, "अच्छा यही है जनाब कि आप स्वयं इसका छिलका उतारे... हो सकता है मेरे हाथ...हम देहाती लोग...शहर नहीं देखा वहाँ के रस्म-रिवाज नहीं जानते..."

एमदम बूढ़े की तरह वह बातें कर रहा था। जैसे उसे जिन्दगी की सर्दी-गर्मी का खूब अनुभव हो। मैंने चुकन्दर को हाथों में ले कर उसे दबाया। गन्दा छिलका फिसल गया। तेज खुशरंग निकल आया। मैंने एक टुकड़ा खाया। मीठा, शहद की तरह मीठा था।

नौरूज़ ने कक्षा के पीछे से कहा, "मास्टर साहब...किसी का भी चुकन्दर तारवरदी की तरह मीठा नहीं होता है...सच मास्टर साहब !"

मैंने तारवरदी को देखा ! मीठी मर्दानी मुस्कराहट उसके चेहरे पर खेल रही थी। उसने गर्दन में लिपटी सूती चादर को खोल दिया था। सर के लम्बे बालों ने उसके कान ढक लिये थे। बोला—

"सब्को कोई-न-कोई रोजगार करना पड़ता है, जनाब...हम यह काम कर रहे हैं।"

मैंने कहा, "तुम्हारी माँ कैसी है?"

बोला, "उनका पैर अपनी जगह से नहीं हिलता है, गाँव का मुखिया कहता है कि फ़ालिज हो गया है। वास्तव में क्या हुआ है हम खुद नहीं जानते हैं जनाब !"

पूछा, "पिता...?"

मेरी बात काटता हुआ बोला, "मर गया।"

लड़कों में से एक बोला, "उसको सब कहा करते थे असगर तस्कर, मास्टर साहब!"

तारवरदी ने कहा, "घुड़सवारी जानता था, अन्तिम दिन पहाड़ की चोटी पर गोली खाई और मर गया। सीमा रक्षा पुलिस ने मारा था। घोड़े पर सवार था तब गोली लगी थी।"

इधर-उधर की बातें हमने कीं फिर वह दो-तीन आने का चुकन्दर लड़कों के हाथों बेचकर चला गया। मुझसे पैसे नहीं लिये, बोला, "इस बार आप हमारे मेहमान, दूसरी बार पैसा दीजियेगा। यह मत समझिये कि मैं देहाती हूँ। थोड़ा-बहुत सम्मान और आवभगत करना हमें भी आता है जनाब!"

कक्षा से निकलकर वह बर्फ में चला गया और दूर से उसकी आवाज अब भी आ रही थी, "ओ चुकन्दर वाला...चुकन्दर गर्म और मीठे ले लो !"

दो कुत्ते उसके दोनों तरफ दुम हिलाते हुए साथ हो लिये थे।

लड़कों ने बहुत-सी बातें तारवरदी के बारे में बताई जैसे उसकी बहन का नाम सोलमाज था। उससे दो-तीन वर्ष बड़ी थी जब उन दोनों के पिता जिन्दा थे, घर की माली हालत अच्छी थी मगर बाद में तंगी और परेशानी में पड़ गये। पहले बहन फिर भाई गये हाजी कुली कालीन बुनने वाले के यहाँ। फिर दोनों की उससे लड़ाई हो गई और वह बाहर आ गये।

रेजा ने कहा, "हाजी कुली बड़ा बेशर्म है। इसकी बहन को बहुत परेशान करता था। उस पर खराब नजर डालता था मास्टर साहब!"

अबुलफजल ने कहा, "मा...मास्टर साहब...तारवरदी तो चाहता था कि हाजी कुली को जान से मार डाले...हाँ !"

तारवरदी रोज एक-दो बार कक्षा में आता था। कभी चुकन्दर बेचकर आता और सबके पीछे बैठकर खामोशी से पढ़ाये जा रहे पाठ को सुनता।

एक दिन मैंने उससे कहा, "तारवरदी, मैंने सुना है हाजी कुली से तुम्हारी लड़ाई हो गई थी। तुम सारी बातें मुझसे कह सकते हो?"

तारवरदी ने कहा, "यह गुजरी हुई बातें हैं जनाब ! आपके सर में बिना कारण दर्द होने लगेगा।"

मैंने कहा, "नहीं, मुझे अच्छा लगेगा कि उसको आरम्भ से अन्त तक तुम्हारे मुँह से सुनूं कि आखिर झगड़ा हुआ क्यों था?"

इसके बाद तारवरदी ने कहना आरम्भ किया, "मुझे माफ करियेगा जनाब...मैं और मेरी बहन बचपन से हाजी कुली के यहाँ मजदूरी करते थे। उसको दो रुपया मिलता था। मुझे उससे एक रुपया कम। दो वर्ष पहले की ही बात है, मेरी माँ उस समय भी बीमार थी। काम उससे होता नहीं था न उसके पास जमीन थी जिससे हम कुछ खा-पी सकते। कारखाने में 30-40 बच्चे दूसरे भी थे। पाँच-छह हमसे बड़े लोग भी थे... हम दोनों भोर होते ही पहुँच जाते थे फिर दोपहर में लौटते और दोपहर के गये शाम को लौटते। मेरी बहन सर पर चादर डाले रहती थी मगर कारखाने में किसी से मुँह नहीं छुपाती थी। था भी वहाँ कौन जिससे पर्दा करती? सारे कारीगर हमारी उम्र के थे। पाँच-छह जो उस्ताद थे वह हमारे पिता समान थे और हाजी कुली तो स्वयं मालिक था। जनाब, अन्तिम दिनों में यह हाजी कुली हमारे पास आकर खड़ा हो जाता था। कभी-कभी वह मेरी बहिन के या मेरे सर पर हाथ फेरता था और बिना कारण हँसता था फिर चला जाता था। हम बुरा न मानते थे कि हमारे मालिक हैं, हम पर दया और प्रेम दिखा रहे हैं। काफी दिन गुजर गये, बृहस्पतिवार को जब हम हफ्ते की पगार ले रहे थे तो उसने एक रुपया बहन को अधिक दिया और बोला, "तुम्हारी माँ बीमार है उसके इलाज के लिए !" फिर बहन की शक्ल देखकर हँस पड़ा। मुझे जरा भी अच्छा न लगा और मुझे महसूस हुआ, बहन कुछ डर गयी है लेकिन कुछ बोली नहीं। हम दोनों जनाब माँ के पास पहुँचे। जब उसे पता चला कि हाली कुली ने रुपया अधिक मजदूरी में दिया है, वह सोच में डूब गई। फिर बोली, "आगे से अधिक पैसा मत लेना।"

दूसरे दिन कारखाने में हमने देखा कि सारे लड़के-लड़कियाँ एक-दूसरे के साथ खुसर-पुसर कर रहे हैं। इस तरह से फुसफुसा रहे थे एक-दूसरे के कान में कि मैं और मेरी बहिन वह बातें न सुन सकें।

जनाब दूसरे बृहस्पतिवार को जब हमको पगार बटने लगी तब हाजी आगा ने हम से कहा कि जब जरा भीड़ छंट जाये तो हम उससे मिल लें। खैर हम दोनों अकेले पहुँचे। हमारी मजदूरी में इस बार डेढ़ रुपया का इजाफा करते हुए कहा, "मैं कल तुम्हारे घर आऊँगा, मुझे तुम्हारी माँ से कुछ बातें करनी हैं।" फिर मेरी बहन के चेहरे की तरफ देखकर हँसा तो मुझे जरा भी भला न लगा। मेरी बहन का रंग उड़ गया और उसने सर झुका लिया। ...जनाब...आप क्षमा करें। आप मेरी कहानी...खैर आपने ही कहा कि मैं कह सुनाऊँ...मैंने वह डेढ़ रुपया उसके सामने फेंकते हुए कहा कि हाजी आगा हमें मजदूरी से अधिक पैसा नहीं चाहिए। माँ को बुरा लगता है। हाजी ने हँसते हुए कहा, "गधे न बनो प्यारे। यह तुम्हारे और तुम्हारी माँ के लिए नहीं हैं कि तुम्हें बुरा लगे...।" उस समय उसने डेढ़ रुपया उठाया और चाहा कि मेरी बहिन के हाथ में रख दे, तो मेरी बहिन पीछे हटी और तेजी से बाहर की तरफ भागी। क्रोध के मारे मेरी आँखों में आँसू आने लगे। बुनाई वाला लकड़ी का चाकू मेज पर था। उठाया और उसकी ओर फेंका—चाकू ने उसका चेहरा काट दिया और उससे खून बह निकला। हाजी सहायता के लिए चीखने लगा। मैं बाहर की तरफ भागा फिर नहीं जानता क्या हुआ...घर आया बहिन माँ के पास उकड़ूं बैठी रो रही थी।

रात को जनाब हमारे घर मुखिया आया। हाजी आगा ने मेरी शिकायत कहलाई थी और कहा था कि मैं चाहता हूँ उनसे सम्बन्ध जोड़ना अगर न मानी तो लड़के को सीमा रक्षा पुलिस के हाथों सौंप दूंगा। वह छट्ठी का दूध याद दिला देंगे। बाद में बोला, "हाजी ने मुझे पैगाम लेकर भेजा है जवाब 'हाँ' है या ना?"

हाजी कुली की पत्नी और बच्चे शहर में हैं जनाब! दूसरी चार पत्नियाँ और रखे हैं। माफ करियेगा...मगर वह एक बदबूदार सुअर की तरह है। मोटा फूला हुआ ऊपर से छोटी-सी चुग्गी दाढ़ी जिसके बाल भी सफेद हो चुके हैं। एक जोड़ा बनावटी दाँत उस पर से दो-तीन सोने के भी दाँत लगे हैं। हाथ में हमेशा एक लम्बी 'तस्बीह' रहती है। देखते ही कीचड़ से सने थुथनी वाला सुअर नजरों में घूम जाता है। मेरी माँ ने मुखिया को जवाब दिया कि अगर मेरी सौ लड़कियाँ होती तो भी मैं उस बूढ़े गिध को एक भी न देती। हम पर से जो गुजर गया वही काफी है...क्या ऐसे लोग हम जैसे गरीब देहाती से रिश्ता जोड़ते

हैं...मुखिया माँ की बात सुनकर बोला, "हाँ, तुम ठीक समझी हो। वह केवल सीग़ा (समय अनुबन्धन ब्याह) चाहता है, विवाह नहीं। अगर तुम इसके लिए राजी न हुईं तो वह तुम्हारे बच्चों को निकाल देगा। इसके बाद सीमा रक्षा पुलिस का सरदर्द...यह सब-कुछ समझकर जवाब दो।"

मेरी बहिन जो माँ के पीछे सुकड़ी बैठी थी रोते हुए बोली, "मैं अब कारख़ाने नहीं जाऊँगी...चाहे मुझे मार डालो...मुझे उससे डर लगता है...।"

सुबह बहिन काम पर नहीं गयी। मैं अकेला गया। कारखाने के दरवाजे पर हाजी खड़ा हुआ तस्बीह के दाने घुमा रहा था। मैं सच कहता हूँ उसे देखकर डर गया था जनाब। हाजी ने अपने जख्म पर पट्टी बाँध रखी थी। मुझे देखकर बोला, "आओ, आओ बेटे! मुझे तुमसे कुछ लेना-देना नहीं है। अन्दर जाकर अपना काम करो।" मैं डरता-डरता उसके समीप पहुँचा। जैसे ही चाहता था कि दरवाजे का चौखट पार करूँ, वैसे ही उसने मेरी कलाई पकड़ी और घुमाकर मुझे कारखाने के आँगन में पटका। फिर तो लात-घूसों से वह मेरे ऊपर टूट पड़ा। आखिर मैंने अपने को किसी तरह से उसके हाथों से बचाया और दौड़कर कल वाला चाकू उठा लिया...मुझे मार-मारकर उसने भुर्ता बना दिया था। मैंने चिल्लाकर कहा, "बेशर्म...अभी बताता हूँ कि किसकी तरफ...मुझे कहते हैं असगर तस्कर का बेटा...।"

तारवरदी ने ताजा साँस भरी और कहना शुरू किया, "मैं तो चाहता था उसको वहीं मार डालना मगर सारे कारीगर इकट्ठे हो गये थे और मुझे मेरे घर छोड़ आये थे। घर आकर भी मैं क्रोध से रोता रहा और अपने को उठा-उठाकर जमीन पर पटकता रहा। मेरे चेहरे से खून बह रहा था। मुँह से गालियों की बौछार फूट रही था...अन्त में मैं शान्त हो गया। हमारे पास एक बकरी थी। जिसे मैंने और मेरी बहन ने पैसे जमा करके बीस रुपये में खरीदा था—उसे बेच डाला। उससे मिले और जमा किये पैसों से दो-तीन महीने खर्च चलता रहा, फिर बहिन एक नानबाईन के यहाँ काम करने चली गयी और मुझे भी जो काम मिलता वह करने लगा...।"

मैंने पूछा, "तारवरदी, तुम अपनी बहिन का विवाह क्यों नहीं कर देते?"

बोला, "उसी नानबाईन के बेटे से उसकी सगाई हो गयी है। अब मैं और मेरी बहिन पैसा जमा करके दहेज बना रहे हैं ताकि विवाह हो जाये।"

इस साल गर्मियों में मैं घूमने उसी गाँव गया जहाँ पर मैं अध्यापक होकर गया था। तारवरदी को मैंने जंगल में देखा। लगभग चालीस-पचास भेड़-बकरियों को चराते हुए

उसे देखकर मैं अपने को न रोक सका और पूछ बैठा, ''क्यों तारवरदी, अपनी बहन का दहेज इकट्ठा कर लिया तुमने?''

बोला, ''हाँ ! विवाह भी हो गया उसका...अब मैं अपने विवाह की तैयारी के लिए पैसा जमा कर रहा हूँ। जब से बहिन ससुराल गयी है, माँ एकदम अकेली हो गई है। अब वह चाहती है कि कोई उसकी देखभाल करने वाला, उससे बोलने वाला आ जाये...मैंने यदि कुछ अनुचित कहा हो तो क्षमा करियेगा जनाब ! हम देहाती शहर की रस्म रिवाज क्या जानें?''

प्रेम कथा

एक बादशाह था। उसकी सात-आठ वर्ष की एक बेटी थी। शहज़ादी दासियों और कनीज़ों से हमेशा घिरी रहती थी। एक नौकर भी था जिसका नाम कौच अली था जो आयु में शहज़ादी से थोड़ा-सा बड़ा था। भोजन के समय यदि शहज़ादी का रुमाल नीचे गिरता तो कौच अली उसे फौरन उठाकर देता था। खेल के समय यदि गेंद दूर चली जाती तो कौच अली भाग कर ले आता था। कभी-कभी बादशाह की बेटी का मन अपने सारे खिलौनों से ऊब जाता था तब वह गुल्ली-डण्डा खेलना चाहती थी। शहजादी का गुल्ली-डण्डा सोने-चाँदी का बना हुआ था।

पहली बार जब शहजारी का गुल्ली-डण्डा खेलने का दिल चाहा तो बादशाह ने अपने सारे सुनारों को बुलाया और आज्ञा दी कि एक घण्टे के अन्दर सोने और चाँदी का गुल्ली-डण्डा बनाकर हाजिर करें। इस गुल्ली-डण्डे की लागत लगभग एक लाख से अधिक पड़ी थी। एक सुनार को तो इस काम के सिलसिले में अपनी जान से हाथ धोना पड़ा था क्योंकि उसने कह दिया था कि उसे एक महत्त्वपूर्ण काम करना है। वह नहीं आ सकता। वह सुनार उस समय अपनी बेटी के लिए झुमके बना रहा था।

हर वक़्त जब भी शहजादी गुल्ली-डण्डा खेलना चाहती, कौच अली उसी क्षण शहज़ादी से थोड़ी दूरी पर जाकर खड़ा हो जाता था। शहज़ादी चाँदी की गुल्ली को जमीन पर रखती और सोने के डण्डे से उसे मारकर हवा में उछालती। कौच अली की ड्यूटी थी कि वह गुल्ली के पीछे दौड़कर जाये और उसे हाथ में लेकर शहज़ादी की तरफ उछाले। तब शहजादी सोने के डण्डे से उस पर वार करती थी। कौच अली फिर गुल्ली के पीछे दौड़ता और उसे लेकर फिर शहज़ादी की और उछालता। जब शहज़ादी थक जाती तो कौच अली भागकर जाता दासियों को खबर करता, वे फौरन तख्त लेकर हाजिर हो जातीं और शहज़ादी को बिठाकर ले जातीं। इधर कौच अली भागकर खिलौने के ख़जानेदार के पास जाकर इतला देता कि वह फौरन चलकर गुल्ली-डण्डे जमा कर ले और शहजादी के लाखों की संख्या के खिलौनों के बीच रख दे। फिर भागकर वस्त्र के खजानेदार के पास जाता

और कहता कि फौरन चले खाने के समय पहनने वाले वस्त्र लेकर और गुल्ली-डण्डा खेलते समय के वस्त्र वापस ले आये।

इसके बाद कौच अली भागकर रसोइया के पास जाता और कहता कि गुल्ली-डण्डे के बाद वाला भोजन फौरन शहजादी के लिए भेजे। शहजादी को आदत थी कि वह हर खेल के बाद हर बार एक विशेष जलपान करती थी।

कौच अली का काम इसी प्रकार का था। जब शहजादी सो जाती तो उसका कर्त्तव्य था कि वह दरवाजे के समीप सोये ताकि किसी आदेश को लेने या कुछ पूछने आने वाली दासियाँ कौच अली को लेटा देखकर समझ जायें कि शहजादी शयनकक्ष में आराम कर रही हैं और वह उसे परेशान न करें, शोर करके उसकी निद्रा भंग न करें।

शहजादी का हर आदेश वह पलभर में इस खूबी से पूरा करता था कि शहजादी कभी क्रोधित नहीं हुई और उस पर कभी भी हाथ नहीं उठाया। कौच अली शहजादी का आशिक हो चुका था। उसका अनुराग निश्छल था। उस भावना में उसे कोई बुराई या सस्तापन महसूस नहीं हुआ। इसी कारण उसने एक दिन अपने मन की बात शहजादी से कह दी।

उस दिन शहजादी बाग में तितलियाँ पकड़ रही थी। कौच अली वृक्ष के नीचे खड़ा उसे देख रहा था। उसका कर्तव्य था कि जब तितली वृक्ष के ऊपर उड़कर जा बैठे तो वृक्ष पर चढ़कर शाखों को हिलाकर तितली को नीचे की ओर उड़ा दे। एक बड़ी-सी तितली को देखकर शहज़ादी ने कौच अली को पुकारा और आदेश दिया कि "कौच अली! यहाँ आओ। इस बड़ी तितली को तुम पकड़ो, मुझे इससे डर लगता है।"

कौच अली तेजी-से दौड़ा और उस तितली को पकड़कर जालीदार बास्केट में डाल दिया। जब उसने सर उठाया तो देखा कि शहज़ादी ठीक उसके सामने खड़ी है। उसने बड़ी सादगी से कहा, "शहजादी! मैं आपका आशिक हूँ। मेरी इच्छा है कि जब हम बड़े हो जायें तो एक-दूसरे के पति-पत्नी बन जायें।" अभी कौच अली का वाक्य पूरा भी नहीं हो पाया था कि शहजादी ने एक जोरदार चाँटा उसके गाल पर जड़ा और चीखी, "बेढंगे नौकर! तुम्हें क्या अधिकार है मुझ पर आशिक होने का? क्या तुम भूल गये कि मैं शहजादी हूँ और तुम हमारे नौकर? तुम तो मेरे कुत्ते की रखवाली के भी काबिल नहीं हो, कुत्ते के पिल्ले!...मेरी आंखों से दूर हो जाओ—जाकर मेरी दासियों को भेजो ताकि मुझे आकर ले जायें और तुम्हें भी निकाल बाहर करें ताकि तुम्हारी गन्दी नजरें मुझे फिर न देख सकें।"

कौच अली ने भागकर दासियों को शहजादी का आदेश दिया। वे भागती हुई कन्धे पर तख्त उठाये पहुचीं। वहाँ पर उन्होंने शहजादी को मूर्छित अवस्था में पाया। फौरन कौच अली से प्रश्न किया कि "आखिर लड़के तुमने ऐसा क्या किया कि वह मूर्छित हो गयी?" कौच अली ने कहा, "मैंने कुछ भी नहीं किया है, स्वयं क्रोधित हुईं, मुझे मारा और फिर मूर्छित हो गयीं—मैं किस-किस की सौगन्ध खाकर तुम लोगों को विश्वास दिलाऊँ?"

किसी ने विश्वास नहीं किया। वे गुलाब जल और शरबत ले आयीं। शहजादी की मूर्छा समाप्त होते ही उसे तख्त पर बिठाकर राजमहल में ले आयीं। राजमहल में पहुँचते ही शहजादी खानम ने आदेश दिया कि "मेरे पिता से कहो कि इस नमक हराम नौकर को यहाँ से बुला लें और कुत्ते की तरह लात मारकर महल से बाहर निकाल दें। मैं नहीं चाहती कि इसकी गन्दी निगाहें मुझ पर पड़ें।"

बादशाह ने फौरन आज्ञा दी और सिपाहियों ने वास्तव में कौच अली को कुत्ते की तरह धिक्कारते हुए बाहर निकाल दिया। शहजादी कुछ रोज बीमार रही। हर समय वैद्यों का मेला उसकी शय्या के चारों तरफ लगा रहता। एक दिन उसने कहा, "मैं निरोग हूँ।" सारे वैद्यों को छुट्टी मिल गयी।

वर्षों गुजर गये। दिन-प्रतिदिन शहजादी स्वार्थी और घमण्डी होती जा रही थी। नाक पर मक्खी नहीं बैठने देती थी। उसके नकचढ़ेपन की हद यहाँ तक पहुँच गयी कि जब वह सोलह-सत्रह वर्ष की हुई तो उसने आदेश दिया कि "किसी को मेरे पवित्र शरीर को देखने का अधिकार नहीं है। मैं नहीं चाहती मेरा स्वच्छ शरीर किसी की गन्दी आंखों से मैला हो।" भूल से यदि किसी दासी की दृष्टि जमीन से हटकर उस पर पड़ जाती तो उसका दण्ड उसे कोड़े के रूप में मिलता। उसकी पिटाई जीभर कर होती थी। यदि वह अपनी सफाई में कुछ कहती तो उसे भूखे भेड़ियों के सामने जीवित फेंक दिया जाता था। शहजादी ने उसे अपने बाग में एक कोने में पाल रखा था। शहजादी के यही गुण थे जो बादशाह को पसन्द थे। वह उसे बहुत प्यार करता था और कहता था, "बेटी ! तुम एकदम मेरी तरह से हो, वही मार्ग अपना रही हो जो मेरा है, मैं तुमसे बहुत प्रसन्न हूँ।"

शहजादी अब अकेली वाटिका में टहलती किसी से बात नहीं करती थी। उसका विचार था कि किसी में मुझसे बात करने के न गुण हैं और न ज्ञान।

बाग में दो हौज थे। एक हमेशा दूध से भरा रहता था। दूसरा गुलाब जल से। उसमें यासमीन के फूल भी भरे होते थे। दासियों को आदेश था कि वह सिर झुकाकर उन हौजों

के समीप तब तक खड़ी रहें तब तक कि शहजादी दूध के हौज से निकलकर गुलाब जल के हौज में जाये और अपने शरीर को तौलिए से लपेट न ले। कपड़े पहनाते समय यदि किसी दासी की उंगली की नोक भी शहजादी के शरीर से स्पर्श कर जाती तो फौरन उसको जल्लादों के हवाले कर दिया जाता था ताकि उसकी वह ऊंगली काट दी जाये।

अपने इस स्वभाव से शहजादी इतनी अकेली रह गयी कि उसका संसार में कोई भी मित्र नहीं बचा था। गुल्ली-डण्डा, तितली पकड़ना, फूल तोड़ना, हौज में नहाना, खाना, पीना, खेल-कूद, भेड़ियों को देखने इत्यादि से उसका मन पूर्ण रूप से भर गया था। समस्या जटिल थी अब उसके सामने कि वह कैसे इतना बड़ा समय काटे और क्या करे? इस कारण अधिकतर उसका समय सोते गुजरता। जब सोती तो सपना देखती कि कौच अली उसके साथ खेल रहा है। शहजादी पहले उसे देखकर प्रसन्न होती और उसके साथ जी भर कर खेलती फिर एकाएक उसे याद आ जाता कि वह तो शहजादी है और यह एक मामूली नौकर है। फौरन तेवर चढ़ाकर कौच अली को डाँटकर भगा देती मगर कौच अली भागता नहीं था बल्कि उसका हाथ पकड़ लेता था। वह उसे छुड़ाती थी। कुछ समय बाद उसका क्रोध समाप्त हो जाता और वह हाथ छुड़ाना भूलकर 'मिल्ली' कर लेती। फिर दोनों खेलते, कूदते, फाँदते, तितलियाँ पकड़ते थे। बीच खेल में कौच अली कहता "शहज़ादी! मैं आपका आशिक हूँ, मेरी इच्छा है जब हम बड़े हो जायेंगे तो एक दूसरे के पति-पत्नी बन जायेंगे।" इस वाक्य को सुनते ही शहज़ादी को स्मरण हो आता कि वह तो बादशाह की बेटी है। ताव में आकर एक झापड़ तानकर कौच अली के गाल पर जड़ देती और बुरा-भला कहने लगती। फिर जल्लादों को बुलाकर कौच अली को उनको सौंप देती। फिर एकाएक अपनी ही चीख-पुकार से सपना देखते-देखते सोते से जाग उठती।

सदा यही सपना देखती। दूसरे खेल के साथी उसके सपने में नहीं आते थे। अब भी सपने में वह कौच अली को उस छोटी आयु का देखती थी जैसा कि वह उसकी सेवा करते समय था।

शहजादी के विवाह को लेकर कई राजकुमारों के पैगाम आये मगर शहजादी ने हर राजकुमार को पसन्द करने से इनकार करते हुए कहा कि "मैं अपने से अधिक किसी से प्रेम नहीं कर सकती हूँ।"

एक दिन शहज़ादी हौज में नहा रही थी। एक कबूतर उड़ता हुआ आया और बोला, "अरे सुन्दर लड़की! तुम्हारा शरीर कितना सुडौल है। मैं तुम पर आशिक हो गया हूँ। मेरा

तुमसे विनम्र निवेदन है कि इस दूध से भरे तालाब से बाहर निकलो ताकि मैं तुम्हारे सौन्दर्य को भरपूर देख सकूँ।'' शहजादी बोली, ''ओ तुच्छ पक्षी! मैं तुझे आदेश देती हूँ कि तू फौरन यहाँ से चला जा। मैं शहजादी हूँ, किसी को मुझे देखने का अधिकार नहीं है, किसी में मुझसे न बात करने का गुण है न ज्ञान।''

कबूतर हँस पड़ा और कहा, ''ओ सुन्दर लड़की! मैं जानता हूँ कब से तुम किसी से बात करने के लिए तरस रही हो—तुम्हें कोई भी बात करने वाला साथी नहीं मिला है।''

शहजादी भूल गयी कि वह शहजादी है, सो विनम्र होकर बोली, ''ओ मीठे बोलने वाले कबूतर! तुमसे मेरी विनती है कि मुझे यूं मत घूरो। यह अच्छी बात नहीं है।''

कबूतर बोला, ''सुन्दर लड़की ! मेरे बस की बात नहीं है कि मैं तुम्हें न देखू, मैं तुम्हें प्यार करता हूँ।''

शहजादी बोली, ''प्रिय कबूतर ! मैं एक कबूतर का प्रेम कैसे कबूल कर सकती हूँ। यदि वास्तव में तुम मुझसे प्रेम करते हो तो अपनी त्वचा से बाहर आओ ताकि मैं तुम्हें पूर्ण रूप से देख सकूं।''

कबूतर बोला, ''सुन्दर लड़की! मुझे तुम्हारी बात पर विश्वास नहीं हो रहा है। पहले कुछ 'धरोहर' के रूप में दो ताकि मैं तुम्हारे शब्दों पर विश्वास करके अपना रूप बदल लूं।''

शहजादी बोली, ''सुरीले कण्ठ वाले पक्षी! तुम स्वयं कहो क्या दूं मैं तुम्हें धरोहर के रूप में?''

कबूतर बोला, ''अपनी नींद मुझे दे दो।''

शहजादी ने प्रश्न किया, ''कबूतर ! मेरी नींद तुम्हारे किस काम आयेगी?''

कबूतर ने उत्तर दिया, ''यह तो तुम्हे बाद में पता चलेगा कि मेरे किस काम आयेगी तुम्हारी 'नींद'?''

शहजादी बोली, ''मेरे प्रिय पक्षी ! मेरी नींद आज से तुम्हारी हुई।''

उसी क्षण दासियों के आने की आवाज आयी। वह तौलिया उठाये सिर झुकाये हौज की ओर गर्दन झुकाये चली आ रही थीं। उन्हें आते देखकर कबूतर ने कहा, ''सुन्दर लड़की ! मैं चलता हूँ क्योंकि तुम्हारी दासियाँ आ रही हैं। मैं फिर आऊँगा। मैंने तुम्हारा नाम 'कीज खानम' रखा है, अच्छा नहीं है कि एक सुन्दर लड़की, वह भी तुम जैसी, बिना नाम के हो।''

एकाएक शहजादी को याद आ गया कि वह तो बादशाह की बेटी है। क्रोध से चीख उठी, "अरे ओ मलेच्छ पक्षी! तुझे किसने अधिकार दिया कि तू मुझसे बात करे? मेरी नींद मुझे वापस कर वरना तेरा दिल और अंतड़ियाँ तेरी इसी गर्दन से निकालूंगी। तुझे क्या अधिकार है कि अपने इस अपवित्र मुँख से मेरा नाम रखने की धृष्टता करे?"

लेकिन कबूतर तो कब का अनार के वृक्षों के ऊपर से होता हुआ उड़ गया था। शहजादी तो बेकार में क्रोध कर रही थी और जल्लादों को आदेश दे रही थी।

कई हफ्ते गुजर गये थे कि शहजादी की पलक भी नहीं झपकी थी। उसे नींद ही नहीं आ रही थी। पहले-पहल तो नींद न आने के कारण उसकी यह हालत हो गयी थी कि महल में सब समझे कि वह पागल हो गयी है। पागल कुत्ते की तरह कमरे में चक्कर लगाती। खिड़कियों पर घूसे मारती और सबको बुरा-भला कहती थी। किसी को अपने आस-पास आने नहीं देती, यहाँ तक कि स्वयं बादशाह और वैद्यों तक को। रात-दिन वह अकेली रहती थी। अन्त में थक-हार कर वह बीमार पड़ गयी और बिस्तर से लग गयी। इस हालत में भी उसे नींद न आती थी। न वह बोलती थी न हिलती-डुलती थी। अब वैद्यों को वह समीप आने देती कि वह एक-एक करके उसके समीप से उसे देखते हुए गुजर जायें। कोई वैद्य शहजादी का रोग दूर न कर सका। बादशाह ने आदेश दे रखा था कि किसी वैद्य को अधिकार नहीं कि वह शहजादी के शरीर का स्पर्श करे। यही कारण था कि वैद्य शहजादी के रोग को समझ नहीं पा रहे थे। एक दिन एक बूढ़ा वैद्य आया और उसने कहा कि वह बिना स्पर्श किये शहजादी का रोग पहचान लेगा यदि वह ऐसा न कर पाया तो उसे मृत्यु-दण्ड दे दिया जाये।

बादशाह ने आदेश दिया कि इस बूढ़े वैद्य को शहजादी के शयनकक्ष में ले जाया जाये। वैद्य काफी देर तक शहजादी के सिरहाने बैठा उसे निहारता रहा फिर उसने कहा, "शहजादी का रोग दूर हो सकता है यदि कोई उसे प्रेम-कथा सुनाये। उसके रोग की केवल एक ही दवा है। प्रेम-कथा सुनते ही उसे नींद आ जायेगी।"

सुनते ही बादशाह ने मुनादी वालों को बुलाकर आदेश दिया कि वह चारों दिशा में फैल जायें और मुनादी करें कि किसी को भी प्रेम-कथा आती हो तो वह आकर शहजादी को सुनाये। इसके बदले में उसे धन-दौलत से लाद दिया जायेगा।

बहुत-से लोग धन की लालच में आये और शहजादी के शयनकक्ष के पर्दे के पीछे से उन्होंने प्रेम-कथा सुनायी। वह जानते न थे कि झूठ-मूठ की कहानियों से शहजादी का रोग दूर न होगा। बादशाह ने सबको एक के बाद एक जल्लाद के हवाले कर दिया। इसके बाद फिर किसी की झूठ बोलने की हिम्मत न पड़ी।

काफी समय गुजर गया। एक दिन फिर वह अनजान बूढ़ा वैद्य आया और बादशाह से बोला, ''आखिर यह कैसा नगर है जहाँ पर लोग प्रेम-कथा नहीं जानते हैं? उस पहाड़ी पर एक गड़रिया रहता है। उसे प्रेम-कथा आती है। उसे जाकर स्वयं ले आयें। यदि स्वयं बादशाह नहीं गये तो वह किसी भी हालत में नहीं आयेगा।'' इतना कहकर वह वैद्य चला गया।

बादशाह अपने साथियों के संग घोड़े पर सवार होकर उस गड़रिये की खोज में निकल पड़ा। जब वे पहाड़ी के नीचे पहुँचे तो उन्होंने उस गड़रिये को पुकारा। इस पर गड़रिये ने पूछा, ''तुम लोग कौन हो, क्या चाहते हो?''

बादशाह ने कहा, ''मैं बादशाह हूँ। क्या तुमने नहीं सुना कि मेरी लड़की बीमार है? मैं चाहता हूँ तुम आकर उसे...''

बादशाह भूल गया कि उस वैद्य ने क्या कहा था। सोच में डूबे बादशाह से जवान गड़रिये ने स्वयं पूछा, ''प्रेम-कथा चाहते हो?''

बादशाह ने कहा, ''हाँ ! वही जो तुमने कहा है। उसके बारे में बूढ़े वैद्य ने कहा था कि उसे तुम जानते हो।''

जवान गड़रिया बोला, ''हाँ जानता हूँ।''

बादशाह ने कहा, ''यदि तुमने मेरी बेटी को ठीक कर दिया तो जितना भी सोना-चाँदी, धन-दौलत चाहोगे तुम्हें मैं दूगा।''

गड़रिया पहाड़ से नीचे आया और बोला, ''बादशाह ! यदि आप बीच में सांसारिक ऐश्वर्य की बात लाये तो मैं नहीं आता क्योंकि प्रेम-कथा केवल प्रेम के लिए कही जाती है।''

बादशाह ने फिर कुछ नहीं कहा। उसके मन में क्रोध का बवण्डर उठा कि इस मामूली गड़रिया को फौरन जल्लादों के हाथों सौंप दे। मगर लहू के घूँट पीकर रह गया। गड़रिया शाह के तुर्की घोड़े पर सवार हुआ और नगर की ओर चल पड़े। जब राजमहल में पहुँचे तो गड़रिए को पर्दे के पीछे बिठाया गया और कहा, ''यहीं से कथा हो। अनजान आदमी की नजरें शहजादी के पवित्र चेहरे पर नहीं पड़नी चाहिए।''

जवान गड़रिया बोला, ''प्रेम-कथा ऐसी चीज नहीं है कि उसे सब सुनें। यदि मेरे और लड़की के अतिरिक्त यहाँ कोई दूसरा रहा तो समझो रोग ठीक नहीं होगा। उचित यही है कि सब यहाँ से दूर रहें।'' मजबूर होकर बादशाह ने आदेश दिया कि शहजादी का महल सब खाली कर दें—महल में केवल शहजादी और गड़रिया रह जायें।

इस आदेश के बाद जवान गड़रिया ने कमरे के बीच में पड़ा पर्दा हटाया और अन्दर कक्ष में गया जहाँ पर शहजादी शय्या पर बेहोश पड़ी थी अपने आसपास की सारी चीजों से पूर्ण रूप से बेखबर और बेजार। जवान गड़रिया दरवाजे के समीप बैठ गया और ऊँची आवाज से बार-बार दोहराने लगा, ''ओ सुन्दर लड़की ! ओ 'कीज खानम'! मैं चाह रहा हूँ तुम्हें प्रेम-कथा सुनाना। सुनोगी?'' शहजादी ने जानी-पहचानी आवाज सुनकर सिर घुमाया और गड़रिया के चेहरे पर अपनी नजरें टिका दीं, फिर उससे बोली, ''हाँ ! सुनूंगी। सुनाओ।''

गड़रिया ने प्रेम-कथा कहानी आरम्भ की :

''बहुत पहले की बात है एक बादशाह था, उसकी छह-सात वर्ष की बेटी थी। यह लड़की असंख्य दासियों और कनीजों के बीच घिरी रहती थी। एक नौकर भी था जो उससे आयु में बड़ा था, उसका नाम कौच अली था। भोजन के समय यदि लड़की का रूमाल भी जमीन पर गिर जाता था तो कौच अली उसे उठाकर देता था। कभी-कभी लड़की का मन गुल्ली-डण्डा खेलने को चाहता। उसका गुल्ली-डण्डा सोने-चाँदी का था। जब वह लड़की सोती थी तो कौच अली का कर्त्तव्य था कि वह दरवाजे पर जाकर सोये और दासियों को अन्दर न आने दे ताकि लड़की कि निद्रा न टूटे। बादशाह की लड़की जो भी आदेश देती, कौच अली उसे बड़े प्रेम से पूरा करता था। इतनी बढ़िया तरीके से वह सारा काम करता था कि आज तक उस लड़की ने उसे मारा नहीं था। कौच अली उस लड़की पर पूर्ण रूप से आशिक हो चुका था। उसका प्रेम निश्छल था। उसकी दृष्टि में यह कोई बुरी भावना नहीं थी। क्योंकि किसी से प्यार करना वह बुरा नहीं समझता था। जब वह दोनों साथ-साथ बाग में होते तो तितलियाँ पकड़ते रहते थे। गुल्ली-डण्डा खेलते थे। उस समय कौच अली अपने को बहुत हल्का-फुल्का और प्रसन्नचित्त पाता था। कौच अली की आँखें लड़की के चेहरे को जितना भी देखें मगर उनकी प्यास नहीं बुझती थी। उसका दिल चाहता था कि लड़की उसे इतनी इजाजत दे दे कि वह उसका हाथ पकड़कर बाग में टहले और तितलियों के पीछे भागे। लेकिन बादशाह की बेटी किसी को भी पसन्द न करती थी, फिर कौच अली तो उसका नौकर था। दासियों को वह बड़े क्रोध से दुतकारती और उन्हें कुत्ता कहकर सम्बोन्धित करती थी। कौच अली मन के भेद को छुपाकर जी रहा था। मगर एक दिन जब यह भेद उसको सहन न हो सका तो उसे लड़की के सामने उगल दिया। वह दिन था जब लड़की तितलियाँ पकड़ रही थी। उसी बीच में एकाएक कौच अली ने कहा, 'शहज़ादी! मैं आपसे प्रेम करता हूँ, मेरी इच्छा है जब हम

बड़े हों तो एक-दूसरे के पति-पत्नी बन जायें।' इस वाक्य से वह लड़की इतना क्रोधित हो उठी कि उसने कौच अली के मुँह पर चाँटा मार दिया। फिर कुत्ते की तरह उसे अपने पास से दुत्कार दिया। उसे महल से निकालने के बाद उसने क्षणभर के लिए भी यह नहीं सोचा कि उस पर क्या गुज़री।—इतना कहकर जवान गड़रिया चुप हो गया।

शहज़ादी बोली, "गड़रिये ! कहानी कहो, इसके बाद क्या हुआ?"

गड़रिया ने कहा, "ओ सुन्दर लड़की ! तुम कल्पना कर सकती हो कि कौन-सी आफत कौच अली के सिर पर टूटी थी?"

लड़की बोली, "मैंने वास्तव में उसकी कठिनाइयों की कभी कोई कल्पना नहीं की। तुम जानते हो कौच अली पर क्या गुजरी? आओ आगे आकर मुझसे कहो।"

गड़रिया अपने स्थान से उठा और लड़की के समीप बैठ गया। उसका हाथ हाथों में ले लिया और 'प्रेम-कथा' कहानी को शुरू किया :

कौच अली का पिता भेड़ें चराता था। यहाँ से निकल कौच अली सीधा उस बियाबान की ओर निकला कि अपने पिता को ढूंढे। उसके पिता बहुत बीमार थे और पहाड़ की एक गुफा में मूर्छित पड़े थे। कौच अली की बहिन जो लगभग उसी के बराबर थी, भेड़ों को चराने ले गयी थी। पिता ने जब अपने पुत्र को देखा तो बहुत प्रसन्न हुआ और बोला, "कौच अली ! कितने समय में आये हो तुम, मैं अब मरने वाला हूँ। अपनी बहिन को अकेला मत छोड़ना। अकेलापन मृत्यु से बदतर है।" पिता का देहान्त हो गया। बेटे ने पिता को वहीं पहाड़ के एक कोने में दफन कर दिया। संध्या को जब बहिन आयी तो पिता के स्थान पर उसने अपने भाई को देखा। दोनों मिलकर पिता के लिए रोये फिर जंगली फूल लेकर वे दोनों उसकी कब्र पर गये। फूल चढ़ाकर वहाँ पर उन्होंने एक वृक्ष लगाया।

दिन, मास, वर्ष गुजरने लगे। कौच अली और उसकी बहन सत्रह-अट्ठारह वर्ष के हो गये। पहाड़ों पर घूमते अच्छी चरागाहों की तलाश में वह दूर-दूर तक चले जाते थे। रात को वह अपने कुत्तों के साथ गुफा में सो जाते थे। जाड़े की ऋतु में कभी-कभी वह शहर आते थे। उस समय जब गुफाओं में बर्फ के कारण भेड़ें रहतीं और वह बेकार होते।

कौच अली की बहन बसन्त ऋतु की तरह हल्की-फुल्की और सुन्दर थी। ग्रीष्म ऋतु के सूरज की तरह उसका मुख-मण्डल ज्योतिमान था। पतझड़ के रसीले फलों की तरह वह सुगन्धयुक्त और पसन्द आने वाली थी। जाड़े की रातों की तरह वह स्वच्छ और निर्मल थी। जंगली लाल फूलों की तरह वह तरोताजा और निश्छल थी इसीलिए कौच अली उसे 'लाला' कहकर पुकारता था।

एक दिन जब वह भेड़ों को चराकर आ रहा था तो उसने देखा कि उनमें से एक बकरी कम है। कुत्तों में से एक कुत्ते को लेकर वह बकरी ढूंढ़ने निकला। कई पहाड़ियाँ पार करने के बाद जाकर कहीं बकरी मिली जो एक पानी के चश्मे के किनारे बैठी रो रही थी और बेर की तरह काँप रही थी। कुत्ते ने भौंकते हुए उसे दिलासा दिया, ''बकरी ! रो न, हम आ गये हैं।'' बकरी खुश हो गयी और बोली, ''मैं समझ बैठी थी कि मुझे ढूंढ़ने कोई नहीं आयेगा और मैं भेड़िया का कौर बन जाऊँगी। यही सोचकर अपने भाग्य को बैठी रो रही थी।''

संध्या ढल रही थी। रात की कालिमा चारों दिशाओं से बढ़ रही थी तभी कौच अली ने देखा कि सात घुड़सवार पहाड़ी के ऊपर से नीचे आ रहे हैं। उसने कुत्ते के साथ बकरी को भेज दिया और स्वयं पत्थर की आड़ में खड़ा होकर प्रतीक्षा करने लगा। घुड़सवार आये और चश्मे के समीप पहुँचकर रुक गये। हर एक उनमें से एक मश्क अपनी पीठ पर लादे हुए था। उसे पानी से भरा। तभी एक घोड़ा दूसरे घोड़ों से बोला, ''मैं अब अकेला उस महल में नहीं रहूँगा। चाहे मार डाला जाऊं। यहीं पर दम तोड़ दूं, मगर वापस नहीं लौटूंगा। तुम लोग भी वापस अपने-अपने घर चले जाओ अपनी चचाजाद बहन के पास।''

दूसरे घोड़ों ने उसे सांत्वना दी और उसे मनाकर अपने साथ ले गये। कौच अली अपने स्थान से निकला और उस घोड़े के पीछे चल पड़ा। चलते गये, चलते गये, कई पहाड़ियाँ पीछे रह गयीं। अन्त में वह वहाँ पहुँचे जहाँ न पशु थे न पक्षी, न घास थी न वृक्ष। बस सात सुन्दर महल नजर आ रहे थे। सब घुड़सवार घोड़े के साथ एक-एक महल में जा घुसे। फिर छह कबूतर उड़ते हुए आकाश से नीचे उतरे और एक-एक महल में घुस गये। कौच अली बाहर खड़ा-खड़ा यह सब देख रहा था। एकदम से उसे रोने की आवाज सुनायी पड़ी। हर महल का दरवाजा खुला और उसमें से एक-एक सुन्दर लड़की दिखी। उनके साथ एक-एक सुन्दर लड़का भी था। दोनों बातों में मगन हँस रहे थे मगर सातवें महल में बैठा सुन्दर लड़का उदास और अकेला था। दुःख में डूबा हुआ वह चाक से 'लाला' पुष्प का चित्र बना रहा था। साथ ही साथ रो भी रहा था। इस तरह से फूट-फूटकर रो रहा था कि पत्थर का दिल भी पसीज जाये। कौच अली ने उस महल में प्रवेश किया। उस सुन्दर लड़के को सलाम किया और कहा, ''ओ जवान ! रोओ मत। तुमने मेरा दिल अपने रोने से दुःखी कर दिया है।''

जवान ने सर ऊपर उठाया और कहा, ''तुम कौन हो? और कहाँ से आये हो?''

कौच अली ने कहा, ''मैं पहाड़ी गड़रिया हूँ। तुम्हारे रोने की आवाज मुझे यहाँ खींच लाई है।''

जवान बोला, ''मैंने तुम्हें भोर के समय पर्वत पर देखा था। आओ, मेरे समीप बैठो, मुझसे बातें करो। मेरा मन किसी से बात करने को चाह रहा है।''

कौच अली ने पूछा, ''तुम क्यों इस तरह से रो रहे थे?''

जवान ने उत्तर दिया, ''मेरी कथा बड़ी लम्बी है, अगर तुम्हें समय हो और शान्त होकर इतनी देर तक सुन सकते हो तो मैं तुम्हें सुना सकता हूँ।''

इसके बाद उसने अपनी कहानी मुझे कुछ इस प्रकार से सुनाई :

''हम सात भाई हैं। दो रोज पहले ही हम इस जंगल में आये हैं। इससे पहले हम अपने शहर में लोहारी का काम करते थे। हमारे बूढ़े पिता शहर के सबसे अच्छे और दक्ष तलवार बनाने वाले थे। हम सब दिनभर लोहारी करते और रात को तहखाने में छुपकर तलवारें बनाते थे। बादशाह ने हथियार बनाने पर पाबन्दी लगा दी थी। शहर के लोग तलवार चाहते थे इस कारण हम मजबूर थे कि रात के अन्धेरे में यह काम करें। हमारी छोटी-सी दुकान थी जिसमें एक और भट्ठी थी। एक दिन मेरे पिता ने हमसे कहा कि, ''मेरा समय समीप आ गया है। मैं मरने वाला हूँ और तुम लोगों के सामने एक लम्बा जीवन पड़ा है जिसे तुम्हें जीना और गुजारना है इसलिए तुम सबको एक मित्र, एक जीवन साथी की आवश्यकता है। तुम सब विवाह करने योग्य हो गये हो। तुम्हें ऐसी पत्नी चाहिए जो तुम्हारी तरह आस्तीन चढ़ाकर लोहे को हथौड़ी से पीटने का बल रखती हो। तुम्हारी चचा की बेटियाँ ऐसी ही पत्नी बनने की योग्यता रखती हैं। मगर तुम्हारी योग्यता की परीक्षा लेने के लिए तुम्हारे स्वर्गीय चचा और मैंने तुम लोगों के लिए एक परीक्षा रखी थी। उसमें उत्तीर्ण होने के लिए तैयार हो जाओ। सारी लड़कियों के पते एक-एक सन्दूक में छुपे हैं। तुम इतनी मजबूत और तेज तलवार बनाओ जो उसे एक ही वार में तोड़ दे। उसी में तुम्हें उनका पता मिलेगा।''

मेरे पिता कुछ दिनों बाद मर गये। हम सब अपने उद्देश्य की पूर्ति में लग गये। अधिकतर समय हमारा तहखाने में तलवार बनाने में गुजरने लगा। मगर जो भी हम तलवार बनाते उसका कोई प्रभाव सन्दूक पर न पड़ता। जाड़े की एक रात तो हमने ऐसी तलवार बना ली जिसके वार से भारी सन्दूक टूट गया और उसमें से एक छोटी-सी डिबिया निकली। उसमें एक कागज का टुकड़ा था जिस पर लिखा था—''मेरे प्रिय चचाजाद भाइयों! तुम्हारी तलवार बनाने की दक्षता पर हम निछावर हो जायें। जितनी

जल्दी हो आप सब हमें लेने आ जायें। आपके लिए हमारा मन तड़प रहा है। इस बियाबान में हमने वृक्ष लगाये हैं। सूखी घाटी में पानी का चश्मा निकाला है। संक्षेप में, इस बियाबान को सहने योग्य बनाया है और जंगल में बदल डाला है। बस आपके आने की प्रतिज्ञा है। आप हमारा पता बसंत ऋतु में खिले पहले 'लाला' के पुष्प से पूछ लिजियेगा'' आपकी चचाजाद बहन।

इस कागज को पढ़ते ही हम ऐसे व्याकुल हुए कि पूछो मत। लग रहा था उसी पल उड़कर हम अपनी बहिनों के पास पहुँच जायें। न उनका पता हमारे पास था, न ही हम अपना काम छोड़कर उनके पास जा सकते थे। शहर के योद्धाओं ने लगभग हजार तलवारों का आर्डर दिया था कि जाड़े के समाप्त होने से पहले ही पहले उन्हें तलवार चाहिए। हमारे भाग्य से जाड़े की ऋतु लम्बी हो गई और बसंत ऋतु देर से आई। हम हर दिन पहले से अधिक व्याकुल हो रहे थे। बर्फ पिघल कर समाप्त हो गई थी। पर्वत की चोटी पर हमने एक बड़ा-सा 'लाला' का पुष्प खिला देखा जिसके हृदय पर काला तिल था। हमने लाला से पूछा, ''हमारी चचाजाद बहनें कहाँ हैं? उनका पता बताना?''

लाला ने अपनी कमर सीधी की और बोला, ''मेरे चचाजाद भाई, पहले मेरा चुम्बन लो, तब बताऊंगा।'' मैंने झुककर लाला के पुष्प का चुम्बन लिया। उस समय लाला ने कहा, ''तुम्हारी बहनें बहुत व्याकुलता से तुम्हारी प्रतीक्षा कर रही हैं। यदि तुम नहीं पहुँचे तो हो सकता है वह आत्महत्या कर लें। मैं तुम्हें बताऊँगा कि तुम कैसे कबूतर का रूप और कैसे घोड़े का रूप धारण करके लम्बे मार्ग को शीघ्रातिशीघ्र तय करोगे और उनके पास पहुँच जाओगे। इतना कहकर 'लाला' के पुष्प ने मुझे पता बता दिया। फिर उदासी से बोला, ''मैं चाहता था कि तुम मुझे अपने साथ तोड़कर ले जाते तो कितना अच्छा होता मगर मैं सोचता हूँ कि मेरा यहाँ रहना भी आवश्यक है। जाड़े की ऋतु लम्बी होने के कारण उसने 'लाला' के सारे बीज सुखा और सड़ा दिये हैं। एक मैं ही अकेला बचा हूँ। यदि मैं भी चला गया तो फिर इस पहाड़ पर अपने बीज कौन फैलायेगा? कौन आने वाली ऋतु में इस पहाड़ की चोटी को लाल पुष्पों से ढकेगा? कौन इस विरानी को पुष्पों में बदलेगा? सो मुझे यहाँ रहना पड़ेगा।''

हमने 'लाला' से विदा ली। तलवारों को योद्धाओं को देकर हमने कबूतर का रूप धारण किया और उड़ने लगे। जब थक गये तो पानी का रूप धर धरती, पर्वत, घाटी पर से गुजरते-बहते मैं और मेरे भाई परसों इस जंगल में पहुँचे। शांत जंगल में हमने यह सात महल देखे। उसके सामने बैठकर हम प्रतीक्षा कर रहे थे। रात को छह कबूतर उड़ते हुए

आये और हमें देखकर उन्होंने अपना रूप बदल लिया। छह लड़कियाँ, सुन्दर और शर्मीली हमारे आने की खुशी में आनन्द-विभोर होकर चीखीं "चचाजाद भाइयों! इस जंगल में तुम्हारा स्वागत है!"

फिर मेरी तरफ देखती हुई बोली, "हमारे नन्हें-मुन्ने भाई ! तुम्हारा भी स्वागतम्! हमारी छोटी बहन 'लाला' ने कहा है कि तुमको उसकी प्रतीक्षा करनी पड़ेगी। इस साल जाड़े की ऋतु बहुत लम्बी और ठण्डी थी। उसने कहलाया है कि जो भी बीज लाला के थे सबको जाड़े की ऋतु ने खराब कर दिया है। अगर यह 'लाला' भी न खिलता तो तुम सदा के लिए हमें खो देते। क्योंकि दूसरा बीज तो बचा ही न था कि बसंत के आते ही कोंपल बनकर पौधा बनता और कली के बाद पुष्प बनकर खिलता। यकीन जानो अगर मेरी बहन अपने अस्तित्व का रक्त धरती पर निचोड़ कर न गिराती तो आज यह धरती 'लाला' नाम के पुष्प को कब का भूल चुकी होती। लोग भी 'लाला' पुष्प को कभी न देख पाते।"

मैंने जब यह वाक्य सुना तो मुझे लगा मैं पागल हो जाऊँगा, उत्तेजना और व्याकुलता से मुझे चक्कर-सा आने लगा। मैं चीख पड़ा, "पहाड़ की चोटी पर खिला वह अकेला 'लाला' पुष्प मेरा था?"

बहिनों ने कहा, "हाँ! हाँ! वह पहाड़ की चोटी पर खिला 'लाला' पुष्प हमारी छोटी बहन है। वह नहीं चाहती कि लोगों को विश्वास हो जाये कि मैदान और बियाबान में कोई 'लाला' पुष्प नहीं खिला है। वह चाहती है कि उस चोटी को वह अपने वजूद से लाल रंग में बदल दे। पूरे का पूरा लाल रंग, लाल पुष्पों से भरकर केवल लाल रंग में। हाँ, उसका प्रेम हम सबसे अधिक बलवान और बलिदान से परिपूर्ण है। वह चाहती है कि वह हम पर और इस धरती के ऊपर अपने आपको निछावर कर दे।"

मेरे मन में विचार आया लौट जाऊँ और जाकर उस 'लाला' पुष्प को तोड़ लाऊँ। मगर जब उसके बलिदान के बारे में सोचा तो अपना स्वार्थ मुझे छोटा लगा और लज्जा महसूस हुई। मुझे मेरी बहनें 'लाला' के महल में ले गईं जो खाली पड़ा था। हम सब कल इसी महल में जमा थे। बहनें कह रही थीं कि 'लाला' मुझे बहुत प्यार करती थी। उसने बहुत कष्ट उठाया है। बहुत काम किया है वृक्षारोपण में पानी की नहर नीचे लाने में। इसके अतिरिक्त उसने अन्य शाही जंगलों में जाकर जानवरों के बीच खूब प्रचार किया कि वह सब हमारे जंगल में आकर रहें। उन्होंने उसे वचन दिया था कि विवाह के शुभ अवसर पर वे सब आयेंगे। मगर मेरे भाई और चचाजाद बहनों ने अपना विवाह समारोह हमारे

विवाह की प्रतीक्षा में नहीं मनाया। मुझे भी मेरे शहर वापस नहीं जाने दे रहे हैं। आज तन्हाई और अकेलेपन ने मुझे इतना दु:खी कर दिया था कि मैं दिल को हल्का करने के लिए रोने लगा था। तुम्हें मैं कितना धन्यवाद दूं कि तुमने मेरे मन का बोझ उतार दिया, मेरी दुखद कहानी सुनकर।''

जब उस जवान ने अपनी कहानी सुना ली तो कौच अली ने कहा—''तुम्हें रोने का अधिकार नहीं है। एक समय था जब मैं भी एक शहजादी का आशिक था। उसने मुझे महल से निकाल दिया और कुत्ते की तरह दुत्कार दिया था, इस कारण मैंने उसकी ओर मुड़कर भी नहीं देखा था।''

जवान ने पूछा, ''क्या तुम उससे घृणा करने लगे हो?''

कौच अली ने कहा, ''नहीं। यदि मैं उसे देखूँगा तो फिर पहले की तरह उस पर आशिक हो जाऊँगा। वह इतनी सुन्दर है कि उसका-सा रूप संसार में कहीं नजर नहीं आयेगा परन्तु उसका व्यवहार बहुत बुरा और स्वार्थपूर्ण है।''

जवान ने पूछा, ''कौच अली ! क्या तुम अकेले रहते हो?''

कौच अली ने कहा, ''नहीं ! मैं अपनी बहन 'लाला' के साथ रहता हूँ।''

जवान ने पूछा, ''वही लड़की जो तुम्हारे साथ भेड़ चराती है?''

कौच अली ने कहा, ''हाँ, वही लाल गालों वाली लड़की, जंगली हिरणी के समान, वह मेरी बहन है।''

वह जवान अपने स्थान से उठा और कहा, ''कौच अली, मैं एक बात तुमसे कहना चाहता हूँ यदि तुम बुरा न मानो तो?''

कौच अली ने कहा, ''मैं जान गया कि तुम मेरी बहन को चाहते हो, ठीक है। चलो इसी समय चलते हैं। यदि वह तुमसे विवाह पर राजी हो गई तो उसे ब्याह कर ले आना। मैं भेड़ों और बकरियों को अकेला भी चरा सकता हूँ।''

इसके बाद उस जवान ने कौच अली को बताया कि कैसे वह कबूतर और घोड़ा बनकर लम्बी राह पार कर सकते हैं ?

गुफा में बैठी 'लाला' बकरों की दाढ़ी में कंधी कर रही थी। जब भी वह अकेली होती और उसे नींद नहीं आती थी, वह यह काम करती थी। बकरियाँ और बकरे अपनी-अपनी बारी की प्रतीक्षा में बैठे हुए थे और लाला जो उन्हें कहानी सुना रही थी, उसे ध्यान

से सुन रहे थे। कोई अपनी पीठ खुजा रही थी कोई ऊंघ रही थीं। कुत्ते भी गुफा के द्वारा पर लेटे हुए थे। आधा चाँद आकाश पर ठीक गुफा के ऊपर झुक आया था और गुफा के अन्दर अपनी चाँदनी पहुँचा रहा था। कुछ देर बाद एकाएक चाँद बोला, "लाला! उठो, जल्दी से आग जलाओ। बस अब मैं कुछ क्षणों में यहाँ से जाना ही चाहता हूँ।" 'लाला' उठी और उसने गुफा के द्वार पर आग जला दी। इसी बीच चाँद गुफा के पीछे चला गया। दो कबूतरों के सीने पर लाल-लाल बिंदियाँ थीं। लाला उन्हें देखकर बोली, "पक्षियों, तुम राह भूल गये हो? खैर आओ, मेरे पास आओ।"

सफेद कबूतर लाल बिन्दियों वाले कबूतर की ओर देखने लगा। जैसे कह रहा हो 'जाओ उसके पास, डरो मत।'

लाल बिन्दी वाला कबूतर थोड़ा उड़ा और जाकर 'लाला' के हाथ पर बैठ गया। लाला ने उसे देखा और उसका चुम्बन लिया। यह देखकर दूसरा कबूतर भी लाला की जाँघ पर आकर बैठ गया। उन दोनों को नीचे जमीन पर बिठाकर लाला बोली, "ठहरो! मैं तुम्हारे लिये दाना लाती हूँ।" यह कहकर वह गुफा में आगे की ओर गई। फिर एक पत्थर हटाकर मुट्ठी पर दाना उठाया और लौटने लगी। कबूतरों ने शीघ्रता से अपना रूप बदल लिया। कुत्तों ने जब कौच अली को देखा तो उसके समीप आकर बैठ गये। जब लाला लौटी तो कबूतरों के स्थान पर भाई और एक सुन्दर युवक को बैठा देख, पूछा ए "कौच अली! तुम कहाँ चले गये थे? कितनी देर में लौटे हो?"

कौच अली ने कहा, "पहले इधर आओ! आकर मेरे नये मित्र से परिचित तो हो। बाद में देरी का कारण बताऊँगा। यह तुमसे ही मिलने आया है।" लाला यह सुनकर पहले शान्त रही। फिर उसने प्रश्न किया कि "मेरे कबूतर तुमने नहीं देखे, कहाँ गये?"

कौच अली ने कहा, "हम जब अन्दर आये तो वह उड़कर बाहर चले गये। जाता हूँ ढूंढ़कर लाता हूँ, ज्यादा दूर नहीं गये होंगे। तुम लोग जब तक बात करो, मैं लौटकर आता हूँ।" इतना कहकर कौच अली बाहर निकला और थोड़ी दूर जाकर एक पत्थर पर बैठ गया। थोड़ी देर बाद उसने देखा कि लाला और युवक एक-दूसरे का हाथ पकड़े गुफा से बाहर आ रहे हैं। कौच अली अपने स्थान से उठा और बोला, "मुबारक हो!"

जवान युवक बोला, "मित्र! यदि तुम आज्ञा दो और पसन्द करो तो मैं लाला को लेकर जंगल में अपने भाई और बहिनों के समीप चला जाऊँ। वे मेरे लिए चिंचित होंगे।"

कौच अली ने हँसकर लाला से पूछा, "लाला ! कबूतरों को नहीं चाहती कि तुम्हारे लिए ढूँढ कर ले आऊँ?"

लाला ने हँसकर कहा, "बस करो कौच अली, मुझे छेड़ो मत ! तुमने तो आज मजाक करने की हद ही कर दी है।"

इस बात पर तीनों खिलखिला कर हँस पड़े। जवान युवक ने कौच अली से कहा, "मैं कल शाम को तुम्हारी प्रतीक्षा करूँगा। हमारे विवाह-समारोह में जरूर आना।" इतना कहकर वह घोड़े में अपने को बदलकर खड़ा हो गया। लाला उसकी पीठ पर बैठ गई और सफेद घोड़ा हवा से बातें करने लगा। कौच अली सुबह तक उसी पत्थर पर खामोश जागता हुआ बैठा रहा। जब सुबह मुर्गे की आवाज आई तो वह चौंका और जाकर अन्दर गुफा में लेट गया।

दूसरे दिन जंगल में मंगल था। पशु-पक्षी और रेंगने वाले कीड़े-मकोड़े चारों दिशाओं से आ-आकर उस जंगल में वृक्षों पर घौंसले और जमीन पर बिल बनाने में व्यस्त थे। सातों लोहार भाई अपनी सुन्दर पत्नियों के साथ एक बड़ी मेज के चारों तरफ बैठे हुए, अपने विवाह का भोज खा रहे थे। कौच अली भी था। उनका इरादा था कि आधी रात को वे इस जंगल को पशु-पक्षियों के हवाले करके अपने शहर लौट जायेंगे। उन्होंने कौच अली से भी आग्रह किया मगर वह राजी नहीं हुआ। "नहीं ! मुझे अपनी भेड़-बकरियों की देखभाल करनी है।"

आधी रात को सात दूल्हे, सात दुल्हनें कबूतर का रूप धारण करके ऊपर आकाश की ओर उड़ गये। कौच अली अकेला रह गया। थोड़ी देर तक वह जंगल में घूमता रहा मगर वह उस अकेलेपन के दु:ख को कम न कर पाया। अन्त में वह एक वृक्ष के नीचे बैठा और घुटनों में सर धर कर रोने लगा। जब दिल हल्का हो गया तो अपनी गुफा में लौट आया, अपने पशुओं के पास...।

जवान गड़रिया प्रेम-कथा सुनाते-सुनाते फिर चुप हो गया और खामोशी से टकटकी लगाकर शहजादी की आँखों में झाँकने लगा। वह चाह रहा था कि अपनी प्रेम-कथा का प्रभाव उस शहजादी के आंखों में पढ़ सके। वह शहजादी काँपते हुए कंठ से बोली, "कहो—आगे कहो, बताओ न कौच अली आगे क्या हुआ?"

जवान गड़रिया ने मुख खोला, "वह दिन था जब कौच अली को फिर शहजादी की याद आ गई और उसे अनुभव हुआ कि वह बादशाह की लड़की को दिल की गहराइयों

से प्यार करता है। मन-ही-मन उसने प्रण किया कि मैं पहाड़ी गड़रिया नहीं यदि मैं उसकी अक्ल को ठिकाने न लगा दूँ, उसके जँगलीपन को दूर करके उसको आदमी न बना दूँ, वरना मैं अपना नाम बदल डालूँगा। उसका व्यवहार और आचरण बदलने के लिए आवश्यक है कि मैं उसको उस वातावरण से दूर ले जाऊँ।

उस समय उसने अपना रूप बदला। कबूतर बनकर उस वाटिका में गया जहाँ पर वह शहजादी दूध के हौज में बैठी नहा रही थी। उस समय कौच अली कबूतर के रूप में आया और अनार की शाख पर बैठकर बोला, "ओ सुन्दर लड़की! तुम्हारा शरीर कितना सुन्दर और सुडौल है। मैं तुम्हारा आशिक हो गया हूँ। मैं विनती करता हूँ कि तुम हौज से बाहर आओ ताकि तुम्हारे सौन्दर्य को भली प्रकार से निहार सकूं।" यह सुनकर पहले शहजादी कुत्ते की तरह भौंकने लगी, चिल्लाने लगी, डाँटने लगी, आदेश देने लगी मगर कुछ ही देर बाद वह भूल गई कि वह शहजादी है। सो बड़ी विनम्रता से बोली, "मीठे कण्ठ वाले पक्षी, मेरा तुमसे निवेदन है मुझे यू मत घूरो। यह उचित नहीं है।"

कौच अली ने कहा, "मेरे बस में नहीं है कि मैं तुम्हें न देखूं। मैं तुमसे प्रेम करता हूँ।"

शहजादी बोली, "ऐ सुरीले कंठ वाले! भला मैं एक कबूतर का प्रेम कैसे कबूल कर सकती हूँ? यदि तुम वास्तव में मेरे आशिक हो तो अपना रूप बदलो ताकि मैं तुम्हारी वास्तविकता देख सकूं कि तुम कौन हो?"

कौच अली ने अपना रूप नहीं बदला। शहजादी ने अपनी इच्छा से उसको अपनी नींद धरोहर के रूप में सौंप दी ताकि कौच अली अपनी असली रूप में आ जाये मगर कौच अली ने रूप न बदला और बड़ी तेजी से उड़ता हुआ शहजादी की नीदं संग लेकर गायब हो गया। उस दिन से वह शहजादी पल भर के लिए भी नहीं सो सकी। इतना जागरण न सह सकी और अन्त में बीमार पड़ गई। वैद्य उसका रोग दूर न कर सके क्योंकि बादशाह ने सारे वैद्यों को आदेश दे दिया था कि कोई भी नाड़ी देखने के बहाने भी लड़की का स्पर्श न करे। एक दिन कौच अली बूढ़ा वैद्य बनकर आया और बिना लड़की को स्पर्श किये उसके रोग की दवा बता गया। वह घण्टों लड़की को इस बहाने से घूरता रहा था कि वह उसके रोग की दवा ढूँढ़ रहा है, उसके रोग को पहचान रहा है फिर वह बोला लड़की "प्रेम-कथा" सुनकर नीरोग हो जायेगी और कहकर चला गया। शहर में कोई भी प्रेम-कथा नहीं कह सकता था। फिर कौच अली बूढ़ा वैद्य बनकर आया और बताया

कि उस पर्वत पर एक पहाड़ी गड़रिया है जो प्रेम-कथा जानता है। यदि बादशाह स्वयं उसे बुलाने जायेंगे तो वह अवश्य आयेगा।

जवान गड़रिया फिर खामोश हो गया और आश्चर्य से शहजादी की आँखों में कुछ ढूँढ़ने लगा। फिर हँसकर बोला, "हाँ, ओ सुन्दर लड़की ! ओ कीज खानम ! तुम्हारे पिता ने मुझे एक दिन कुत्ते की तरह दुत्कारा था मगर आज स्वयं जाकर बुलाकर लाया है, अब तुम क्या कहती हो?"

कीज खानम अपने बहते आंसुओं को नहीं रोक पाई। बोली, "कौच अली, मैं सदा के लिए यह बात भूल गई हूँ कि मैं एक बादशाह की बेटी हूँ। मैं तुम्हें पाना चाहती हूँ। मैंने अब जाना है कि मुझे वास्तव में तुम्हारे आश्रय की आवश्यकता है। मुझे अपने साथ ले चलो। मैं एक आम जिन्दगी अर्थात् दूसरों की तरह जीवन व्यतीत करना चाह रही हूँ।"

कौच अली ने कहा, "तुम्हारे लिए यह जीवन इतना आसान नहीं है। तुम बड़े लाड़-दुलार में पली हो मगर जब तुम स्वयं आम आदमी की तरह जीवन व्यतीत करना चाहती हो तो शायद तुम इस प्रयत्न में सफल हो जाओ।"

कीज खानम ने कहा, "यदि मैं तुम्हारे संग और अन्य लोगों के बीच रहूँगी तो मेरे लिए सारी कठिनाई सरल हो जायेंगी। कौच अली मुझे अपने संग ले चलो ! अपनी कीज खानम को यूं तन्हा न छोड़ना।"

कौच अली ने उसकी आँखों से बहते हुए आँसू पौंछे और जेब से एक सेव निकालता हुआ बोला, "तुम अब थक गई हो, पहले जरा यह सेव खाना। मैं तुम्हें लेने आऊँगा। मुझे पता है तुम इस पल के बाद सदा मुझसे प्रेम करोगी।"

सुन्दर लड़की ने सेव खाया और लेट गई। इसके बाद धीरे-धीरे करके उसकी आँखें बन्द हो गईं और वह गहरी नींद में डूब गई। कौच अली उठा, शहजादी के गाल का चुम्बन लिया और शयनकक्ष से बाहर निकल आया। बादशाह से बोला, "मैंने लड़की की नींद वापस कर दी है। तीन दिन तक कोई उस महल के आसपास न आये। लड़की को सोने दें। चौथे दिन उसे जाकर जगायें।"

दूसरे दिन, भोर के समय कौच अली कबूतर बनकर आया। कीज खानम के समीप आया और अपना रूप बदल कर एक लाल पुष्प शहजादी की नाक के पास लगाया। शहजादी सपने से जागी। आंखें खोलीं और बड़ी मीठी नम्र मुस्कान दी। कौच अली ने पूछा, "खूब आराम से सोईं?" कीज खानम ने कहा, "खूब मीठी नींद ली, जैसे शहद और शक्कर ! अब तुम मुझे अपने संग ले चलोगे न?"

कौच अली ने कहा, "हाँ। उठो, बाग में मुँह हाथ-धो लो फिर चलते हैं।"

अभी-अभी सूर्य उदय हुआ था कि दो कबूतर हौज से पंख फड़फड़ाते, अनार के वृक्षों पर से होते हुए सूर्य की दिशा की ओर नीले आकाश में उड़ गये।

दोमरुल दीवाने-सर

वर्षों पहले 'ओगोज' कबीले में एक पहलवान था। उसे सब "दोमरुल दीवाने-सर" अर्थात् पागल कहते थे। उसका कारण था। बचपन में उसने एक बिफरे सांड़ को मार डाला था। इसी प्रकार के दूसरे कार्य भी उसने अंजाम दिये थे। सूखी नदी पर उसने एक पुल बनाया था और उधर से गुजरने वाले राहगीरों व काफिलों को उस पुल के ऊपर से गुजरने के लिए बलपूर्वक मजबूर करता था। गुजरने का टैक्स (लगभग तीस चांदी के सिक्के) 'तीस आख्या' थे। जो गुजरने में आना-कानी करता वह इस सरफिरे दीवाने पहलवान से जी भरकर पिटता और तीस की जगह चालीस 'आख्या' जुर्माने में देता और बेचारा उसके बाद इस पुल पर से गुजरता भी।

तुममें से किसी ने भी प्रश्न न किया कि आखिर 'दोमरुल' ऐसा क्यों करता था?

वह स्वयं कहता था, "मेरी इच्छा है कि एक विद्रोही उग्र स्वभाव का पहलवान मुझसे आ टकराये। मेरा हुक्म न मानकर मुझसे कुश्ती लड़ने को मुझे ललकारे और मैं उसे धरती पर पटखनी दे-देकर यह साबित कर दूं कि मुझ-सा बलवान पहलवान दूसरा कोई नहीं है।

दोमरुल इस प्रकार का वीर और शूर पहलवान था।

एक दिन एक काफिला आया और पुल के समीप खेमा लगाया। इनमें एक युवक था जो अपनी नेकी और पहलवानी में प्रसिद्ध था। एक दिन वह बीमार पड़ा और मर गया। रोने-पीटने की आवाज आकाश में छेद करने लगी। एक बोला, "अरे मेरे बेटे !..." और अपने बाल नोचता दूसरा कहता, "अरे मेरे भाई..." और अपने सर पर मिट्टी उठाकर डालता। सब उस पहलवान का नाम ले लेकर रो रहे थे।

एकाएक पहलवान दोमरुल शिकार से लौटा तो उसने रोने-धोने की आवाज सुनी। क्रोधित होकर चीखा, "अरे ओ भ्रष्टो ! क्यों आँसू बहा रहे हो। यह कौन सा शोक-समारोह है जो मेरे पुल के नीचे मनाथा जा रहा है?"

काफिले के बुजुर्ग आगे बढ़े और बोले, "पहलवान ! क्रोधित मत हो। हमारा एक वीर युवक आज गुजर गया है। उसके स्मरण में हम यूं दु:ख प्रकट कर रहे हैं।"

दोमरुल ने कमर में लटकी तलवार को म्यान से निकाला और ललकारा, "किसने उसे मारा है? ऐसी धूर्तता दिखाने वाला कौन दुष्ट है कि मेरे पुल के नीचे आदमी को मारे?"

बूढ़ों ने कहा, "पहलवान, किसी ने उसे मारा नहीं है। खुदा ने इज़्राईल (यमराज) को हुक्म दिया। इज़्राईल जिसके पँख लाल हैं वह आया और इस युवक की आत्मा तन से निकालकर ले गया।"

दोमरुल दीवाना-सर क्रोध से चीत्कार उठा, "इज़्राईल कौन है? मैं इज़्राईल को नहीं जानता हूँ। खुदा, मैं तुम्हें कसम देता हूँ कि तुम मेरे पास इज़्राईल को भेजो या मेरी आंखों के द्वारा उसे पहचानवाओ ताकि मैं जरा अपने हाथ-पैर उससे गर्म करूँ। ऐसी पौरुषता दिखाऊँगा कि वह भी क्या याद करेगा? तब तक नहीं छोड़ूंगा जब तक वह इस पहलवान की आत्मा वापस न कर दे। उसे पाठ पढ़ाऊँगा कि जब तक वह इज़्राईल (यमराज) है फिर किसी की इस भीरुपन से जान नहीं लेगा, किसी भी पहलवान व वीर की आत्मा उसके बदन से नहीं खींचेगा।"

इतना कहकर दोमरुल अपने घर लौट गया। खुदा को दोमरुल की बातें अच्छी नहीं लगीं और वह इज़्राईल से बोले, "अरे इज़्राईल, सुना कुछ तुमने, इस दीवाने-सर ने अपनी पहलवानी के दम्भ में कैसी नास्तिकता की बातें की है? मेरे पराक्रम व सत्ता की इसे परवाह नहीं है। यह चाहता है कि मेरी व्यवस्था को छिन्न-भिन्न करे ताकि अपने ऊपर इतरा सके।

इज़्राईल ने कहा, "खुदाबन्द ! आप हुक्म दें ताकि मैं जाकर उसकी जान ले लूं। जब वह मर जायेगा तब समझेगा कि मृत्यु क्या है?"

खुदा ने कहा, "इज़्राईल, फौरन जाओ, उस दम्मी को डरा-धमका कर उसकी जान ले लो और उसकी आत्मा को मेरे सम्मुख पेश करो।"

इज़्राईल ने कहा, "अभी मैं दोमरुल के पास जाता हूँ। ऐसा घूरकर उसे देखूंगा कि वह बेंत की तरह कांपकर रह जायेगा और भूख भय से जाफरान की तरह पीला पड़ जायेगा।"

पहलवान दोमरुल दीवाने-सर अपने घर में बैठा हुआ था और चालीस पहलवानों के साथ बातों में व्यस्त था। उनके वार्तालाप का विषय शेर-चीते का शिकार और अपनी पहलवानी व वीरता था। पहरेदार दरवाज़े पर खड़े पहरा दे रहे थे। एकाएक इज़्राईल, दोमरुल की आँखों के सामने उपस्थित हो गया। दरवाजे पर खड़े दरबान व पहरेदारों ने उसे नहीं देखा था। बूढ़ा कुरूप, डरावना ऐसा कि उसे देखकर शेर भी अपने कछार से न निकले। आँखें ऐसी कि आदमी के दिल में छेद कर दें।

दोमरुल ने जैसे ही उसे देखा उसके सामने अन्धकार छा गया। हाथ-पैर काँपने लगे और उसका अन्तिम समय आ गया। ऐसी हालत में भी वह चीख-चीखकर घर सर पर उठाने लगा, (ध्यान से सुनो उसने क्या कहा)।

''ऐ बूढ़े, डरावने बूढ़े तुम कौन हो? तुम्हें मेरे दरबान कैसे नहीं देख सके? मेरी आँखों के सामने तुमने कालिमा पोत दी है और मेरे हाथों को कमजोरी से ढीला कर दिया है। अरे ओ सफेद दाढ़ी वाले! बोलो तो, तुम आखिर कौन हो? मेरे बदन में कंपकंपी पैदा करने वाले मेरे हाथों से सोने का प्याला गिराने वाले डरावने भूत आखिर तुम क्या चाहते हो? वरना मैं उठता हूँ और इस तरह से तुम्हारा हुलिया बिगाड़ता हूँ कि तुम भी क्या याद करोगे ? तुम्हारी दुखमय कथा प्रलय तक लोग सुन-सुनकर काँपेंगे।''

दोमरुल क्रोध की पराकाष्ठा में अपनी मोंछें चबा रहा था और बार-बार तलवार के दस्ते को हाथ से दबा रहा था। दूसरे पहलवान चुपचाप बैठे हुए थे। उन्हें विश्वास था कि आज इस बूढ़े का अन्तिम संस्कार किये बिना दोमरुल इसे छोड़ने वाला नहीं है।

जब दोमरुल अपनी बात समाप्त कर चुका, इज़्राईल हा...हा...करके हँस पड़ा और बोला, ''अरे ओ पागल भ्रष्ट! मेरी सफेद दाढ़ी को देखकर तुम प्रसन्न नहीं हुए न? बहुत सारे पहलवानों व वीरों के काले बाल थे जिनकी जान मैंने ली है। मेरी आँखों की जगह काले गहरे डरावने गड्ढों से तुम खुश नहीं हो न? मैंने बहुत-सी जवान लड़कियों और दुल्हनों की, जिनकी आँखें हिरनी के समान व चंचल थीं, जान लेकर उनके परिवार वालों को कई मास तक काले वस्त्र धारण कराये हैं।''

किसी के मुख से शब्द न निकला। दोमरुल के मुख से झाग निकलने लगा। वह चाह रहा था कि जितनी जल्दी हो सके यह बूढ़ा अपना परिचय दे और वह एक ही झटके में उसका सर धड़ से अलग कर दे। शरीर का कीमा बना दे। चीख कर बोला, ''अरे ओ बूढ़े! अपना नाम बताओ तुम कौन हो? वरना बिना नाम और पते के मारे जाओगे...मेरे पास अब अधिक समय नहीं है कि मैं और सब्र करूँ?''

इज़्राईल ने कहा, "अरे ओ दीवाने अभी जान जायेगा मुझे। तू एक दिन इतरा-इतरा कर बड़े-बड़े बोल नहीं बोल रहा था कि इज़्राईल लाल पखों वाले को पा लूँ तो कच्चा चबा जाऊँ और लोगों को उसके हाथों से स्वतन्त्र करा दूँ?"

दोमरुल ने कहा, "मैं अब भी कहता हूँ कि यदि मुझे इज़्राईल कहीं मिल जाये तो उसके पंख वगैरह नोचकर उसका भेजा सर से निकाल दूँगा।"

इज़्राईल ने कहा, "ऐ दीवाने, पागल, सनकी, मैं आया हूँ ताकि तेरी जान ले सकूँ...मुझे अपनी आत्मा दोगे या मुझसे कुश्ती लड़ोगे?"

दोमरुल ने इतना सुना और अपने स्थान से उचका और गुर्राया, "अच्छा तो तुम हो लाल पँखों वाले इज़्राईल?"

इज़्राईल ने कहा, "हाँ! मैं हूँ।"

दोमरुल ने कहा, "अरे भाग्यहीन तेरे पँख कहाँ हैं?"

इज़्राईल ने कहा, "मेरे हजारों रूप हैं?"

दोमरुल बोला, "इन सारे पहलवानों और जवान दुल्हनों की जान लेते हो, बूढ़े नामर्द?"

इज़्राईल ने कहा, "ठीक कहते हो, अब तुम्हारी बारी है।"

दोमरुल दहाड़ा, "दुष्ट! तुम्हें मैं आकाश पर ढूँढ़ रहा था और तुम मुझे धरती पर मेरे चँगुल में फँसे मिले। अभी बताता हूँ तुम्हे कैसे जान लेते हो मेरी?"

दोमरुल ने यह कहकर अपने दरबान व पहरेदारों को हुक्म दिया, "दरबानों! पहरेदारों! सारे दरवाजे बन्द कर दो! सचेत रहो कि यह दुष्ट यहाँ से भागे नहीं!" और म्यान से तलवार निकाली और इज़्राईल पर वार किया। इज़्राईल ने अपना रूप बदला और कबूतर बनकर छोटे से रोशनदान से निकलकर उड़ गया।

दोमरुल यह देखकर ताली पीटकर हँसा और दूसरे पहलवानों ने कहा, "देखा! तलवार के वार से डरकर इज़्राईल कैसा पँख समेटकर भागा है? इतना घबरा गया था कि खुले दरवाजे को छोड़कर वह चूहे की तरह भागा है मगर मैं उसे छोडूंगा नहीं। उठो पहलवानों और शपथ लो कि जब तक हम उसका शिकार नहीं कर लेते, चैन से नहीं बैठेंगे और हमारे ऊपर जल हराम है।"

चालीस और एक पहलवान उठे, घोड़े पर बैठे और हवा से बातें करने लगे। दोमरुल अपने कन्धे पर बाज को बिठाये इज़्राईल के घोड़े का पीछा कर रहा था। जहाँ भी उसे

कबूतर नजर आता वह उसे मार गिराता मगर इज़्राईल हाथ न लगा। लौटते समय अकेले-अकेले ही पगडण्डी पर घोड़ा दौड़ने लगा कि एक गड्ढे के समीप पहुँचा। एकाएक इज़्राईल दोमरुल की आंखों के सामने आया। तभी उसके दौड़ते घोड़े की लगाम किसी ने खींची और दोमरुल को उठाकर उस गड्ढे में फेंक दिया। दोमरुल का काले बालों वाला सर झुक गया। इज़्राईल नीचे आया और दोमरुल के सफेद सीने पर पैर रखकर बैठ गया और उसे चिढ़ाया, ''अरे ओ दोमरुल दीवाने सर! अब क्या कहते हो प्यारे? अब मैं तुम्हारी जान लेने वाला हूँ, अब क्यों नहीं तुम दहाड़ रहे हो? उठो! पहलवानी करो न?''

दोमरुल के सीने से फँसी-फँसी-सी खर-खर की आवाज आने लगी तो भी उसने उत्तर दिया, ''अरे ओ इज़्राईल! मैं तुम को ऐसा पौरुषताहीन नहीं समझता था कि चलते राहगीरों पर डाकुओं की तरह आक्रमण करते हो। पीठ में खंजर वीर नहीं मारते...समझे!''

इज़्राईल ने कहा, ''बेकार की बक-बक मत करो। यदि वास्तव में कुछ कहना है तो कहो वरना शान्त रहो क्योंकि अब तुम्हारी अन्तिम श्वास बची है।''

दोमरुल पहलवान अपनी सारी शूरता व वीरता व पौरुषता के बाद एक बुजदिल के नीचे दबा सोच रहा था कि काश! यह मृत्यु जीवन में बदल जाये, यह दु:ख सुख में परिवर्तित हो जाये—ऐसा सुख जो सबको मिले। उस सुख को वह संसार में सबको बराबर से बाँट सके। उसी तरह से जैसे उसने अपने कबीले में अपने लोगों के लिए प्राप्त किया है।

अन्त में, वह इज़्राईल से बोला, ''इज़्राईल, क्षण-भर के लिए रुको। मेरी बात ध्यान से सुनो : हमारी इस धरती पर धरती से लेकर आकाश तक गगनचुम्बी बर्फ के पर्वत हैं जिनकी ऊँची चोटी की ऊँचाई तक मुझ जैसा पहलवान भी तीर फेंके तो न पहुँच सके। इन्हीं पर्वतों की घाटी में उपजाऊ धरती और फलों से भरे बगीचे हैं, जिनमें काले अंगूर के गुच्छे रस से भरे लदे हैं। उनका रस निकाल कर हम उससे शराब बनाते हैं और उसे पीकर ऐसे मस्त होते हैं कि अपने को भूल जाते हैं। निडर ऐसे कि संसार में किसी से नहीं डरते हैं। वीरता से भरकर ऐसा दहाड़ते हैं कि जंगल का शेर भी भयभीत हो जाता है। उसके बदन के सारे रोंगटे खड़े हो जाते हैं। मैंने भी वही शराब पी ली थी कि मस्त हो उठा था। मैं नहीं जानता कि आखिर मैंने ऐसा क्या कहा कि खुदा मुझसे रुष्ट हो गया। वैसे पहलवानी ने मुझे कभी भी दु:खी नहीं किया है, न जीवन से मेरा दिल भरा है कि मृत्यु को इतनी जल्दी गले से लगा लूँ। मैं मरना नहीं चाहता हूँ। मैं जीना चाहता हूँ। चाहता हूँ उसी वीरता से जीवित रहूँ। लोगों पर दया करूँ, उनकी सहायता करूँ... इज़्राईल!...आह इज़्राईल

मेरी सहायता करो। ...मेरी जान मत लो... मुझे मेरे हाल पर छोड़ दो और उनकी जान जाकर लो जो बुरे हैं। जो दूसरों को सताते हैं। दूसरों का नुकसान करके, अपने को भाग्यशाली बनाते हैं। दूसरों को भूखा रखकर स्वयं पेट भरते हैं...जाओ...!''

इज़्राईल ने कहा, ''दुष्ट ! क्या ऊट-पटाग बक रहे हो? अब भी तुम्हारे इस निवेदन और खुशामद में नास्तिकता की बू आ रही है। मुझसे आगे विनती मत करना। मैं तो स्वयं खुदा का सेवक हूँ। उनकी आज्ञा का पालन कर रहा हूँ। मैं तुम्हारी क्या सहायता कर सकता हूँ?''

दोमरुल ने कहा, ''अच्छा तो मेरी जान खुदा ले रहा है?''

इज़्राईल ने कहा, ''हाँ, यह सच है मगर मेरे ऊपर निर्भर नहीं हैं।''

दोमरुल ने कहा, ''तो फिर तुम क्यों बेकार इस झगड़े में टाँग अड़ा रहे हो? भागो यहाँ से। मैं अपना झगड़ा खुद निबटा लूँगा।''

इज़्राईल उसके सीने उठा मगर उठने से पहले उसके सीने में इस तरह से अपने पैर गढ़ाये कि दोमरुल के दिल की धड़कन और गरमी को उसने पूर्णरूप से अनुभव किया।

दोमरुल ने अपना टूटा पैर सीधा किया। माथे पर से खून पोंछा और कहा, ''खुदावन्द! मैं नहीं जानता तुम कौन हो? कहाँ रहते हो? बेवकूफ तुम्हें आकाश में ढूँढ़ते हैं। धरती पर ढूँढ़ते हैं मगर नहीं जानते हैं कि वह तो इन्सानों के मन में वास करता है। अगर वास्तव में तुम मेरी जान लेना चाहते हो तो ले लो। मगर इस नामर्द इज़्राईल को यह काम मत सौंपो...''

इज़्राईल ने कहा, ''अरे भाग्यहीन ! तुम्हारे रोने-धोने और क्षमा-याचना में नास्तिकता का आभास मुझे मिल रहा है।...तुम्हें छुटकारा नहीं मिलेगा। समझे...!''

दोमरुल की इन बातों को सुनकर खुदा खुश हो गया और इज़्राईल को आज्ञा दी, ''ओ इज़्राईल, अब तुम्हारा कर्तव्य पूरा हो गया। कह दो कि दोमरुल को दोबारा जान दे दी गयी है। उसकी जान के बदले में वह मुझे अन्य जान दे दे और अब उसकी जान तुम मत लेना।''

इज़्राईल ने कहा, ''खुदावन्द, इस नास्तिक को यूं छोड़ना उचित नहीं क्योंकि यह हमारी ही मुसीबत बन जायेगा।''

खुदा ने कहा, ''इज़्राईल! अब तुम मेरे कार्यों में टाँग मत अड़ाओ।''

इज्राईल ने अपना पैर पहलवान दोमरुल के सीने से उठा लिया और बोला, "खड़े हो जाओ। अगर चाहते हो नया जीवन पाना तो उसकी कीमत अदा करो। मुझे अब तुमसे कोई सरोकार नहीं है।"

दोमरुल थोड़ा-सा हिला फिर उसने अपने टूटे पैर को समेटा और किसी प्रकार खड़ा हुआ और बोला, "देखा इज्राईल! कैसा तुम्हें उल्लू बनाया? खैर, आओ चलो चलते हैं अपने बूढ़े पिता के पास! वह मुझे बहुत प्यार करता है फौरन मेरे बदले में अपनी जान तुम्हारे हवाले कर देगा।"

दोमरुल दीवाने-सर आगे-आगे और इज्राईल उसके पीछे-पीछे चलने लगा। दोमरुल के बूढे पिता का नाम 'दोखाकूजा' था। जब उसने बेटे को खून से नहाया देखा तो बोला, "बेटे ! यह क्या हालत बना रखी है? तुम्हारा घोड़ा कहाँ है? यह कौन है जो मुझे यूं घूर रहा है?"

दोमरुल झुका और पिता के हाथों का चुम्बन लेकर बोला, "बाबा, कैसी मुसीबत का पहाड़ हम पर टूटा है। मैंने नास्तिकता के शब्द कहे जिससे खुदा रूठ गये और इज्राईल को आज्ञा दी कि वह आकाश की ऊँचाई से नीचे धरती पर आये और मेरी जान ले ले। इज्राईल आया, मेरे सफेद सीने पर पैर रखा। मेरा दम निकलने लगा और खर-खर की आवाज़ मेरे सीने से निकलने लगी। अब बाबा ! या तो मेरे बदले तुम अपनी जान दे दो या मेरी मृत्यु के शोक में काला कपड़ा पहनो और रो-रोकर कहो, 'हाय मेरे बेटे...' इन दोनों में से जो चाहो कबूल कर लो। समय कम है। हमें फैसला शीघ्रता से करना है।"

'दोखाकूजा' एकदम शान्त हो गया और विचारों में डूब गया। चालीस दोमरुल के पहलवान शिकार से वापस लौटे। उन्होंने रास्ते में दोमरुल का घोड़ा देखा था जो अकेला लौट रहा था। वे दोमरुल के लिए चिन्तित हो उठे थे। अब वे देख रहे थे कि एक हारा हुआ घायल पहलवान अपने पिता के सम्मुख खड़ा है।

अन्त में पिता ने मुख खोला, "ऐ दोमरुल ! ऐ मेरे जिगर के टुकड़े ! ऐ मेरे बेटे ! ऐ पहलवान, जिसने बचपन में बिफरे साँड़ को मार डाला था, तुम मेरे जीवन के आधार हो। मैं तुम्हें कभी भी मरने नहीं दूँगा। यह ऊँची पर्वत श्रृंखला जो तेरी आंखों के सामने फैली है यह मेरी है, अगर इज्राईल चाहे तो मैं इसको उपहारस्वरूप दूँगा। मैं ठण्डे पानी के चश्मे, बढ़िया घोड़ों को अस्तबल, पंक्तिबद्ध ऊँट, बकरी और भेड़ के सारे झुंड, हर वह चीज जो इज्राईल को पसन्द आये वह दे दूँगा, यहाँ तक कि जो भी सोना-चाँदी है, धन-दौलत सब कुछ बेटे की जान पर न्यौछावर कर दूँगा, मगर मैं किसी प्रकार से भी तैयार नहीं हूँ कि मेरे दुलारे बेटे की वह जान ले ले।"

दोमरुल ने कहा, "यह सारा माल तुम्हारा है बाबा! मुझे तो आपकी जान चाहिये, बोलिये देंगे या नहीं?"

दोखाकूजा ने कहा, "बेटे ! मुझसे अधिक प्यार करने वाली ममतामयी तो तुम्हारी माँ है, उनके पास जाओ !"

इज़्राईल ने चाहा कि दोमरुल की जान ले मगर दोमरुल ने नम्र निवेदन किया "ठहरो तो, मुझे माँ के पास जाने दो।"

दोनों दोमरुल की माँ के पास पहुँचे। दोमरुल ने माँ के हाथ का चुम्बन लेकर कहा, "माँ ! तुमने पूछा नहीं कि मैं क्यों थका-हारा नजर आ रहा हूँ? कैसे घायल हुआ? मैं किस संकट में फँसा हूँ?"

माँ ने रोते हुए पूछा, "अरे मेरे लाल, सचमुच तुम किस संकट से फँसे हो?"

दोमरुल ने कहा, "माँ! लाल पंखों का इज़्राईल आकाश से उड़कर नीचे आया और मेरे सीने पर बैठकर मेरा दम घोंटने लगा ताकि मेरे गले से खर-खर की आवाज निकालकर अन्त में मेरी जान ले ले। मैं बाबा के पास उनकी जान लेने गया था ताकि इज़्राईल मुझे छोड़ दे मगर बाबा ने नहीं दी। अब मैं तुमसे चाह रहा हूँ कि अपनी जान देकर मुझे मरने से बचा लो या फिर मेरी याद को सीने से लगाकर काले कपड़े पहनकर 'हाय मेरे बेटे!' कहकर जिन्दगी भर रोना। अब मैंने तुमसे सब कुछ कह दिया है, बोलो क्या कहती हो?"

माँ थोड़ी देर सोच में डूबी रही फिर बोली, "बेटे! मेरे नैनों का सुख और दिल का करार, तूने नौ मास मेरे पेट में साँसें ली हैं, मेरे सीने से तूने दूध पिया है, काश एक ऊँचे मजबूत किले में तुम जंजीरों के कैद होते तो मैं जान हथेली पर रखकर आती और तुम्हें छुड़ा लाती है। मगर तुम जो अजीब जगह कैद हुए कि मैं तुम्हें मुक्ति नहीं दिलवा सकती हूँ। बेटे जिन्दगी अच्छी और जान प्यारी है। मैं तुम पर अपनी जान बलिदान नहीं कर सकती हूँ क्या करूँ..."

दोमरुल की माँ ने भी अपनी जान बचा ली। दोमरुल के मन को धक्का पहुँचा। इज़्राईल के सामने आया ताकि उसकी जान ले ले। दोमरुल क्रोधित होकर दहाड़ा, "रुको! निष्ठुर कुछ क्षण मुझे और दो...!"

इज़्राईल हँसते हुए बोला, "पहलवान ! अब तुम क्या चाहते हो? देख लिया न कि तुम पर कोई दया नहीं कर रहा है। जितनी जल्दी अपनी जान दोगे उतनी ही आसानी होगी तुम्हें।"

दोमरुल ने कहा, ''तुम चाहते हो कि मेरी आखिरी इच्छा पूरी न हो?''

इज़्राईल ने कहा, ''किस चीज की इच्छा?''

दोमरुल ने कहा, ''मेरी पत्नी और दो पुत्र हैं, जाकर उनसे मिल लूं फिर जो चाहो करना।''

दोमरुल चल पड़ा और पत्नी के समीप पहुँचा। उसकी पत्नी दोनों पुत्रों को दूध पिला रही थी और प्यार से उनके सर पर हाथ फेर रही थी। बच्चे उसके सीने से चिपके हँसती आँखों से माँ को देखते हुए दूध पी रहे थे।

दोमरुल कमरे में दाखिल हुआ। पत्नी को देखा, बच्चों को देखा। उसका मन दुःख और प्रसन्नता से भर गया। जैसे ही पत्नी की नजर पति पर पड़ी वह चहक उठी और दोनों बच्चों को लिटाकर दौड़कर दोमरुल से लिपट गई। ''अरे दोमरुल! मेरे स्वामी! यह क्या हाल तुमने बना रखा है? तुमने तो कभी जीवन में दुःख को जाना ही नहीं, हार मानी ही नहीं। उस वीर ने यह क्या हालत बना रखी है? तुम कभी हारे हो मुझे तो याद नहीं? हुआ क्या जो तुम यूं बदल गये हो?—अपने बेटों को देखो—''

दोमरुल ने बेटों को देखा। बच्चे हिरण की खाल पर लोट रहे थे। कभी एक दूसरे से लिपटते, कभी मुट्ठी से पकड़ बाल नोचते, कभी मुँह में भरकर दूसरे का हाथ चूँसते थे। उनके पूरे वजूद से खुशी टपक रही थी। दोमरुल ने दो क्षण यह सब देखा। उसके बाद अपनी पत्नी से कहा, ''मेरी प्रिय पत्नी! मेरे बेटों की माँ! जानती हो आज इज़्राईल ऊपर आसमान से नीचे धरती पर आया ताकि मेरी जान ले ले। मैं अपने बूढ़े पिता के पास गया, अपनी बूढ़ी माँ के पास गया। दोनों ने एक ही उत्तर दिया कि जान से बढ़कर संसार में कोई और नहीं। इस उत्तर को सुनकर मैं तुम्हारे पास आया हूँ ताकि अपने प्रिय बेटों को तुम्हें सौंप दूं। इन पहाड़ों का वैभव तुम्हें मिले। मीठे ठण्डे पानी का सुख, अस्तबल में हजारों घोड़े हैं तुम्हारे कष्ट के साथी! इतना बड़ा भव्य मेरा महल तुम्हारी सुख-सुविधा के लिए काफी है। मेरी इच्छा है कि यदि कोई तुम्हें कल पसन्द आये तो अवश्य विवाह करना मगर मेरे बेटों के कर्तव्य को न भूलना। मेरी प्रिय पत्नी! मेरे बच्चों की माँ! मुझे अब विदा करो मैं जा रहा हूँ...।''

इज़्राईल सामने आया। दोमरुल बिना हिले खड़ा हो गया। एकाएक दोमरुल की पत्नी तेजी से इज़्राईल व पति के बीच में आकर चीखी, ''नहीं-नहीं, मेरे होते मेरे वीर पति कभी नहीं मर सकते हैं। उन्हें जिन्दा रहना है, अपने पुत्रों की वीरता देखने के लिए।''

फिर पति की ओर मुख करके कहा, "ओ दोमरुल! मेरे पति, मेरे वीर पुत्रों के पिता! यह कौन सी बात है जो तुमने इतनी आसानी से कह दी? मैंने जबसे आँखें खोली हैं तुम्हें ही देखा... । मैंने तुम्हें अपना दिल भेंट किया है। तुमसे प्रेम किया है। मैंने तुम्हें पाकर अपने को भाग्यशाली माना है। तुम्हारे मरने के बाद मैं इन हरे पर्वतों को लेकर क्या करूँगी? वह मेरी कब्र बनेगी यदि मैं उधर जाऊँ। तुम न रहोगे तो इस ठण्डे पानी का मैं क्या करूँगी? एक चुल्लू भी अगर पानी पिया तो समझो वह खून होगा। तुम्हारे बाद यह धन-दौलत किस काम की? केवल मेरा कफन खरीदने के काम आयेगी। इन ऊँटों, घोड़ों, बकरी-भेड़ का मैं क्या करूँगी? तुम न रहे तो दूसरा विवाह कर के क्या मैं खुश रहूँगी? मेरे पति, मेरे बच्चों के बाप, इस जान का क्या मूल्य है जो तुम्हारी माँ और बाप ने नहीं दी? आकाश तुम इन बात के गवाह रहना। धरती तुम भी इसकी गवाह रहना। इस कबीले के सारे मर्द-औरत गवाह रहना। मैंने अपनी सारी इच्छा से अपना जीवन तुम पर निछावर किया है।"

पत्नी ने पति का चुम्बन लिया। फिर बेटों को प्यार किया और इज़्राईल के समीप आकर शान्त खड़ी हो गई। इज़्राईल ने चाहा कि उसकी जान ले ले तभी दोमरुल सपने से जाग उठा और अपनी जगह से उछला और भागकर इज़्राईल व पत्नी के बीच जाकर खड़ा हो गया और कहा, "ठहरो! इतनी जल्दी में क्यों हो? काला कपड़ा पहनाने की?—जरा रुको, मुझे तुमसे कुछ कहना है।"

इज़्राईल ने दोमरुल को इतना क्रोधित, व्यथित, दु:खी देखा कि उसकी हिम्मत न पड़ी कि वह दोमरुल की पत्नी को छू सके। घबराकर दो कदम पीछे हट गया।

दोमरुल का नर्म मन पत्नी की मृत्यु का दु:ख नहीं उठा सकता था। मुँह खोल कर तेज आवाज में बोला, "खुदावन्द! तुमको मैं नहीं जानता कि तुम कौन हो? कहाँ हो? कैसे हो? बेवकूफ तुम्हें आकाश और धरती पर ढूँढ़ते हैं मगर तुम्हारा वास तो इन्सानों का मन है। खुदावन्द! मार्ग पर मैं धर्मशाला बनवाऊँगा, भूखों को भोजन कराऊँगा। मैं अपनी पत्नी से प्रेम करता हूँ। तुम चाहो तो दोनों की जान एक साथ ले लो, अगर नहीं चाहते हो तो दोनों की जान मुझे बख्श दो।"

खुदा दोमरुल की बातों से खुश हो गया और इज़्राईल को आज्ञा दी, "ओ इज़्राईल! इन पति-पत्नी को चालीस वर्ष का जीवन-दान करो। जाओ और जाकर दोमरुल के माता-पिता की जान लेकर वापस आ जाओ।"

इज़्राईल उठा और दोमरुल के माता-पिता की जान लेने चल पड़ा।

दोमरुल ने अपने बच्चों और पत्नी को आलिंगनबद्ध किया और उन पर चुम्बनों की बौछार कर दी। सब प्रसन्नता में डूब गये। वीरता के गीतों और शुभ गानों से पर्वत गूजने लग गये। संगीत पर औरत और मर्द नृत्य करने लगे।

इसी बीच में 'आगोज़' कबीले का बुजुर्ग 'ददेदेहकूरकूद' अपनी सफेद दाढ़ी के साथ इस समारोह में सम्मिलित हुआ और वहीं बैठे-बैठे दोमरुल और उसकी पत्नी की कथा को गीत में रच डाले ताकि कबीले की आने वाली नस्लें इस गाने को गायें और उससे कुछ सीख सकें और इसे कभी भूला न सकें।

आकाश की तलाश

दिन थे वही दिन, कठिनाइयों से भरे, आकाश से टूटी यातनाओं के दिन। इन्हीं दिनों में एक आदमी भी रहता था। सब जगह गया था मगर उसे कुछ भी हाथ नहीं लगा था। एक दिन स्वयं से कहने लगा, 'इस तरह से हाथ पर हाथ रखकर बैठने से काम नहीं चलेगा। मुझे आकाश की खोज में जाना पड़ेगा ताकि उसे ढूंढ़कर पूछूँ आखिर मेरे भाग्य का लिखा क्या है? फिर उसका सोचूँगा।' यह सब सोचकर वह चल पड़ा। चलते-चलते एक भेड़िये से मिला। उसने पूछा, "अरे आदमी! तुम कहाँ जा रहे हो?"

मर्द ने बताया, "आकाश की खोज में जा रहा हूँ।"

भेड़िया बोला, "तुम्हें मेरी कसम। यदि तुम्हें वह मिले तो मेरा सलाम कह कर पूछना कि मेरे सर में हमेशा पीड़ा रहती है, उसकी दवा क्या है?"

मर्द ने कहा, "ठीक है" और चल पड़ा।

चलते-चलते आखिर एक शहर में पहुँचा। वहाँ का राजा हारकर भाग रहा था। राजा की दृष्टि जो इस आदमी पर पड़ी तो बोला, "अरे आदमी! कहाँ जा रहे हो?"

मर्द ने उत्तर दिया, "मैं आकाश की खोज में जा रहा हूँ ताकि अपना भाग्य बदल सकूँ।"

राजा ने कहा, "मेरी तरफ से पूछना कि आखिर बात क्या है जो मैं सदा युद्ध में हारता हूँ। कारण क्या है जो एक भी युद्ध अब तक जीत नहीं पाया हूँ, न अपने शत्रुओं को पराजित कर सका?"

मर्द आगे बढ़ा। कुछ दूर जाने पर एक नदी मिली। अब न वहाँ नाव थी न कोई रास्ता। परेशान-सा खड़ा था कि कैसे नदी पार करे, तभी एक बड़ी मछली ने सर ऊपर निकाला और पूछा, "अरे आदमी! कहाँ जा रहे हो?"

मर्द ने कहा, "मेरा काम समाप्त समझो। अब क्या जाऊँगा आगे आकाश की खोज में! यहाँ तो रास्ता ही बन्द हो गया है आगे जाने का। नाव तक नहीं है।"

बड़ी मछली बोली, "मैं तुम्हें उस पार ले जाऊँगी मगर इस शर्त पर कि तुम आकाश से पूछोगे कि आखिर मेरे सर में इतनी खुजली क्यों होती है?"

मर्द मान गया। मछली ने उसे अपने ऊपर बिठाया और नदी के उस पार पहुँचा दिया। वहाँ से आगे बढ़ा तो देखा, एक आदमी कन्धे पर फावड़ा रखे बाग में पानी दे रहा है। वहाँ पर हजारों की तादाद में क्यारियाँ बनी हुई थीं जिनकी मिट्टी पानी की कमी से सूखकर चटख गई थी, मगर आदमी उन्हीं क्यारियों में पानी भर रहा था जो पहले से पानी से भरी थीं। जैसे ही उस बागवान की नजर इस आदमी पर पड़ी वह पूछ बैठा—

"कहाँ जा रहे हो भाई?"

मर्द ने कहा, "जा रहा हूँ आकाश की खोज में।"

माली ने पानी लगाते हुए पूछा, "क्या चाहते हो उससे कहना?"

मर्द ने कहा, "अगर आकाश को खोज लिया तो जानते हो क्या कहूँगा? सबसे पहले मैं उसे एक हजार एक सौ गाली दूँगा, फिर आगे कुछ कहूँगा।"

माली ने कहा, "अपनी बात कह डालो, मैं ही आकाश हूँ।"

मर्द ने कहा, "पहले यह बताएँ कि ये क्यारियाँ कैसी बनी हुई हैं?"

माली बोला, "जमीन के लोगों का हिस्सा है।"

मर्द ने पूछा, "मेरा हिस्सा कहाँ है?"

माली ने एक सूखी-चटकी क्यारीनुमा नाली की ओर इशारा किया जिसे देखकर मर्द गुस्से से आग-बबूला हो गया। तेजी से आगे बढ़ा और माली के कन्धे से फावड़ा उतारकर उसने पानी का रुख अपनी क्यारी की ओर मोड़ना आरम्भ कर दिया। जब क्यारी पानी से भर गई तो खुश होकर बोला, "लो, इसे ठीक कर दिया है मैंने, अब तुम बताओ कि बड़ी मछली का सर क्यों दुखता है?"

आकाश बोला—"उसके मस्तिष्क में एक लाल नग अटका हुआ है। अगर उसके सर पर एक घूसा मारोगे तो वह बाहर निकल आयेगा और मछली स्वस्थ हो जायेगी।"

मर्द ने दूसरा प्रश्न किया, "क्यों उस देश का राजा हमेशा हारता है और शत्रु पर विजय नहीं पाता है?"

माली ने कहा, "वह राजा औरत है। अगर चाहता है कि न हारे तो उचित यही है औरत का रूप धारण करके विवाह कर ले, तब उसकी समस्या का समाधान हो जायेगा!"

मर्द ने तीसरा प्रश्न किया, ''ठीक है, उस भेड़िये का क्या इलाज है जिसका सर हमेशा दुखता रहता है?''

माली ने बताया, ''अगर वह भेड़िया किसी बेवकूफ आदमी का दिमाग खा ले तो उसे दर्द से हमेशा के लिए छुट्टी मिल जायेगी।''

प्रसन्नतापूर्वक वह मर्द, माली अर्थात् आकाश से मिलकर लौटने लगा। जब नदी के किनारे पहुँचा तो बडी मछली उसकी प्रतीक्षा में थी। फौरन प्रश्न किया ''आकाश मिला?''

मर्द ने कहा, ''हाँ मिला था, पहले मुझे उस किनारे पर ले चलो। फिर तुम्हें बताऊँगा।'' मछली ने उसे पीठ पर बैठाकर किनारे पर पहुँचाया।

मर्द ने बताया, ''तुम्हारे मस्तिष्क में एक बड़ा लाल नग अटका है यदि तुम्हारे सर पर कोई घूसा मारे तो वह निकल सकता है।''

मछली ने फौरन कहा, ''तो फिर शीघ्रता से मेरे सर पर घूसा मारो और पुरस्कार के रूप में यह लाल नग भी मुझसे ले लेना।''

मर्द ने कन्धे उचकाकर कहा, ''मुझे इसकी आवश्यकता नहीं है। मैंने अपनी क्यारी पानी से भर दी है।''

मछली के विनम्र निवेदन का कोई भी प्रभाव उस मर्द पर नहीं पड़ा। रास्ते में राजा मिला। अपने भेद के खुल जाने के भय से वह बोला, ''तुम मेरा भेद जान गये हो। इसे मत खोलना और बदले में तुम ही मेरा राजपाट सभाल लो और राजा बनकर राज्य करो।''

मर्द ने इन्कार करते हुए कहा, ''मैं राजपाट लेकर क्या करूँगा? मैंने अपनी क्यारी पानी से भर दी है।''

उस लड़की (राजा) ने बहुत खुशामद की मगर मर्द न माना और अपनी राह चल पड़ा। रास्ते में भेड़िया मिला। भेड़िया उसे देखते ही बोला, ''आकाश को ढूँढ़ लिया?''

मर्द ने कहा, ''हाँ, तुम्हारे सर के दर्द की दवा एक बेवकूफ आदमी का दिमाग है, उसे खाते ही तुम्हारा दर्द गधे की सींग की तरह गायब हो जाएगा।''

भेड़िया ने पूछा, ''धन्यवाद! यह तो बताओ यात्रा कैसी कटी? क्या-क्या मार्ग में घटा?''

उस आदमी ने आरम्भ से अन्त तक, मछली, राजा, सबकी बातें बता डालीं कि वह हर एक का निवेदन ठुकराकर आ रहा है। अब उसे कोई चिन्ता नहीं है क्योंकि उसने अपने

भाग्य की क्यारी पानी से भर दी है। ''मुझे इन चीजों की क्या आवश्यकता है?'' लापरवाही से मर्द ने कहा।

भेड़िया ने एकाएक छलाक लगाई और मर्द पर टूट पड़ा और इसके सर से उसका दिमाग निकालता हुआ बोला, ''तुमसे अधिक बेवकूफ मुझे कहाँ मिलेगा आखिर?''

आदी और बूदी

कुछ दिन पहले की बात है कि एक गाँव में आदी और बूदी नाम के दो पति-पत्नी रहते थे। एक दिन आदी ने बूदी से कहा, ''बूदी!''

बूदी ने कहा, ''क्या?''

आदी ने कहा, ''मेरा दिल लड़की को देखने के लिए तड़प रहा है। चलो, चलते हैं उसके घर, उसे देखकर आते हैं।''

बूदी ने कहा, ''ठीक है। उपहार में क्या ले जायेंगे? खाली हाथ जाना तो ठीक नहीं है।''

आदी बोली, ''ठीक है, खमीर बना लेती हूँ, 'तोतक' पका लूँगी। सुबह मुँह अन्धेरे चल पड़ेंगे।''

वह पच्चीस दिसम्बर की चाँदनी-भरी रात थी। चाँद निकला हुआ था।

आदी बोली, ''खुदा का तन्दूर जब लगा हुआ है तो हमें तन्दूर सुलगाकर क्या मिलेगा?''

खमीर की लोई बना-बनाकर बाहर आँगन की दीवार पर चिपका दिया ताकि चाँदनी उस पर पड़े और दोनों जाकर सो गये। सुबह उठे। बोरे में सारे पेड़े डाले। जाड़े की अधिकता के कारण सारे पेड़े सीमेण्ट की तरह सख्त हो गये थे।

घर में एक बोरी में रुपये-पैसे भरे थे। उसे अच्छी तरह छुपाया, तन्दूर पर गोश्त चढ़ा था। उसकी पतीली को अच्छी तरह से ढका और बाहर निकल आये। घर का दरवाजा बन्द किया। ताला लगाया और कुँजी को पत्थर के नीचे छुपाकर चल पड़े। रास्ते में बाबा दुखेश मिले। दोनों बोले, ''बाबा दुखेश!''

बाबा दुखेश बोले, ''हाँ।''

वे बोले, "हम जा रहे हैं अपनी लड़की के घर। घर की कुँजी हमने पत्थर के नीचे छुपा दी है। तन्दूर पर गोश्त चढ़ा है। गड्ढे में धन की बोरी गढ़ी है। आप कुँजी उठाकर हमारे घर में न घुसियेगा और गोश्त खाकर शौच आदि न जाइयेगा, न ही हमारा धन निकालकर वह गड्ढा पत्थर-कंकड़ आदि से बन्द कर दीजिएगा, समझे!"

बाबा दुखेश बोले, "मुझे तुम्हारे घर और पकवान से क्या मतलब? यह बचपना भी तुम लोगों ने खूब दिखाया। मुझे इतना काम है कि मैं उसे छोड़कर भला तुम्हारा धन निकालने जाऊँगा? अजीब हो तुम लोग! मुझे भी अच्छा रोककर मेरा समय नष्ट किया। मुझे तुमसे या किसी से क्या लेना-देना है?"

आदी और बूदी पूर्ण रूप से विश्वास और सन्तोष से भर गये और चल पड़े। बाबा दुखेश ने अवसर देखा। जल्दी से पत्थर के नीचे से कुँजी निकाली, दरवाज़ा खोला, अन्दर घुसकर सबसे पहले गोश्त के सालन को जी भरकर खाया और उसकी जगह कुछ और भर दिया। फिर बोरी से धन निकाल अपनी जेबों और कश काल जो उसके हाथ में था उसे भर लिया। खाली बोरी में ईंट-मिट्टी-पत्थर भरकर अन्दर बन्द कर दिया।

आदी और बूदी लड़की की ससुराल पहुँच गये। जब शहर में दाखिल हुए तो किसी से उन्होंने बेटी के पास सन्देश भिजवाया कि तुम्हारे माँ-बाप आये हैं।

लड़की का पति बहुत बड़ा व्यापारी था। शहर में उसका सम्मान था। इस सन्देश को सुनकर लड़की का दिल भय से धड़कने लगा कि कहीं उसके माता-पिता चिथड़ों में न आये हों जिसे देखकर उसके पति को अपमानित होना पड़े। वह उपहार भी अवश्य ही लाये होंगे। लड़की ने फौरन नौकरों को भेजा जिन्होंने आदी और बूदी को बीच रास्ते में पकड़ लिया और बोरे में भरे उपहार को उनसे छीन कर दूर फेंक दिया मगर बूदी ने एक तोतक को सबकी आँख बचाकर उठाकर बगल के नीचे छुपा लिया।

आदी और बूदी लड़की के घर पहुँचे। एक-दूसरे का अभिनन्दन करके बैठ गये। इधर-उधर की बातों में व्यस्त थे कि तभी दामाद आया। उसे देखते ही बूदी ने बगल में छुपी तोतक निकालते हुए कहा, "मैं तुम पर निछावर जाऊँ। मेरे प्यारे बेटे, यह तोतक तुम्हारे लिए छुपाकर लाई हूँ। बोरी भरकर पकाई थीं मगर रास्ते में चोर-उचक्के, आवारा लोग उस टूट पड़े और हमसे छीनकर ले गये।"

पलक झपकते लड़की ने तोतक माँ के हाथ से ले ली और इससे पहले कि वह पति के हाथ तक पहुँचती, उसने उठाकर बाहर कुत्ते के सामने फेंक दिया। भोजन लग गया था। सबने साथ भोजन किया और सोने चले गये।

लड़की ने अपनी कनीजों से कहा कि "जहाँ माँ-बाप का बिछावन है वहाँ पर लौंग और हिल बिछा दो।"

आधी रात को आदी व बूदी लौंग व हिल की सुगन्ध से जाग गये।

बूदी ने कहा, "आदी!"

आदी ने कहा, "जाने आदी!"

बूदी ने कहा, "समझ रहे हो आखिर क्या हुआ है?"

आदी ने पूछा, "क्या हुआ है?"

बूदी ने कहा, "तुम्हारे सीधेपन पर वारी जाऊँ। दूध पीते बच्चे हो तुम! अरे हमारी प्यारी बिटिया कामों में इतनी उलझी रहती है कि उसे शौचालय जाने व शौच के लिए समय ही नहीं मिलता है। बेचारी ने यहाँ...सारी गन्दगी यहाँ जमा हो गई है। उठो फेंककर आते हैं।"

दोनों ने सारी लौंग व हिल बटोरा और नदी में फेंक आये फिर मदहोश होकर सो गए। सुबह जब नाश्ते पर बैठे तो बूदी ने कहा, "इस कुत्ते के पिल्ले के पास इतना बड़ा घर है। मगर एक संडास नहीं है? हम रात को सारी गन्दगी बटोर कर बाहर फेंक आये हैं।"

जल्दी ही लड़की ने बात पलट दी ताकि पति इस घटना के बारे में कुछ न जान सके। उसने चुपके से नौकरों को रुपये देकर बाजार भेजा ताकि वह जाकर शीघ्रातिशीघ्र लौंग व हिल खरीद लाये और कमरों में डाल दें ताकि पति को पता न चल सके।

दूसरे दिन लड़की ने कनीज़ों से कहा कि उनकी बिस्तर आईने वाले कमरे में लगा दे। रात को दोनों पति-पत्नी की नींद जाने कैसे टूट गई। बड़ी कोशिश की मगर फिर नींद न आई। मजबूर होकर वह बिछावन पर उठकर बैठ गये और इधर-उधर कमरे का तमाशा करने लगे। उन्हें बड़ा आश्चर्य हुआ यह देखकर कि चारों तरफ बूढ़े-बूढ़ी आँख फाड़े उन्हें ताक रहे हैं।

बूदी ने कहा, "आदी!"

आदी ने कहा, "जाने आदी।"

बूदी ने कहा, "कुछ पता है क्या हुआ?"

आदी ने कहा, "क्या हुआ?"

बूदी ने कहा, "मेरी लाड़ली बेटी तो समझो मर गई है। चारों तरफ देखों तो कितने षड्यन्त्री और बुरा चाहने वाले उसे घूर रहे हैं। चलो उठो! सबको मार डालें ताकि बेटी सुख से जी तो सके।"

दोनों ने एक-एक लकड़ी उठाई और लगे उनकी पिटाई करने। जब सारे शीशे टूटकर चकनाचूर हो गये तो उन्हें संतोष हो गया कि उनकी बेटी से ईर्ष्या करने वाले सारे शत्रु मर गये हैं। इस विचार के साथ वे सुखपूर्वक सो गये।

सुबह नाश्ता करते समय बूदी ने बेटी से कहा, "बेटी! आखिर तुम कितने शत्रु बना बैठी हो? रातभर उनके कारण हमें जागना पड़ा, हमें तो इस बात का पता ही न था। ख़ैर सुबह तक जागकर हमने उन सबको ठिकाने लगा दिया।"

लड़की तेज़ी से उठी और आईने वाले कमरे में गयी तो देखा कि माँ-बाप ने तो वहाँ का हाल ही खराब कर दिया है। जल्दी से पैसा देकर नौकरों को भेजा ताकि शौहर के रात को घर लौटने से पहले कमरे में शीशा लग जाये।

उस दिन रात को उनका बिछावन कनीज़ें लगाने लगीं तो लड़की ने कहा, "उनके कमरे में परिन्दे रख देना।"

आधी रात को वह सारे परिन्दे गाना गाने लगे। आदी और बूदी जाग गये और फिर उन्हें नींद नहीं आयी।

बूदी ने कहा, "आदी!"

आदी ने उत्तर दिया, "जाने आदी!"

बूदी ने कहा, "कुछ जानते भी हो?"

आदी ने कहा, "क्या?"

बूढ़ी ने कहा, "तुम्हारी लड़की समझो मरघट गयी। बेचारी लड़की! इतना काम है कि उसके सर पर कि इन परिन्दों को नहलाने का समय ही नहीं मिलता है, न उनके सर की जू निकाल पाती है, न उनकी सफाई! देखो आदी! कैसी रो रही हैं बेचारियाँ। उठो, उठकर पानी गर्म करते हैं ताकि इन्हें नहला-धुलाकर साफ-सुधरा कर दें।"

दोनों उठे और बड़े बर्तन में पानी गर्म करने लगे। जब पानी खौल गया तो एक-एक परिन्दे को उसमें डालकर निकालने लगे और उसको दीवार पर कपड़े की तरह टाँगने लगे। परिन्दों का गाना रुक गया, खामोशी छा गयी। उस समय बूदी ने कहा, "देखा आदी! बेचारे जानवरों को कैसा सुख मिला!"

सुबह जब नाश्ता कर चुके तो बूदी ने लड़की से कहा, ''कुर्बान जाऊँ बेटी पर। इस कमबख्त खण्डहर जैसे घर में काम से तुम्हें इतना समय नहीं मिल पाता कि बेचारी चिड़ियों को देख सको। रात को सबको गर्म पानी से नहलाया तब जाकर उनका रोना बन्द हुआ है।''

यह सब सुनकर लड़की ने सर पीट लिया कि या खुदा! मुझे मौत देना। मैं तो अपमानित हुई। क्या यह दोनों यह भी नहीं जानते कि परिन्दे रात को गाना गाते हैं? फिर उसने नौकरों को पैसा दिया ताकि वह चिड़ियाँ खरीद कर लायें और पति क्रोधित न हो।

चौथे दिन रात को आदी और बूदी का बिस्तर उस कमरे में लगवाया जहाँ पर बड़े-बड़े मिट्टी के तेल के कनस्तर रखे हुए थे। बूदी ने उन सारे पीपों व कनस्तरों पर दृष्टि डाली और कहा, ''आदी!''

आदी ने कहा, ''जाने आदी!''

बूदी ने कहा, ''बेचारी लड़की समझ गयी है कि आज रात हम स्नान करेंगे। पीपों को पानी से भर दिया है। उठो, पानी गर्म करते हैं और नहाते हैं।''

उस समय दोनों उठे और मिट्टी के तेल को गर्म करने लगे फिर उससे नहाकर सर से पैर तक अपने को तेल से भिगो लिया। सारे स्थान पर तेल-ही-तेल हो गया। यहाँ तक कि तोशक और लिहाफ भी तेल से सन गये।

दूसरे दिन सुबह नर्क के कुत्ते की शक्ल व सूरत लिये नाश्ता करने आये। उनकी गन्दी शक्ल देखकर लड़की डर गयी। बूदी ने कहा, ''तुम पर से निछावर जाऊँ बेटी। कहाँ से तुमने जाना कि हम लोग स्नान करना चाहते हैं? कितना ढेर सारा पानी पीपे में रखवा दिया तुमने?''

लड़की बोली, ''खुदा मुझे मौत दे। अरे आफत के परकालो, वह पानी नहीं तेल था।'' फिर नौकरों से कहकर उन्हें हमामखाने भेजा और कहा कि जल्दी से वापस ले आना। जब वे दोनों नहा-धोकर आये तो फिर उसने इन्हें एक क्षण भी रुकने न दिया फौरन घोड़े पर बिठा कपड़ों के थान व अन्य उपहारों के साथ उन्हें वापस भेज दिया। ''बस अब बहुत हो चुका, अब आप लोग अपने घर जायें।''

आदी और बूदी उपहारों से लदे-फदे चल दिये। जाड़ा गजब का था। हवा बर्फीली थी। चलते-चलते ऐसी जगह पहुँचे जहाँ पर जाड़े के मारे जमीन फट गयी थी। बूदी का मन जमीन की इस दुर्दशा पर दया से भर गया। बूदी ने कहा, ''आदी!''

आदी ने जवाब दिया, "जाने आदी!"

बूदी ने कहा, "इस बिचारी जमीन को देख रहे हो। इसकी ऐड़ियाँ कैसी फट रही हैं। अच्छा यही है कि दोशाब इसकी ऐड़ियों में डाल दें ताकि यह नर्म होकर अच्छी हो जाये।"

दोशाब उंड़ेलकर आगे बढ़े। कुछ दूर पर एक कटीली झाड़ी थी। हवा चल रही थी। काँटे हिल रहे थे जिन्हें देखकर बूदी का मन तड़प उठा। वह बोली, "आदी!"

आदी ने कहा, "जाने आदी!"

बूदी ने कहा, "देखो विचारे काँटे! कैसा जाड़े से काँप रहे हैं? अच्छा नहीं है क्या कि हम कपड़े का थान इन पर डाल दें?"

थान का कपड़ा डालकर वह फिर आगे चल पड़े। कुछ दूर चलने के बाद उन्हें एक खच्चर नजर आया जो लंगड़ा रहा था। उसे देखकर बूदी का मन करुणा से भर उठा। वह बोल पड़ी, "आदी!"

आदी ने कहा, "जाने आदी!"

बूदी ने कहा, "इस खच्चर को देखा? बेचारे इसके बच्चे घर में इसकी प्रतीक्षा में रो रहे होंगे कि मेरी माँ कहाँ रह गयी है, हम भूख से तड़प रहे हैं?"

आदि ने पूछा, "फिर तुम्हारी क्या राय है?"

बूदी ने कहा, "अच्छा नहीं है कि हम घोड़े को खच्चर को दे दें ताकि यह घर शीघ्रता से पहुँच जाये? हमारे तो पैर ठीक-ठाक हैं आराम से चलते हुए घर पहुँच सकते हैं।" यह कहकर खच्चर के सामने उन्होंने घोड़े को छोड़ दिया और आगे पैदल चल पड़े। अभी कुछ ही दूर चले थे कि बाबा दुखेश मिल गये। दोनों ने एक साथ पुकारा—"बाबा दुखेश!"

बाबा दुखेश ने उत्तर दिया, "हाँ।"

पूछने लगे, "क्या आप घर नहीं गये थे कि गोश्त का सालन खाकर उसमें कुछ और रख दें?"

बाबा दुखेश बोला, "न बाबा! क्या मुझे कुछ और काम नहीं था जो मैं गोश्त खाने तुम्हारे घर जाता?"

वे बोले, "बाबा दुखेश?"

बाबा दुखेश ने कहा, "हाँ।"

वे बोले, "बाबा दुखेश आपने जाकर हमारे पैसों की बोरी खोली तो नहीं थी और उसके स्थान पर पत्थर तो नहीं डाल दिये?" बाबा दुखेश ने क्रोधित होते हुए कहा, "भागो यहाँ से तुम लोग! अजीब-अजीब लोगों से मेरी मुठभेड़ होती है तौबा ! तौबा ! कैसे लोग हैं यह?"

आदी-बूदी बहुत खुश हुए और चहक कर बोले, "बाबा दुखेश !"

बाबा दुखेश ने पलटकर कहा, "अब तुम्हें क्या हुआ?"

वे बोले, "कपड़े का थान झाड़ी से और खच्चर से घोड़ा जाकर वापस मत ले आना।"

बाबा दुखेश क्रोध से चिल्लाये, "अपनी क़ब्रों में जाओ मुर्दों! तुम लोग सोचते हो मुझे काम नहीं है! बस हाथ पर हाथ रखकर बैठा हूँ? दूर हो मेरी आँखों के सामने से!"

आदी और बूदी जब अपने घर पहुँचे तो तन्दूर से पतीला निकाला ताकि खाना खायें। समझ गये कि बाबा दुखेश ने अपने हाथ की सफाई दिखायी है। एक भी गोश्त की बोटी नहीं है। दौड़कर बोरी देखी वहाँ भी धन के स्थान पर ईंट-पत्थर भरे हुए थे। दोनों हाथों से सर पीटकर वहीं जमीन पर दोनों ढेर हो गये!

अनाम

पत्नी ने एक छोटे कटोरे में दाल, थोड़ी-सी चटनी और एक टुकड़ा रोटी पति के आगे रखते हुए कहा, ''लो ठूँसो ! इसको भी मैंने कितनी कठिनाई से पकाया है।

पति सोचने लगा ! फिर वह सारा धन जो मैंने सुबह ही इसको दिया था उसका क्या हुआ?

फिर उसने आगे सोचा, भोर से लेकर संध्या तक मैं कोल्हू के बैल की तरह काम में जुता रहता हूँ। बदले में मिलता क्या है, केवल एक टुकड़ा रोटी और एक कटोरी दाल? ठीक है।

पत्नी पति के पास खड़ी क्रोध में बड़बड़ाती अपने को कोसती बुरा-भला कहती रही मगर पति शान्त रहा, जरा भी विचलित न हुआ। यह देखकर वह झूठे बर्तन उठाकर रसोई में चली गयी। वहाँ जाकर उसने चूल्हे पर चढ़ी खीर को चखा कि कहीं मिठास कम तो नहीं है। दूसरी तरफ मुर्ग पुलाव जो पतीली में सनसना रहा था उसे इधर-उधर किया। कद्दू को सेनी में सजाया। मजेदार व्यंजनों से उसने बड़ी बढ़िया दावत की तैयारी कर ली। फिर लौटकर पति के पास आयी जो एक कटोरी दाल और एक टुकड़ा रोटी खाकर बैठा ऊँघ रहा था।

पत्नी बोली, ''मुझे एक बड़ी डेगची चाहिए। जल्दी से उठो और बाजार से जाकर ले आओ।''

पति दोपहर के खाने के बाद एक मीठी नींद की खुमार में डूब चुका था, झुँझला गया। बोला, ''अभी तो नहीं जाऊँगा। एक घण्टे बाद जाऊँगा। इन सारी डेगचियों का तुम को करना क्या है? रोज डेगची, हर हफ्ते नयी डेगची?''

पत्नी ने कोई उत्तर नहीं दिया। कुत्ते के भौंकने से उसने गली में खुलने वाली खिड़की से नीचे झाँका और किसी से कहा, ''थोड़ा ठहरो! नींद के खुमार में अपमानित बैठा है। भेजती हूँ काली दाल खरीदने के लिए। खबर दूंगी, फिर खिड़की के पट बन्द करती तेवरी

पर बल डालती हुई बोली, "खुदा सत्यानाश करे बुरे पड़ोसियों का।" पत्नी के इस कहने पर भी पति ने कोई प्रश्न नहीं किया न कहा कि अच्छा उत्तर दिया है। नींद का खुमार जब कम हुआ और पति चलने को तैयार हुआ तो उसने सोचा कि पूछे कि वह कौन था जिससे पत्नी बात कर रही थी ताकि बातों-बातों में डेगची की समस्या दब जाये और वह आराम से सो सके। तभी पत्नी ने कहा, "बैठे हुए हो! सुना नहीं क्या? अरे मुझे डेगची चाहिए डेगची।"

पति ने थके अन्दाज से कहा, "सुन लिया भाई।"

पत्नी ने खूँटी पर टंगे कोट को उतारा। उसकी जेब में हाथ डालकर चाबी निकालते हुए कहा, "मैंने चाबी निकाल ली है। जब लौटो तो दरवाजा खटखटा देना। मैं उठकर खोल दूंगी। अब मैं सोने जा रही हूँ।" इतना कहकर दूसरे कमरे में चली गयी जहाँ पर श्रृंगार का सामान रखा हुआ था। कपड़े उतारकर सारे बदन पर इत्र मला फिर बढ़िया कपड़े पहने, कंघी की। चेहरे पर पाउडर-सुर्खी लगायी। संक्षेप में, जब तक पति बाहर निकला वह साज-श्रृंगार करके दुल्हन बन चुकी थी। कमरे से बाहर निकली और खिड़की के पट खोल दिये। गली के मोड़ पर पति एक सुन्दर सुडौल लड़के से टकराया चूंकि अभी तक नींद के असर में था सो अपने जूते से लड़के का जूता दबाया जिसके बदले में गाली सुनी।

"अरे ओ बेडौल! आंखें खोलकर चल।"

बर्तनों का बाजार शहर के दूसरे कोने में था। वहाँ तक पहुँचने का मतलब एक घण्टा चाहिए था। पहुँचते ही पहले दुकानदार से पूछा, "मुझे मेरी पत्नी ने डेगची खरीदने को भेजा है अगर हो तो दे दो।"

डेगची वाला खिलखिलाकर हँस पड़ा। जब हँसी रुकी तो अपने पड़ोसी दुकानदार को पुकार कर बोला, "गजनफर आगा। फिर वह पत्नी के कहने से आ गया है डेगची खरीदने—हा-हा-हा-हा!"

वह भी ठहाका मारकर हँस पड़ा। पड़ोसी दुकानदार से उसने वही बात दोहराई। इस तरह से बाजार की छत कहकहों के शोर से गिरने वाली हो गयी।

"सुनो! उस बुद्धू को फिर उसकी पत्नी ने भेजा है, हा—हा—हा"

सैय्यद काजिम ने दो डेगची पति को दिखायी। हँसी के कारण वह हाथ से फिसल गयीं और हँसी की आवाज में उनकी खनखनाहट दब गयी। सारे दुकानदार पति के चारों

तरफ जमा हो गये। उसे पागल और बेवकूफ कहते हुए मजाक उड़ाने लगे। अन्त में दो रुपये की एक डेगची उसके हाथ बेचकर उसे घर भेज दिया।

घर लौटने में फिर एक घण्टा लगा। घर पहुँचकर उसने दरवाजा खटखटाया खुला नहीं। फिर खटखटाया फिर भी नहीं खुला। उसका दिल चाहा कि जोर से एक लात दरवाजे पर मारे। जैसे ही उसने दरवाजे को धक्का दिया एक ईंट ऊपर से उसके सर पर आकर गिरी। उसने खामोशी से पीड़ा पी ली। सर पर हाथ फेरा। लाल खून से भरा हाथ देखकर केवल एक कटु मुस्कान उसके मुख पर उभरी। इसी समय ऊपर की खिड़की खुली और पत्नी ने पूछा, "डेगची खरीद लाये?"

पति ने जवाब दिया, "खरीद लाया हूँ।"

पत्नी बोली, "अच्छा! क्या यह भी पूछकर आये हो कि इसमें कितना नमक डालूँ?"

पति ने यह दुकानदार से नहीं पूछा था। इससे पहले पत्नी ने कभी भी उससे ऐसा प्रश्न नहीं पूछा था। हमेशा डेगची खरीदता था और घर चला आता था। यदि वह पूछ भी लेता तो पत्नी कुछ नया प्रश्न पूछकर उसे हैरान करती। जैसे कि क्या तुम पूछकर आये हो कि इसमें कितना पानी डालूँ? या फिर उसमें दाल के कितने दाने आयेंगे? वगैरह-वगैरह।

यही कारण था कि उसने कभी कुछ नहीं पूछा था। इस समय पत्नी ने खिड़की से फिर डाँट लगायी, "तुम पर छत गिरे। हजार बार तुमसे कहा है कि नमक के बारे में पूछकर आया करो? जल्दी जाओ और पूछकर आओ। अगर नहीं पूछ कर आये तो दरवाजा खुलेगा भी नहीं। जो गुजर गया सो गुजर गया मगर इस बार तुम्हें क्षमा नहीं करूँगी। मैं सच कर रही हूँ वरना प्रलय तक दरवाजे के पीछे खड़े रहना।"

पति ने देखा सर से बहता खून नाक की नोक से नीचे टपकने लगा है, पत्नी की दहाड़ भी उसने सुनी। साथ ही किसी की फूलती साँसों की आवाज भी सुनी।

पत्नी ने फिर फटकार बतायी, "क्यों खड़े हो? कहा नहीं—" बात अधूरी रह गयी। पत्नी को किसी ने पीछे से घसीटा। मर्दाने हाथों ने खिड़की के पट बन्द किये। बेचारा पति थका-हारा दोबारा बाजार लौटा और दूकानदार से पूछा, "इस डेगची में कितना नमक डालना है?"

दुकानदार ने पति से सर पर से बहते खून को देखकर ऊँगली से छुआ। वह गर्म और गीला लगा। बोला, "लगता है अभी जिन्दा हो तुम?"

दुकानदार ने पड़ोसी दुकानदार को पुकार कर कहा, "गजनफर, देखो वह फिर आ गया, इस बार नमक का अन्दाजा पूछ रहा है? हा-हा-हा-हा-हा"

सारे दुकानदार फिर पति के चारों तरफ जमा हो गये और लगे मजाक करने। जब उनका दिल भर गया तो बोले, ''अपनी पत्नी से कहना, 'आधी मुट्ठी से ज्यादा या एक मुट्ठी से कुछ कम नमक डाले।''

पति चल पड़ा। यह बात भूल न जाये, इसलिए दोहराता गया, 'आधी मुट्ठी से अधिक एक मुट्ठी से कम।'

एक खलिहान में गेहूँ साफ हो रहा था। वे समझे पति उन्हें चिढ़ा रहा है। वह उस पर टूट पड़े। मार-मारकर कचूमर बना दिया। फिर बोला, ''अब यह कभी न दोहराना समझे?''

पति ने पूछा, ''फिर क्या कहूँ?''

वे बोले, ''एक से हजार हो, खुदा बरकत दे।''

पति वही वाक्य दोहराता हुआ चलने लगा। पास से एक मृत को उठाये लोग कब्रिस्तान जा रहे थे। सुनकर खफा हो गये और पति को इतना मारा कि उसका भुर्ता बन गया। पति ने सोचा यह सब पत्नी के कारण हुआ है। घर पहुँचूँ तो उससे बदला लूँ। जब चलने को हुआ तो लोगों ने कहा, ''अब यह न कहना समझे।''

पति ने पूछा, ''फिर क्या कहूँ?''

वे बोले, ''अन्त यही है देखा आँखें अब बन्द हैं?''

कहता हुआ पति आगे बढ़ा—रास्ते में एक बारात मिली। उसका यह वाक्य सुनकर वे आग-बबूला हो गये। लगे उसे धोबी की लादी की तरह पीटने। पीटने के बाद बोले, ''फिर यह कभी न दोहराना समझे?''

पति ने पूछा, ''फिर क्या कहूँ?''

वे बोले, ''सीटी बजाओ, गाना गाओ, हँसो, उछलो-कूदो, नाचो, इतना प्रसन्न दिखो कि लोग जल जायें। यू दुःखी चेहरा मत बनाओ बल्कि हैट उछालते हुए प्रसन्नता के फूल बिखराओ।''

पति ने होंठों का खून पोंछा। दाँत जो मार खाने से ढीले हो गये थे, उन्हें उखाड़कर दूर फेंका और बोला, ''ठीक है, समझ गया हूँ।''

इसके बाद वह आगे बढ़ा—सर से खूंन बहकर मुँह से बहते खून में मिल रहा था मगर वह प्रसन्नता से मुस्करा रहा था। टोपी उछालता, गाना गाता, नाचता-कूदता आगे

बढ़ रहा था। जब वह सीटी बजाता तो खून की छोटी-सी कुल्ली बाहर निकलती जब हँसता तो आँखों से आँसू निकलने आरम्भ हो जाते थे।

रास्ते में एक कबूतरबाज़ पंक्ति से कबूतरों को बिठाकर दाना दे रहा था ताकि वह इसके बाद उड़कर पड़ोसी के कबूतरों से उड़ान में बाज़ी आगे ले जायें। इसी समय पति की टोपी जो उछली तो कबूतर फड़फड़ाकर उड़े जिससे कबूतरबाज़ की आँखों में खून उतर आया। वह अपने कोठे से नीचे उतरा और जी भरकर पति की पिटाई की। बेचारा पति बोला, ''यह सब मैं पत्नी के खातिर कर रहा हूँ।'' दिल ही दिल में पत्नी को बुरा-भला कहता हुआ उठा और चलने को हुआ तभी कबूतरबाज़ ने कहा, ''अब यह गलती दोबारा मत करना।''

पति बोला, ''फिर क्या करूँ?''

कबूतरबाज बोला, ''कुछ न कहो, बस कमर झुकाये-झुकाये, टोपी को चिपकाये, साँस रोके, ओवर कोट में अपने को छुपाये आहिस्ता-आहिस्ता दीवार से चिपककर जाओ, साँस भी मत लेना, समझे!''

पति बोला, ''मैं जानता हूँ, खूब अच्छी तरह से जानता हूँ। चुपके-चुपके दीवार से चिपकते ओवर कोट में अपने को छुपाये जाना है, यहाँ तक साँस भी नहीं लेना है।'' कमर झुकाये वह चल पड़ा इस बार कहता गया, ''सभी कुछ मेरी पत्नी के कारण है।'' जौहरी की दुकान के पास से गुजरा जहाँ लोग जमा थे और सुबह हुई चोरी का पता लगाना चाह रहे थे।

इस हालत में जो उन्होंने इस आदमी को देखा, समझे यह चोर है। पति पर टूट पड़े और जी भरकर उसकी ठुकायी की। खून उसकी नाक से बह निकला। अपनी पत्नी को गाली देता हुआ जमीन से उठा ताकि आगे चल पड़े तभी वे बोले, ''इस तरह से मत चलना फिर वरना लोग चोर समझेंगे।'' उन्होंने जब उसकी तलाशी ली तो उन्हें लगा वह पागल है।

पति ने पूछा, ''फिर क्या करूँ ?''

वे बोले, ''सर को ऊपर उठाओ, कमर को सीधा करो, फिर चलो।''

पति सर ऊंचा करके, कमर सीधी करके चलने लगा। इस हालत में उसे बड़ा आनन्द आने लगा। वर्षों की अभिलाषा पूरी हुई है। यही तो वह चाहता था वर्षों से, अब उसे प्राप्त हुई है। झुककर चलते-चलते मैं तो थक गया था।

आगे जाकर कुछ घरों की सीढ़ियाँ घुमावदार मिलीं। उधर से गुजरने वाले सब झुककर गुजर रहे थे मगर पति नहीं चाहता था कि वर्षों बाद मिली इस आनन्दमय स्थिति को यूं समाप्त कर दे। बिना झुके आगे बढ़ा। सर धड़ से टकराया देखने वालों ने उसे पागल समझा।

किसी तरह हाँफता-काँपता खून से नहाया वह घर पहुँचा। दरवाजा खटखटाया न खुला। जोर से लात मारी। एक और ईंट ऊपर से उसके सर पर गिरी और उसका सर अधिक घायल हो गया। फिर भी उसके मुँह से आह न निकली। लाल खून बूँद-बूँद करके नाक की नोक से टपक रहा था। उसने एक लात फिर दरवाजे पर मारी। मगर इस बार सर पर हाथ रख के ताकि ऊपर से ईंट उसके सर पर न गिरकर हाथ पर गिरे। वह चाहता था इस तरह लात मार कर अपनी पत्नी का तिरस्कार करे। ईंट गिरी और खिड़की खुली। आवाज़ आई, "कौन है?"

पति बोला, "मैं हूँ।"

पत्नी ने कहा, "मैं तुम्हें नहीं पहचानती हूँ।"

पति बोला, "तुम्हारा पति हूँ।"

पत्नी ने कहा, "ठीक है, मगर तुम्हारा नाम क्या है?"

वास्तव में उसका नाम क्या है? इस बिन्दू पर तो उसने कभी सोचा ही न था। न ही इससे पहले ऐसा बहाना पत्नी ने बनाया था? इस विचार में डूब गया। पहले कैसे उसे पुकारा जाता था? किस नाम से पुकारा जाता था? जब वह सुन्दर-सुडौल नौजवान से टकराया था तो उसने उसे "बेडौल" कहा था। तो बस ठीक उसका नाम 'बेडौल' हो सकता है?

अगर यह नाम ठीक है तो फिर बर्तन वाले बाजार में उसे सब 'पागल' क्यों कह रहे थे? क्यों उसे सीढ़ी के पास से गुजरते हुए 'दीवाना' कह रहे थे। वह पूर्ण रूप से अपना नाम भूल चुका था। काश! ऐसा होता तो कितना अच्छा होता कि वह वास्तव में दिवाना होता। तब वह जो चाहता बक तो सकता था मगर ऐसा क्यों होगा? जानता है कि एक दिन उसका भी कोई नाम था।

पत्नी ने फिर पूछा, "क्यों अपना नाम नहीं बताया तुमने? जब तक बताओगे नहीं, दरवाजा नहीं खुलेगा।"

एक राहगीर ने कहा, "अरे तुम्हारा नाम पूछा जा रहा है, बताओ न? कह दो बहरूज, अफतेखार कुछ भी बता दो।"

पति ने मुड़कर भी उस राहगीर को नहीं देखा।

पत्नी ने कहा, "क्या है?"

पति बोला, "मैं भूल चुका हूँ। जाऊँ, जाकर पूछ आता हूँ।" मुड़ा कि चले कि उसके कानों में हँसी की आवाज टकराई। सामने उसके चारों तरफ डेगची बेचने वाले दूकानदार खड़े हँस रहे थे। पति ने अपने हाथ को देखा उसमें डेगचो थी और डेगची में खून भरा था। उसने आव देखा न ताव, डेगची को खिड़की की और फेंका। खिड़की से टकराकर डेगची वापस उसके सर से आकर टकराई। हँसी की आवाजें तेज हो गयीं।

होंठों ही होंठों में मर्द बुदबुदाया, "ठीक है।" और आगे चलने लगा।

झुटपुटे का समय था। पति कूड़े के ढेर के समीप बैठा हर आने-जाने वाले से अपना नाम पूछ रहा था।

उसे एकाएक अनुभव हुआ कि जो जंजीर उसकी नाक से बंधी है वह आकाश से छोड़ी गयी है और यह सारे सितारे उसके हाथों के चारों ओर ज्वाला से सुलग रहे हैं।

सफेद दाढ़ी वाला बकरा

सुनने में आया है कि हमारे इसी गाँव के हाज़ी मेहदी का बकरा, दूसरे गाँव के जमींदार मिर्जा का मेमना, हाजी क़ासिम का कुत्ता और मरहदी मोहम्मद हसन का बछड़ा घर से भाग गये और जंगल में जाकर एक-दूसरे के मित्र बन बैठे। इधर-उधर घूमते-फिरते, खाते-पीते वे कुछ ही दिनों में काफी मोटे हो गये थे।

एक रात वे बैठे बातें कर रहे थे कि दूर से उन्हें प्रकाश नजर आया। बकरा, जिसकी दाढ़ी सफेद हो चुकी थी बोला, ''हाय ! काश ! हम हुक्का दम कर सकते।''

दूसरों ने कहा, ''यह कौन-सा मुश्किल काम है। कुत्ते साहब पानी ले आयें। बछड़े जी तम्बाकू का प्रबन्ध करें, श्रीमान् मेमने आग ले आयें, उस समय हुक्का दम हो सकता है।''

श्रीमान् मेमने खड़े हुए और आग लेने चल पड़े। चलते-चलते उस प्रकाश के समीप पहुँचे। देखते हैं वहाँ तो बारह भेड़ियों का एक झुण्ड बैठा हुआ है और बातों में व्यस्त हैं। भय से उसके बदन में कपकपी पैदा कर दी। उसने उन्हें झट से सलाम किया। भेड़ियों ने पूछा, ''मित्र मेमने, तुम कहाँ और यह जगह कहाँ?''

मेमने ने डरते हुए कहा, ''मैं आप लोगों से आग लेने आया था ताकि अपने मित्र जनाब बकरे के लिए हुक्का भर सकूं।''

भेड़ियों ने कहा, ''खैर, अभी बैठो, अपनी थकन उतार लो।''

मेमना गया और बैठ गया। एक बोला, ''किसकी प्रतीक्षा है?''

दूसरा बोला, ''सब्र से काम लो, कोई और आयेगा।''

जनाब बकरे ने काफी प्रतीक्षा की मगर श्रीमान् मेमना नहीं लौटा। आखिर बकरे ने चिन्ता व्यक्त करते हुए कहा, ''बछड़े जी, जाकर देखो श्रीमान् मेमने कहाँ अटक गये? कहीं किसी मुसीबत में तो नहीं फँस गये?''

बछड़े जी चलते-चलते वहीं पहुँचे। देखा, बेचारा मेमना भेड़ियों के घेरे में बैठा है। वह भी भय से काँपने लगा। मगर इस भय को प्रकट न किया और मेमने को जोरदार फटकार लगायी, ''उल्लू के पट्ठे! यहाँ बैठे-बैठे क्या कर रहे हो? आग लेने आये थे या इन श्रीमानों से गप्प मारने? या अल्लाह! जल्दी उठो। चलते हैं। बकरे भाई के हुक्के का समय निकला जा रहा है।''

भेड़ियों ने कहा, ''गुस्सा थूक दो मित्र ! आओ, थोड़ा बैठो, थकन तो उतार लो''

बछड़ा भी डर से बिना कुछ कहे उनके बीच जाकर बैठ गया। एक भेड़िये ने पूछा, ''अब किसकी प्रतीक्षा है?''

दूसरा बोला, ''मित्र, व्याकुल मत हो। अभी एक और आता है।''

जनाब बकरे ने जितना भी इन्तजार किया। न मेमना लौटा न बछड़ा। वह दुःखी हो उठा और बोला, ''कुत्ते साहब! जाकर देखो, वे लोग कहाँ अटक गये?''

प्रकाश के समीप जब कुत्ता पहुँचा तो यह देखकर उसके घुटने काँप उठे कि मेमना व बछड़ा भेड़ियों के बीच में बैठे गप्प मार रहे हैं। कुछ प्रकट न होने दिया और चिल्लाकर बोला, ''ऐ ! मैं तुम लोगों से सम्बोधित हूँ। सुना कुछ? यहाँ पर दोनों बैठे हँस-हँसकर गप्प मार रहे हो और वहाँ जनाब बकरे आग की प्रतीक्षा कर रहे हैं? शर्म नहीं आती तुम दोनों को? उठो, दोनों आगे बढ़ो, हुक्के का समय उनका निकल रहा है।''

भेड़ियों ने कहा, ''मित्र! क्यों बेकार में क्रोध दिखा रहे हो? इन बेचारों का कोई कसूर नहीं है। आओ तुम भी थोड़ी देर आकर बैठो। थकान उतर जाये तो चले जाना।''

कुत्ते साहब भी भय के मारे इन्कार किये बिना चुपचाप अपने दोनों साथियों के समीप जाकर बैठ गये।

जब जनाब बकरे ने देखा कि कुत्ते साहब भी अटक गये तो मजबूर होकर वह स्वयं उठे और अपने साथियों की खोज में चल पड़े। रास्ते में उसे एक भेड़िये का मृत शरीर मिला। एक सींग तेजी से मारकर उसे सर पर उठा लिया और चल पड़ा। जब प्रकाश के समीप पहुँचा तो देखा, भेड़ियों के बीच में मेमना, बछड़ा, कुत्ता फँसे बैठे हैं। भेड़ियों के मुँह से लार बह रही है। यह सब देखकर वह मित्रों पर गरजा, ''अरे मूर्खों! मैंने तुम्हें आग के लिए भेजा था और तुम यहाँ इनके साथ बैठे गप्पें मार रहे हो?''

भेड़ियों ने कहा, ''क्रोधित न हो मित्र बकरे! बैठो, थकन दूर करो।''

बकरे ने देखा वह बहुत बुरी तरह फँस गया है। चतुरता से काम लेना पड़ेगा। फौरन भेड़ियों की तरफ मुँह करके उनको बुरा-भला कहने लगा, "गधों के बाप! बड़ी अच्छी तरह तुम्हें रंगे हाथों पकड़ा। तुम्हारे पिता बीस खालों के मेरे कर्जदार थे। सात खा चुका हूँ। एक मेरी सींग पर है। तुम में से कोई भी अपनी जगह से हिलना मत क्योंकि बाकी गिनती में तुम हो जिन्हें खाकर मैं अपना हिसाब बराबर करूँगा। कुत्ते साहब पकड़ो, इन्हें—भागो मत डरपोकों।"

इतना सुनते ही सारे भेड़िये सर पर पैर रखकर भाग खड़े हुए। इस तरह से पलक झपकते ही वहाँ से गायब हुए जैसे पहले कभी वे वहाँ थे ही नहीं। कुत्ता भी तेजी से भौंककर कह रहा था, "अभी चीर-फाड़कर तुम सब को फेंकता हूँ।"

बकरे ने मित्रों को लिया और आगे बढ़ा और कहा, "इस जाड़े में अब भेड़िये लौटने से रहे। चलो, कहीं छुप जाते हैं।"

एक वृक्ष टेढ़ा-मेढ़ा-सा थोड़ा झुका-सा था। बकरा उस पर चढ़कर सबसे ऊपर की शाख पर जाकर बैठ गया। उसके नीचे कुत्ता, कुत्ते के नीचे मेमना और बछड़े ने जितनी भी कोशिश की पेड़ पर चढ़ने की मगर चढ़ नहीं पाया। बड़ी कठिनता से किसी प्रकार वहीं टहनी में छुपकर बैठ गया।

भेड़िया दौड़ते-दौड़ते जब थक गये तो सुस्ताने के लिए ठहर गये। उनमें से एक बोला, "देखो तो मैं क्या कहना चाह रहा हूँ—कहाँ बकरा और कहाँ भेड़िया? मगर बकरे ने हमें धमकाकर कहाँ तक भगा दिया है? चलो, लौटते हैं और उन्हें छठी का दूध याद दिलाते हैं। क्या समझ रखा है उस बकरे ने अपने आपको?"

भेड़िये लौटे और बकरे व साथियों को ढूँढ़ा मगर उन्हें वे कहीं नजर न आये। थककर वे सन्दज वृक्ष के नीचे बैठ गये और भविष्य-फल देखने लगे। उनमें से एक भेड़िया ज्योतिषी भी था। वह देखने लगा कि बकरे व उसके मित्र कहाँ छुपे हैं। तभी बछड़ा अपने को टहनियों के बीच संभाल न सकने के कारण धड़ाम से एक भेड़िया के सर पर आ गिरा। यह सब देखकर बकरे के हाथों के तोते उड़ गये कि अब तो सब गुड़-गोबर हुआ मगर अपने को संभालकर चीखा, "बछड़े जी! सबसे पहले उस पाखंडी ज्योतिषी को पकड़ें ताकि वह भाग न सके। जल्दी साथियों! सबको पकड़ो—"

भेड़िया दोबारा फिर सर पर पैर रखकर ऐसा भागे जैसे गधे के सर से सींग। बकरे ने कहा "जानते हो, यह भेड़िये फिर आयेंगे, कुछ करना पड़ेगा।"

सबने मिलकर गड्ढ़ा खोदा और उसमें कुत्ते को गाड़कर मिट्टी से ढक कुछ जली ईंटें ऊपर सजा दीं और फिर बकरा बोला, "साथियों, यह श्री काकला की पवित्र मज़ार है।"

भागते-भागते भेड़िया लोमड़ी से टकराये। लोमड़ी ने आश्चर्य से पूछा, "इतनी जल्दी काहे की है?"

वे बोले, "बकरे के भय से भाग रहे हैं। वह हमें खाना चाहता है।"

लोमड़ी ने कहा, "तुम्हें बेवकूफ बनाया है, कहीं बकरा भेड़िया को खा सकता है? चलो लौटो, मैं जानती हूँ, उन्हें कैसा पाठ पढ़ाना है?"

लोमड़ी ने इतना समझाया कि भेड़ियों के दिल से डर-भय जाता रहा। वे लौट पड़े। आगे-आगे लोमड़ी और पीछे-पीछे भेड़ियों को देखकर बकरा सब कुछ पलभर में ही समझ गया। चीखकर बोला, "वाह लोमड़ी वाह! मेरे बाकी कर्ज लौटा रही हो? तुम्हारे स्वर्गीय पिता चौबीस खालों के मेरे कर्ज़दार थे। दो हफ्ते पहले 12 भेड़िये लायी जिन्हें मैंने खाया था। अब फिर पहले की तरह बारह और ले आयी हो? शाबाश! शाबाश!"

भेड़ियों ने कहा, "कहीं लोमड़ी हमें धोखे से तो नहीं लायी है यहाँ?"

लोमड़ी बोली, "गधे ने कहा बेवकूफ ने विश्वास किया, नहीं जानते हो तुम लोग इन चतुर-चांडालों को?"

बकरा बोला, "लोमड़ी! अगर तुम सच कहती हो तो आओ इस पवित्र मज़ार पर हाथ रखकर कसम खाओ कि मेरी कर्जदार नहीं हो तुम? इस क़सम के बाद मामला समाप्त समझो।"

लोमड़ी सीधे मजार पर पहुँची और उस पर हाथ रखकर बोली, "अगर झूठ बोलू तो इस 'पीर' के क्रोध से नष्ट हो जाऊँ।"

जैसे ही लोमड़ी ने यह शब्द कहे, कुत्ता गड्ढे से निकला और लोमड़ी की गर्दन पकड़ ली और उसका दम घुट गया। भेड़िया यह देखकर फिर भाग खड़े हुए। इस बार जंगल के उस पार।

अब पौ फट रही थी। बकरा बोला, "मित्रों! मेरा विचार है कि हम सब अपने-अपने घर लौट जायें वरना यह जंगली पशु हमें जीने नहीं देंगे।"

सबने जनाब बकरे की बात को ध्यान से सुना। उसे पसन्द किया और उचित समझा। सब अपने-अपने गाँव में स्थित अपने घर लौट गये।

भेड़ और भेड़िया

बहुत दिनों पहले की बात है कि एक काली भेड़ थी। एक दिन वह सर झुकाये चरने में मगन थी। एकाएक सर जो उठाया तो देखा दूर-दूर तक न चरवाहे का पता है न झुण्ड का, बस हाय करके रह गयी! ऊपर से आफत यह टूटी की सामने से एक भूखा भेड़िया आता दिखा। उस भेड़िया की आंखें दो लाल खून के उबले कटोरे लग रही थीं।

भेड़ बोली, "सलाम!"

भेड़िया दाँतों को कटकटाता हुआ बोला, "सल्लाम कल्लो! तुम यहाँ क्या काम कर रही हो? क्या नहीं जानतीं यह घाटी और पहाड़ मुझे पैतृक धन के रूप में प्राप्त हुए हैं? अभी मैं तुम्हें खाता हूँ।"

भेड़ ने समझ लिया कि अब उसकी छुट्टी हो गयी है। कोई तरकीब लड़ानी चाहिए जिससे इसके चंगुल से आजादी मिले। बोली, "सच पूछो तो मुझे विश्वास ही नहीं हो रहा है कि यह तुम्हारे पिता की जमीन है। मुझे तो किसी की भी बातों पर बड़ी देर में विश्वास होता है। अगर तुम सच कह रहे हो तो चलो किसी मज़ार पर चलते हैं। तुम क़ब्र पर हाथ रखकर क़सम खाना, मुझे विश्वास हो जायेगा और तब तुम मुझे खा लेना।"

भेड़िये ने मन ही मन सोचा, अजीब बुद्धू भेड़ आज हाथ लगी है। जाने में हर्ज़ क्या है? जाते हैं, क़सम खाकर फिर इसे चीर-फाड़कर खा लूंगा।

दोनों आगे बढ़े, चलते-चलते वहाँ पहुँचे जहाँ वृक्ष के नीचे भेड़ों के झुण्ड का रखवाला कुत्ता पड़ा सो रहा था। सोते में सात राजाओं का सपना देख रहा था।

भेड़ भेड़िये से बोली, "यह है क़ब्र, अब तुम कसम खा सकते हो।"

भेड़िये ने जैसे ही वृक्ष पर हाथ रखा कि क़सम खाये वैसे ही कुत्ता सपने से जागा और भेड़िये की गर्दन धर दबायी।

भूखा चूहा

एक चूहा किसी जगल में रहा करता था। एक दिन उसे बडी जोर से भूख लगी और वह एक बाग में गया। तीन सेब उसने खाये। हवा चली और पत्तियाँ चूहे के सर पर गिरीं। चूहा क्रोधित हो उठा। पत्तियों को खा गया। बाग से बाहर निकला तो देखा कि एक आदमी पानी से भरी बाल्टी लिये घर की ओर जा रहा है। चूहे ने उस आदमी को ललकारा, ''ऐ आदमी! मैंने बाग में तीन सेब खाये हैं। हवा से गिरी पत्तियाँ खायीं और अब मैं तुम्हें खाऊँगा।''

आदमी ने कहा, ''अभी बाल्टी उठाकर तुम्हारे सर पर दे मारता हूँ। यहीं टें हो जाओगे, समझे!''

भूखे चूहे ने आदमी को पकड़ा और निगल लिया। आगे बढ़ा—चलते-चलते एक घर के समीप पहुँचा। वहाँ नवविवाहिता अंगीठी सुलगा रही थी। उसे देखकर चूहा बोला, ''दुल्हन जी ! अभी मैं बाग में तीन सेब खाकर आया हूँ फिर हवा से गिरी पत्तियाँ खायीं, फिर एक आदमी को बाल्टी के साथ निगला, अब तुम्हारी बारी है।''

दुल्हन बोली, ''अभी अंगीठी सर पर उलटती हूँ। जलकर कबाब हो जाओगे, समझे !''

भूखे चूहे ने दुल्हन को निगला और आगे चल दिया। चलते-चलते ऐसी जगह पहुँचा जहाँ बहुत सारी लड़कियाँ बैठी कढ़ाई कर रही थीं। उनसे बोला, ''अरे लड़कियों! मैं अभी बाग से तीन सेब खाकर आ रहा हूँ फिर हवा द्वारा गिरायी पत्तियाँ निगलीं, फिर एक मर्द को बाल्टी के साथ निगला, फिर एक दुल्हन को और अब तुम्हारी बारी है।''

लड़कियाँ बोली, ''सूई से तुम्हारी आंखें सिल देंगी, अधिक बढ़-चढ़कर बातें करोगे अगर।''

भूखे चूहे ने उन्हें खाया और आगे चल पड़ा। कुछ दूर पर जाकर कुछ लड़कों को देखा जो खेल रहे थे। उन्हें देखकर चूहे ने अपना पुराना राग दोहराया जिसे सुनकर लड़के बोल उठे, ''अभी जूतों से तुम्हें कुचलकर रख देंगे।''

भूखे चूहे ने उन्हें भी निगला और आगे चल पड़ा। चलते-चलते अन्त में एक बूढ़ी औरत के समीप पहुँचा और बोला, ''अरे बुढ़िया! मैंने अभी बाग में तीन सेब खाये, फिर हवा द्वारा गिरायी पत्तियाँ खायीं, फिर एक मर्द को बाल्टी के साथ निगला, फिर एक दुल्हन को और उसके बाद लड़के और लड़कियों को निगला, अब तुम्हारी बारी है।''

बूढ़ी औरत विचार में डूब गयी, फिर बोली, ''अरे मेरे भाई! मेरी हड्डियों में तो माँस का नाम नहीं है। यह ढाँचा तुम्हारी भूख को क्या शान्त करेगा? मैंने कल रात घी का 'दूईमाज' (ईरानी भोजन) बनाया है, कहो तो लाकर दूं?''

चूहा बोला, ''ठीक है जाओ मगर जल्दी लौटना।''

बुढ़िया के पास एक मोटी-ताजी बिल्ली थी, घर गयी और बिल्ली को अपने वस्त्रों में छुपाकर ले आयी।

चूहा बोला, ''लाओ, जल्दी से खाता हूँ।''

बुढ़िया ने कपड़े से बिल्ली को छोड़ा, जैसे ही चूहे की नजर बिल्ली पर पड़ी वह तेजी से भागा। बिल्ली भी लपकी। मगर उसे पकड़ नहीं पायी। चूहा भागा और एक सुराख में छुपकर बैठ गया। थोड़ा समय गुजर गया। शोर-हंगामा भी समाप्त हो गया। चूहे ने सचेत हो इधर-उधर पहले देखा। बिल्ली उसे नजर नहीं आयी। उसने सोचा बिल्ली बैठे-बैठे थककर अन्त में लौट गयी है। धीरे-से उसने सर बाहर निकाला और पलक झपकते ही बिल्ली चूहे पर झपटी। उसे पंजे में पकड़ उसका पेट फाड़ डाला। उस समय बाल्टी लिये आदमी बाहर निकला। दुल्हन, लड़के, लड़कियाँ सब एक-एक करके बाहर आने लगे।

बाद में, सब उस बिल्ली के लिए उपहार लाये ताकि वह अच्छा खाकर अधिक मोटी-ताजी हो जाये।

दो बिल्लियाँ दीवार पर

गर्मी की रात थी। अमावस के कारण अन्धेरा काफी गहरा था। ऊपर से तारे भी नहीं निकले थे। आधी रात गुजर चुकी थी। चारों तरफ शान्ति थी। केवल झींगुर की आवाज रात की शान्ति को भँग कर रही थी। एक काली बिल्ली दीवार के एक तरफ से आयी, वह सर झुकाये हुए थी। सूंघती हुई धीरे-धीरे करके वह आगे बढ़ रही थी।

एक सफेद बिल्ली भी दीवार के दूसरी तरफ से आ रही थी और वह भी सर को झुकाये कुछ सूंघती हुई धीरे-धीरे आगे बढ़ रही थी।

दोनों आगे बढ़ रही थीं। बढ़ते-बढ़ते आखिर बीच दीवार पर उनके सर आपस में जोर से टकराये। दोनों ही गुर्रा उठीं 'पीफ-पफ...' करती एक बालिश्त पीछे हटीं। फिर एक-दूसरे को घूरने लगीं। दोनों के बीच का फासला दो बालिश्त से अधिक न था। दोनों के दिल धड़-धड़ करके धड़क रह थे। क्षण-भर दोनों यूं ही बैठी रहीं। कुछ भी नहीं बोलीं, केवल बैठी एक-दूसरे को ताकती रहीं। अन्त में, काली बिल्ली आगे बढ़ी, सफेद बिल्ली भी अपनी जगह से हिली और तेजी से बोली, "म्याऊँ!...आगे मत बढ़ना।"

काली बिल्ली ने उसकी धमकी की जरा-सी भी परवाह न की और थोड़ा आगे बढ़ी। दोनों धीरे-धीरे गुर्रा रही थीं। अब दोनों के बीच का फासला केवल बालिश्त भर रह गया था। काली बिल्ली हर पल आगे बढ़ रही थी। सफेद ठहरी नहीं, फौरन पंजा काली की तरफ बढ़ाकर एक झन्नाटेदार चाँटा काली बिल्ली के मुँह पर मारा। उसके कान का पर्दा फट गया। फिर चीखकर बोली, "म्याऊँ—बेवकूफ कहीं की! मना नहीं किया था कि आगे मत बढ़ना?" काली बिल्ली कुछ कम न थी। उसने भी नहले पर दहला मारा और चीखकर कहा, फाफ फ...! लेकिन वह अपनी शत्रु को घायल न कर सकी। क्रोध से काँपती हुई पीछे हटी और तीखे लहजे में बोली, "म्याऊँ...रास्ता दो ताकि मैं आगे जाऊँ...वरना कुछ अनर्थ घटा तो समझना उसका कारण स्वयं तुम होगी।"

सफेद बिल्ली ठहाका मारकर हँस पड़ी। अपनी मूछों पर जीभ फेरती हुई बोली, ''कैसे-कैसे चुटकुले तुम्हें याद हैं, तुम्हें रास्ता दूं ताकि तुम आगे बढ़ो? अगर रास्ता देना बड़ा पुण्य का काम है तो यह पुण्य का काम स्वयं क्यों नहीं करती हो? इधर हटो ताकि मैं दीवार के उस तरफ जाऊँ।''

काली बिल्ली बोली, ''मैं कह रही हूँ परे हट! मुझे रास्ता दे। मैं पहले जाना चाहती हूँ फिर तुम जिस मरघट पर जाना जाहती हो जाना।'' सफेद बिल्ली ऊँची आवाज में खिलखिलाकर हँस पड़ी, ''अगर इस बार मेरी बात नहीं सुनी तुमने तो मैं एक बार में तुझे निगल लूँगी।'' काली बिल्ली भी क्रोध से लाल-पीली हो गयी और चीखकर बोली, ''म्याऊँ...चलो, वापस लौटो, मुझे रास्ता दो ताकि मैं आगे बढ़ूं। मरी चुहिया कहीं की।''

इस कटाक्ष ने सफेद बिल्ली के अहं को अन्दर तक बेध दिया, चेहरे से हँसी गायब हो गयी। काँपती आवाज जो उसके हलक से फूट रही थी बोली, ''म्याऊँ! ...क्या कहा चुहिया? बेवकूफ...! हिफ-फ। ...पकड़ो...फि-फ-फ...।'' कहकर दोबारा अपना पंजा काली बिल्ली की तरह बढ़ाया। इस बार काली बिल्ली पीछे हट गयी। सफेद बिल्ली का पंजा उसकी नाक से टकराया और खून का फव्वारा छूट पड़ा। अब सफेद बिल्ली को कोई रोक नहीं सकता था। वह पूर्णरूप से रौद्र रूप धारण कर चुकी थी। अपनी पीठ मोड़ चुकी थी। बाल खड़े हो गये थे। इस तरह से वह गुर्रा रही थी कि उसके शोर में झींगुर की आवाज दब गयी थी। उसी समय एक फूल बाग में खिलने वाला था। वह बीच में ही रुक गया और एक बड़ा-सा तारा आकाश से टूटा।

सफेद बिल्ली क्रोध की पराकाष्ठा में बोली, ''म्याऊं!...नहीं सुना क्या? मैंने कहा, पीछे हटो और मुझे रास्ता दो?...काली मरी चुहिया।''

अब काली बिल्ली के हँसने की बारी थी। हँसी और बोली, ''अधिकतर चूहों का रंग सफेद होता है काला नहीं, इस तरह से तुम हुईं मरी चुहिया। अब अधिक मत चिल्लाओं कि लोग जाग जायें और हमें आकर मारें। मैं स्वयं तुम्हारी गुर्राहट से आतंकित नहीं हूँ कि पीछे हटूं। मैं यहीं बैठ जाती हूँ। जब जाना हो तो पीछे लौट जाना।'' सफेद बिल्ली अब तक सामान्य हो चुकी थी। बोली, ''मैं थक चुकी हूँ। काश! तुम दोपहर को हसन आगा की रसोई में होती तब जानतीं कि मैं पूरे तीन घण्टे चूहे की प्रतीक्षा में उसके बिल के सामने बैठी रही थी।''

काली बिल्ली इस बात पर कुछ बोली नहीं। दोनों बड़ी शान्त बैठी हुई थीं। सफेद बिल्ली भी बैठी थी मगर चुपचाप थी। बच्चे के रोने की आवाज उभरी। फिर चुप हो गया। झींगुर बोलने लगे, फूलों ने खिलना आरम्भ कर दिया। दो क्षण तक बिल्लियाँ एक-दूसरे को ताकती रहीं। मगर आगे नहीं बढ़ीं। पता चल रहा था कि दोनों में अब सब्र समाप्त हो रहा था। दोनों चाह रही थीं कि दूसरी बात आरम्भ करे।

एकाएक सफेद बिल्ली बोली, "मैंने समस्या का हल पा लिया है।"

काली बिल्ली बोली, "हल क्या है?"

सफेद बिल्ली बोली, "मुझे बहुत जरूरी काम है बहुत-बहुत जरूरी। तुम लौट जाओ। दीवार के अन्त पर ताकि मैं आगे बढ़ जाऊँ और फिर तुम अपनी राह चली जाना।"

काली बिल्ली को हँसी आ गई, "अजीब राह निकाली है। मुझे खुद बहुत जरूरी और महत्त्वपूर्ण काम है, क्षणभर भी रुकना मेरे लिए नामुमकिन है।"

सफेद बिल्ली भड़क गई, बोली, "फिर तुम समस्या हल नहीं करना चाहती हो। उल्टा उलझा रही हो। कह रही हूँ, मुझे जरूरी काम है। मेरी बात मान लो और मेरे रास्ते से हट जाओ।"

काली बिल्ली ने उससे तेज आवाज़ में उत्तर दिया, "म्याऊँ। कौन हो तुम मेरी जो मुझ पर यूं हुकुम चला रही हो? बोलने से पहले आँको तो कि तुम बक क्या रही हो?"

सफेद बिल्ली लपकी और चिल्लाई, "म्याऊँ!...मैं अपनी कहीं बातों को खूब समझती हूँ। वास्तव में तुम एक ज़िद्दी बिल्ली हो। मुझे जरूरी है जाना, मुझे हसन आगा के घर जरूर जाना है क्योंकि वहाँ से मुझे गोश्त की बू आती महसूस हो रही है, क्या अब भी नहीं समझी हो कि मुझे कौन-सा जरूरी काम करना है? क्या बहरी हो?"

काली बिल्ली गुस्से में तनकर बोली, "म्याऊँ!...तुम समझ रही हो कि मैं कोई बेकार हूँ जो लोगों के घरों की दीवारों पर आवारा फिरूँ ? मैंने खुद उधर के घर से सालन की बू सूंघी है। मैं खुद बहुत भूखी हूँ। अगर फिर मेरी राह में आयी तो ऐसा जन्नाटेदार झापड़ रसीद करूँगी की दीवार के नीचे गिरोगी और भेजा निकल पड़ेगा।"

सफेद बिल्ली पर जैसे भूत सवार हो गया था। अपने ऊपर नियन्त्रण रखना उसके लिए असम्भव था। चीखकर बोली, "म्याऊँ!...बेवकूफ हट मेरे सामने से!...फिफ-फ...। पकड़ो..."

एकदम से अपने पंजे से काली बिल्ली के सर के बाल नोंचे। काले बाल हवा में बिखरे। दोनों एक-दूसरे से गुथमगुथा हो गयीं। एक-दूसरे पर गालियों की बौछार करती हुई नोंचने व गुर्राने लगीं।

दोनों बिल्लियाँ लड़ाई में व्यस्त थीं कि किसी ने दीवार के ऊपर से ठंडा पानी इन दोनों पर डाला। दोनों एकाएक घबरा गईं और तेजी से मुड़ीं और दुम दबाकर भाग गयीं। उसी तरफ जिधर से आयी थीं। पलभर के लिए भी उन्होंने पीछे मुड़कर नहीं देखा।

सोने का चूज़ा

एक बुढ़िया थी। जिसका संसार में केवल सोने के चूज़े के अलावा कोई दूसरा अपना न था। इस चूज़े को भी उसने एक रात सपने में पाया था। बुढ़िया की जीविका कपड़े के झावें थी, जिसे वह सिलकर सुबह-सुबह हमामखाने के दरवाजे पर जाकर बेचने के लिए बैठ जाती थी। इस बीच चूज़ा बुढ़िया की कोठरी और आँगन में घूमती चीटियाँ और मकड़ियाँ ढूँढ़ता रहता था। सोने के चूज़े का पूरे घर पर राज्य था। उसके आतंक से भयभीत मकड़ियाँ व चींटियाँ बुढ़िया के घर के समीप भी नहीं फटकती थीं। बड़े-बड़े खूंखार चींटे तक सोने के चूज़े से घबराते थे। चूज़ा उनको परेशान नहीं करता था बल्कि उन पर सीधा आक्रमण कर अपनी चोंच से कोंच-कोंचकर उन्हें खा जाता था। उसका वही हाल था जो एक बिल्ली का होता है, जो घर-घर एक टुकड़े माँस के कारण घूमती रहती थी।

बुढ़िया के आँगन में अखरोट का एक वृक्ष था। जब अखरोट का मौसम आता तो चूज़े की पाँचों उंगलियाँ घी में होतीं क्योंकि जब भी हवा अखरोट को नीचे ज़मीन पर गिराती, मुर्गा भागकर जाता और उसे अपनी चोंच में तोड़कर खा जाता था।

मकड़ी भी बेचारी बुढ़िया के अकेलेपन से लाभ उठाती थी। झोंपड़े के कोने में पड़े खाली कनस्तरों व बोलतों पर जाला तानकर उसमें अण्डे देती थी। कभी इन खाली कनस्तरों व बोतलों में बुढ़िया सिरका व शरबत भरकर बेचती थी। मकड़ी का मन चूज़े की ओर से शंकित था। हर क्षण उसे भय लगा रहता था कि जाने कब वह चूज़े की चोंच का शिकार हो, उसके मुँह का कौर बन जाये! इस भय का कारण भी था। एक दिन उसे चूज़े ने बोतलों वाले कोने में जाले में लटका देख लिया था और उसे धमकाया था कि किसी दिन वह मकड़ी को कच्चा चबा जायेगा। इस बीच वह मकड़ी के कई नवजात शिशुओं को निगल भी चुका था। झोंपड़ी में रसोई के पास जूठे बर्तनों के धोने के स्थान पर भोजन के कण उठाने चींटियों की पंक्तियाँ आती थीं, चूज़ें के भय से उन्होंने भी आना

छोड़ दिया था। उनके शिकार का अवसर भी पूर्ण रूप से चूजे ने मकड़ी के हाथों से छीन लिया था।

एक रोज मकड़ी बुढ़िया के सपने में आयी और बोली, ''बेचारी तुम, मुझे तुम पर बहुत दया आती है कि इस निर्लज्ज चूज़े के हाथों तुम्हारा धन-दौलत कैसे लुट रहा है ? हाय बेचारी बुढ़िया तबाह हो रही है।'' बुढ़िया ने फटकार लताई, ''चुप रहो! क्या बकवास कर रही हो ? मेरा चूज़ा इतना प्यारा, भोला और अच्छा है कि इस प्रकार की हरकत वह कभी नहीं कर सकता है।''

मकड़ी ने जलते पर नमक छिड़का, ''आपको कुछ पता भी है? पता भी कैसे लगे मुँह अन्धेरे में उठकर झावें बेचने चल देती हैं। शुतुर्मुर्ग वाला हाल है, बालू में मुँह छुपाकर समझता है कि उसे संसार-भर का ज्ञान है!''

बुढ़िया उत्तेजित होकर बोली, ''ठीक से साफ शब्दों में अपनी बात कहो कि तुम्हारा अभिप्राय क्या है? पहेलियाँ मत बुझाओ, समझीं।''

मकड़ी ने कहा, ''आखिर उससे लाभ क्या होगा? आपको तो चूज़े के प्रेम ने अन्धा कर दिया है। सच भी कहूँगी तो क्या? आप क्या उस पर ध्यान देंगी?''

बुढ़िया ने व्याकुलता से कहा, ''अगर तुम सबूत के साथ चूज़े का जुर्म साबित कर दो कि वह मेरे पीछे मेरा धन बरबाद कर रहा है तो मैं सच कहती हूँ कि मैं उसे ऐसा नाक चने चबवाऊँ कि उसे भी छठी का दूध याद आ जायेगा और उसकी दुर्दशा पर चींटियाँ तक फूट-फूटकर रोएंगी।''

मकड़ी को जब पूर्ण विश्वास हो गया कि बुढ़िया उसकी बातों में आ गयी है तो वह बोली, ''ध्यान से सुनिये! आप ठहरीं बूढ़ी, उसके बावजूद सबकी खुशामद करती हैं कि कोई आपकी मेहनत से सिला झांवा खरीद ले ताकि आप एक कौर खाकर अपने पेट की ज्वाला शान्त कर लें। मगर यह स्वार्थी चूज़ा! उसे आपकी ज़रा भी चिन्ता नहीं है कि उन सारे अखरोटों में से कुछ आपके लिए भी छोड़ दे, जो बैठा-बैठा आलसी की तरह खाता है कि आप उसे बेचकर कुछ धन कमा लें और दो समय सुख से भर-पेट भोजन कर सकें...कहिये, अब भी आपकी आँखें खुलीं या नहीं कि वह स्वार्थी निष्ठुर चूज़ा एक बेचारी बुढ़िया का माल उड़ा रहा है।''

बुढ़िया क्रोध से उबलती हुई सपने से जागी और चूज़े को मज़ा चखाने की तरकीबें सोचने लगी। उस दिन सवेरे वह झांवा बेचने हमामखाने भी नहीं गयी। बस झोंपड़ी की

चौखट पर बैठी चूज़े को घूर रही थी जो सीना ताने आँगन में फैली धूप में मस्त घूम रहा था।

सोने का चूज़ा अखरोट के वृक्ष के नीचे पहुँचा और रोज़ की तरह बोला, "मित्र वृक्ष! एक-दो अखरोट अपनी शाख से गिराओ न, ताकि मैं नाश्ता कर लूं।" अखरोट के पेड़ ने उसका निवेदन सुनकर शाख हिला दी। पक्का अखरोट टप से जमीन पर गिरा। चूज़ा खुशी से लपका और चाहा कि अपनी चोंच से अखरोट को फोड़कर खाये तभी बुढ़िया की आवाज सुन वह ठिठक गया, "अरे लालची चूज़े! बड़ा स्वार्थी निकला। खबरदार जो मेरे अखरोटों को हाथ लगाया। मेरे माल पर तेरा कोई अधिकार नहीं है समझे!"

सोने के चूज़े ने आश्चर्य से बुढ़िया को देखा। उसे ऐसा लगा जैसे यह कोई और बुढ़िया हो। वह हँसता ममतामयी चेहरा, वह दयावान आँखें उसे कहीं नजर न आयीं। वह कुछ बोला नहीं, चुपचाप खड़ा रहा। बुढ़िया उसके समीप आई और उसको एक लात जमाई तथा गिरे अखरोटों को उठाकर जेब में डालने लगी।

अब चूज़े से अधिक चुप नहीं रहा गया और वह बोल पड़ा, "मामा! आपको आज क्या हो गया है? आप पर जैसे भूत सवार हो।" बुढ़िया ने कहा, "चुप रहो!...तेरी जबान बहुत चलने लगी निर्लज्ज। कह दिया न एक बार कि मेरे अखरोट मत खाना, फिर जबान लड़ाने से क्या फायदा? मैं इन सारे अखरोटों को जमा करके बेचूंगी।"

चूज़े ने गर्दन झुका ली और धीरे-धीरे चलता हुआ पेड़ के नीचे जाकर खामोश बैठ गया। बुढ़िया झोंपड़े के अन्दर चली गयी। थोड़े समय बाद चूज़ा अपने स्थान से उठा और वृक्ष से फिर बोला, "मित्र वृक्ष ! फिर से एक-दो अखरोट गिराना, जाने फिर क्या हो आगे, आज तो नाश्ता भी जहर बन गया है।"

वृक्ष ने अपनी दूसरी शाख हिलाई। चूजे ने झपटकर अखरोट चोंच से तोड़ा और खा लिया। एकदम से बुढ़िया दरवाजे से बाहर निकली और चूजे को देखकर चीख पड़ी, "अरे लालची चूज़े। अभी तुझे पाठ पढ़ाती हूँ कि मेरे अखरोट खाने का क्या अर्थ हो सकता है?" इतना कहकर बुढ़िया आगे बढ़ी और अंगीठी में कोयले सुलगाने लगी। जब अंगारे दहक गये तो उसने चूज़े को पकड़ा और अंगीठी पर रख दिया। चूज़े का पिछला भाग जल गया और वह पीड़ा से तड़प उठा। क्रोध से अखरोट का वृक्ष काँप उठा जिससे उसकी शाखों से टपाटप अखरोट गिरने लगे जिसने बुढ़िया के सर और बदन को घायल कर दिया। बुढ़िया ने चूज़े को छोड़ दिया और लपककर गिरे अखरोट उठाने लगी लेकिन उसे बड़ा आश्चर्य हुआ जब उसने देखा कि वह सब पत्थर थे। उसने ऊपर वृक्ष को देखा फिर चूज़े को और वह अपने झोंपड़े में जाकर खामोश बैठ गयी।

आँगन की एक झाड़ी में चूज़ा अपने पंखों में चोंच दबाकर दुबका हुआ बैठा था। कभी-कभी सर उठाकर अपनी जली दुम को देखता फिर अपने आँसुओं को अपने डैने से पोंछता और फिर चुपचाप दुबककर बैठ जाता। बुढ़िया टिकटिकी बाँधे चूज़े को देख रही थी।

दोपहर के समय हवा चली। कुछ अखरोट गिरे। मगर चूज़ा अपनी जगह से नहीं हिला। फिर हवा चली और अखरोट गिरे। चूज़ा उसी तरह चुप पैरों में मुँह छिपाये बैठा रहा। यहाँ तक कि शाम हो गयी। अखरोट गिर-गिरकर बुढ़िया के आँगन में बिछ गये थे मगर बुढ़िया उन अखरोटों से लापरवाह केवल चूज़े पर दृष्टि गाढ़े हुए थी। तभी उसे एक तेज़ भारी आवाज सुनाई पड़ी, "ओ बहादुर बुढ़िया! उस लालची चूज़े को तो तुमने ठीक कर दिया है फिर तुम क्यों अपना समय यूं नष्ट कर रही हो? उठो, अखरोटों को चुनो और ले जाकर उसे बेच आओ। सूरज डूबने वाला है। रात हो जायेगी और तुम यूं ही भूखी-प्यासी बैठी रह जाओगी....उठो कुछ पैसे कमा लो।"

बुढ़िया ने सर घुमाया तो देखा कि एक बड़ी मकड़ी अपने जाले से निकलकर नीचे आ रही है। उसकी चप्पल पास ही पड़ी थी। उठाई और पूरी ताकत से मकड़ी की ओर फेंकी। चप्पल ठीक मकड़ी पर जाकर पड़ी। अब दीवार पर मकड़ी के स्थान पर केवल एक धब्बा भर था। बुढ़िया ने अपने सर पर पड़ी चादर के कोने से अपने आँखों में भर आये आँसू को पोंछा और अपने स्थान से उठकर चूज़े के समीप गई और बोली, "मेरे प्यारे मेहरबान चूज़े! तुम्हारे चारों तरफ अखरोट ही अखरोट हैं, उठो उन्हें तोड़कर खाओ न!"

चूज़े ने उसी तरह सर झुकाए हुए जवाब दिया, "मुझे मेरे हाल पर रहने दीजिये। मैं इतनी जल्दी भूल नहीं सकता हूँ कि आपने मेरे कूल्हे जला दिये हैं।"

बुढ़िया ने चूज़ें के बदन को प्रेम से सहलाते हुए कहा, "मेरे दुलारे कृपालु चूज़े, उठो देखो, तुम्हारे चारों तरफ अखरोट बिखरे पड़े हैं, तुम्हारा मन नहीं कर रहा है, इन्हें तोड़कर खाने का?"

इस पर चूज़े ने गर्दन ऊपर उठाई और बुढ़िया की ओर देखा। वही ममतामयी हँसी से भरा चेहरा, प्यार और दया से परिपूर्ण आँखें, वहीं फूल-सी गिरती मधुर आवाज़, सब कुछ पहले की तरह लौट आया था। फौरन बोला, "क्यों नहीं खाऊंगा मामा! आप भी मेरे घाव पर मरहम लगायें।"

उस रात बुढ़िया और चूज़े का भोजन केवल अखरोट थे। सुबह जब बुढ़िया सोकर उठी तो उसने सबसे पहले झाड़ू उठाकर झोंपड़े में जो भी जाला था, साफ कर डाला और झोंपड़े से दूर जाकर फेंक दिया।

आत्मकथा वर्फ के गोले की

एक दिन बर्फ गिर रही थी। मैं खिड़की पर खड़ा बर्फ को पेड़ों, पौधों, पत्थरों व मैदानों पर गिरता देख रहा था। नाचती बर्फ के दाने घर की दीवारों, अलगनियों और बर्तनों के किनारों पर अपनी सफेदी बिखेर रहे थे। एक बड़ा-सा बर्फ का गोला ऊपर आंकाश से नीचे आ रहा था। मैंने अपना हाथ खिड़की से बाहर निकालकर उसे हथेली पर सम्भाला। बड़े आराम से वह मेरी हथेली पर आकर जम गया। इतना सफेद, इतना मुलायम जैसे रुई का गोला। ऐसा गोल और सुन्दर जैसे नापकर साँचे में ढालकर ऊपर से फेंका गया हो। उसे देखकर मन में एक इच्छा उभरी और मैं होंठों में बुदबुदाया, ''काश! इस बर्फ के गोले की भाषा होती और वह मुझे अपनी आत्मकथा कह सुनाता।''

उसी समय बर्फ के गोले ने मुझे पुकारा और कहा, ''सचमुच तुम मेरी आत्मकथा जानना चाहते हो? तो सुनो, मैं कहने के लिए तैयार हूँ—मैं कुछ मास पहले जल की एक बूंदभर थी खिज्र समन्दर में रहती थी। मेरे साथ लाखों बूंदें और भी थीं जो वहाँ पर रहती थीं और हम मिलजुलकर साथ-साथ रहते और इधर-उधर घूमते थे। ग्रीष्म ऋतु थी। हम समन्दर में घूम रहे थे। धूप निकली हुई थी। मैं काफी गर्म हो गई और भाप में बदल गयी। मेरे साथ हजारों बूंदें भाप बन गयीं। हम हल्के हो गये थे और अपने आप ही ऊपर आकाश की ओर उठने लगे। हवा भी हमारे पीछे पड़ गई थी और हमें जिधर चाहती थी, ले जा रही थी। हम इतना ऊपर चले गये कि अब हमें नीचे के आदमी दिखना बन्द हो गये। हर ओर से अपने से बड़े भाप के बादल में चिपक जाते थे। इस तरह से चिपकते, एक-दूसरे से मिलते हम बहुत बड़े समूह में परिवर्तित हो एक मोटे स्तम्भ बन आकाश की ऊँचाई की ओर बढ़ने लगे। कभी हम इस यात्रा में सूर्य के सामने आ-आकर धरती पर उसकी किरणों को जाने से रोक देते, कभी चन्द्रमा और सितारों के सामने आकर रात की कालिमा को और बढ़ा देते थे।

इस प्रकार कुछ भाप के कण कह रहे थे कि 'हम तो बादल बन गये हैं।' कभी-कभी हवा हमारे अन्दर घुसकर हमारी विभिन्न आकृतियाँ बना देती थी। मैं जब समन्दर में थी

तब नीचे से ऊपर आकाश पर छाये बादल देखती तो मुझे उनकी आकृतियाँ कभी ऊँट, अभी आदमी के रूप में नजर आती थीं।

नहीं जानती मैं आकाश पर कब तक बिन घरबार के भटकती रही। हम अब काफी ऊपर पहुँच गये थे। जाड़ा भी काफी बढ़ गया था और हम एक-दूसरे से बुरी तरह चिपके एक-दूसरे में घुल-मिल गये थे कि चाहकर भी हम अपने हाथ-पैर फैला नहीं सकते थे। समूह के रूप में हम हिल-डुल सकते थे। मैं समझ नहीं पा रही थी कि मैं जा कहाँ रही हूँ, न ही अपने इधर-उधर कुछ देख पा रही थी। सूर्य का दूर-दूर पता नहीं था। हो सकता था कि हमने की सूर्य को छुपा रखा था। हमारा फैलाव लगभग हजारों किलोमीटर में था। अब मन इतना घुट रहा था कि इच्छा हो रही थी कि बारिश की बूदों में बदलकर हम शीघ्रातिशीघ्र धरती पर पहुँच जायें।

मेरा मन धरती पर पहुँचने के लिए व्याकुल था। कुछ समय गुजर गया। अब हम आधे पानी और आधे भाप में बदल गये थे और चाहते थे कि बारिश की बूदों की तरह छम-छम धरती पर बरस पड़ें। मगर एकाएक ठण्ड इतनी बढ़ गयी कि न केवल मैं बल्कि सब पर कँपकँपी सवार हो गयी। इधर-उधर देखकर मैंने घबराहट में किसी से पूछा, ''क्या हुआ?'' उसने उत्तर दिया कि ''धरती पर जहाँ हम हैं वहाँ पर शीत ऋतु है मगर हो सकता है अन्य स्थानों पर इस समय ग्रीष्म ऋतु हो। यह ठण्डक तो हमें पानी की बूदों में परिवर्तित नहीं होने देगी। देखो तो, मैं बर्फ के गोले में बदल रही हूँ और तुम भी...'' मेरे मित्र अपना वाक्य समाप्त न कर सकी। बर्फ बनकर जमीन की तरफ गिरने लगी। मैं उसके पीछे, मेरी तरह हजारों बर्फ के छोटे-छोटे कण बर्फ बनकर धरती पर गिर रहे थे।

मैं जब समन्दर में थी तब भारी थी मगर अब हल्की हो गयी हूँ। ठीक बिनौले के फूल के समान, हमारे शरीर को ठण्डक ने बुरी तरह से जकड़ लिया था। हम नाचते हुए अपनी धरती पर पहुँच रहे थे। जब धरती के समीप पहुँचे तो दिखा कि यह तो शहर तबरीज़ है। अपने समन्दर से कितनी दूर जगह?

मैंने ऊपर से देखा था कि बच्चे गिरी बर्फ के गोले बना-बनाकर कुत्तों पर फेंक रहे हैं। कुत्ते रो रहे हैं। मैंने अपने को देखा और सोचा कि यदि मैं सीधी गिरी तो इन्हीं में से एक लड़के के सर पर जाकर गिरूंगी। मैंने हवा से निवेदन किया कि वह मुझे इनके हाथों से बचाकर कहीं और ले जाकर गिराये। मेरी विनती हवा ने सुन ली और इधर ले आयी। मैंने जब देखा कि तुम मेरे स्वागत के लिए अपनी हथेली खोले हो तो मुझे तुम बहुत अच्छे लगे और...।

यहीं पर बर्फ के गोले की आवाज़ टूट गयी। देखा तो वह जल की बूदों में बदल चुका था।

सन्दल से माँग, बच्चों से गोदी भरी रहे[1]

इराक जहाँ इस्लाम धर्म का जन्मस्थल है वहाँ रेगिस्तानी सौन्दर्य का अनुपम नमूना भी। रेत, नदी, दलदल, पहाड़, मैदान भाँति-भाँति से प्रकृति ने अपने सौन्दर्य को अभिव्यक्त किया है। खिली धूप के नीचे सुर्ख गुलाबों का सैलाब और उनके ऊपर हरे खजूरों का जंगल और इन सब के ऊपर खुले आसमान को चूमती नीली काशीकारी की शानदार मस्जिदों की ऊँची-ऊँची मीनारें।

इराक में यह मौसम खजूर के दरख्तों पर कलियाँ आने का था, हरे बड़े-बड़े पत्तों के बीच से झाँकती कलियाँ घुँघरुओं के समान लदी हुई नज़र आ रही थीं, जिनसे उठती महक वातावरण को सराबोर किए हुए थी। दजला तारखी नदी अपना दामन फैलाए बह रही थी, उसके दोनों किनारों पर टूटते पुराने बग़दाद और बनते नये बग़दाद को साफ देखा जा सकता था।

ऐसी ही एक हसीन सुबह थी जब पौ फट रही थी, सूरज की लाली से बग़दाद शहर दुल्हन बना हुआ था। हम सारे पत्रकार रमादी कैम्प की तरफ जा रहे थे। रास्ता खामोश था। अभी दिन की चहल-पहल की शुरुआत हुई नहीं थी। हसीन दृश्यों के बावजूद नज़रों के सामने बार-बार मुरझाई ईरानी कलियाँ, जिनके मासूम उदास चेहरे जाने कितनी बार विभिन्न समाचार-पत्रों में देख चुकी थी, घूम जाती थीं। शहादत और लाल: के फूल[2] का दर्शन मेरे मस्तिष्क में साफ था मगर कच्ची कलियों की शहादत का दर्शन मुझे दीवाना बनाए हुए था। बार-बार दिमाग़ में दो वर्ष से पनपता शक सर उठा रहा था कि वास्तव में

1. मीर अनीस उर्दू भाषा के प्रसिद्ध मरसियागो थे। उनके मरसिए का यह बन्द है। पूरा शे'र—

   सन्दल से माँग बच्चों से गोदी भरी रहे
   या'रब रसूले पाक की खेती हरी रहे

2. लाल: शहादत का सुर्ख फूल है। विश्वास है कि जब शहीद गाड़ा जाता है तो वह धरती से दोबारा सुर्ख फूल की शक्ल में उगता है।

यह ईरानी लड़के हैं या इराक़ी? क्या पता सद्दाम हुसैन (इराक़ी राष्ट्रपति) ने इमाम खुमैनी के विरुद्ध यह सियासी हथियार आजमाया हो? इश्क और जंग में तो सब कुछ चलता है। वरना दो वर्ष पहले रेडक्रास ने इमाम खुमैनी से ईरानी युद्धबन्दी लड़कों को वापस लेने का अनुरोध इराक की अनुमति से किया था तो उन्होंने साफ शब्दों में इन्कार कर दिया था कि "यह ईरानी लड़के नहीं है और जब यह ईरानी नहीं है तो फिर ईरान इन्हें वापस क्यों ले?"

इस इन्कार के बाद ईरानी अभिशप्त बच्चों और लड़कों का भविष्य आशा-निराशा, विश्वास-अविश्वास के झूले में झूलने लगा। पत्रकारों ने जो भी लिखा उसकी खुमैनी को तनिक भी परवाह न थी। उनके शब्दों में यह सारे पत्रकार पैसा-खोर और अमेरिका के नौकर हैं जो ईरान की इस्लामी क्रान्ति की कामयाबी पर जल कर इस्लामिक पार्टी 'जम्हूरिए इस्लामी' को कमजोर बनाना चाहते हैं ताकि ईरान का भविष्य फिर अमेरिका या रूस की गोद में पड़ा नज़र आये।

यह भी समय की बहुत बड़ी हक़ीक़त थी कि जब पेरिस से खुमैनी ईरान आये थे तो जहाज भरकर पत्रकार आये थे। रोज किसी न किसी पत्रकार का साक्षात्कार उनके साथ छपता था। मगर कुछ दिन बाद यही पत्रकारगण ईरान में सबसे हेय और घृणा की दृष्टि से देखे जाने लगे। उसका निजी अनुभव मुझे 1980-1982 की यात्रा के दौरान हुआ था। सबसे बड़ा बेईमान, झूठा, मक्कार यदि कोई हो सकता था तो वह थे पत्रकार। इस घृणा के बाद फारसी जबान न जानने की विडम्बना। इससे पूर्ण रूप से विदेशी पत्रकार आहत होते थे, मगर कुछ लिखना तो पड़ता था, इसलिए इधर-उधर से जो खबरें हाथ लगतीं वही लिख देते थे। युद्ध क्षेत्रों का दौरा बहुत प्रेम से कराया जाता था और यह साबित किया जाता था कि इराक आक्रमणकारी है। जब कोई पत्रकार स्वयं ईरान में होने वाले जुल्म और अंकुश पर प्रश्न करते तो उन्हें बताया जाता कि यह केवल षड्यंत्र है सद्दाम हुसैन और अमेरिका का।

यह भी एक हक़ीक़त है कि ईरान-इराक युद्ध ने ईरान में एकता जगाई थी जो खुमैनी के सत्ता में आने के कुछ दिनों बाद बिखरने लगी थी। यह 'एकता' शाह के विरोध में जनवादी, धर्मवादी दोनों को एक रणक्षेत्र में ले आई थी जिस का उद्देश्य था अमेरिकी सत्ता को ईरान से शाह के रूप में उखाड़ फेंकना। मगर जुल्म, सितम, जिसके विरोध में ईरानी उठ खड़े हुए थे उसी अंकुश, उसी घुटन को खुमैनी राज्य में देखकर बौखला गये।' जो इन्कलाबी थे वह पीछे रह गये और वर्तमान सत्ता विरोध में यह सब बाग़ी और ख्यानतकार कहलाने लगे और समय की पैदावार से दूरदर्शी, चतुर और मतलबी लोग

इन्कलाबी बनकर इस्लामी गणतंत्र के प्रमुख कार्यकर्ता बनते चले गये। संक्षेप में, इन्कलाबियों के हाथों से कुछ लोगों ने इन्कलाब को लूट लिया और हाकिम बन बैठे।

इस युद्ध ने जागी हुई ईरानी राष्ट्रीयता को और हवा दी जिसका अंजाम यह हुआ कि ईरान के बच्चे-बच्चे पर जंग में शहीद होने का भूत सवार हो गया। युद्ध के आरम्भ में युद्धक्षेत्र की तरफ जाने वाली बसों को रास्ते में रुकवा कर सवार होने वाले जवानों के लिए माँ के पास सन्देशा भिजवाने या उसकी आज्ञा लेने से अहम अपनी मातृभूमि की रक्षा और पुकार थी। उस समय आठ-दस साल के बच्चे यह देखकर युद्ध के योद्धा के रूप में अपने को जीने लगे थे। घर-घर चार-पाँच साल के बच्चों की ज़िद बन्दूक खरीद की थी और यही उनका खेल था। तकिया एक दूसरे पर रखकर उसके पीछे से बन्दूक दाग़ना। कितने लड़के माँ-बाप से चोरी-छुपे घर से भाग लिये थे। युद्ध और शहादत 1980 के ईरान की धमनियों में बहते खून के समान गर्दिश कर रही थी; मगर इसके बाद फिर यह सवाल सर उठा रहा था कि इस हकीकत से खुमैनी को इन्कार क्यों? वह तो अपनी लोकप्रियता व सत्ता में जमे रहने की धुरी ही इस 'युद्ध' को मानते हैं। उनका और उनके राष्ट्रपति खामनई, संसद-अध्यक्ष रफतसनजानी का खुला अनुरोध नमाज़े जुमा के खुत्बे (नमाज़ से पहले) में माँ-बाप से रहा है कि वह अपने बच्चों में धर्म के प्रति प्रेम व श्रद्धा बढ़ाएँ और उन्हें युद्ध-क्षेत्र में इस्लाम को बचाने के लिए लड़े जाने वाले इस युद्ध में जाने के लिए प्रेरित करें। उनकी बातों का असर हुआ था और कुछ घरों में तो ऐसे दृश्य देखने को मिले थे कि जवान बेटा युद्ध में जाना नहीं चाहता है और माँ उसे धमका रही है कि मैं दूध नहीं बख्शूगीं। (इस्लाम के अनुसार माँ के पैरों के नीचे स्वर्ग है और उसके दूध पिलाने का ऋण बच्चे की गर्दन पर है, जिसे माँ माफ करती है। बच्चा या जवान लड़का-लड़की मरता है तो यह रस्म है कि माँ उसके सिरहाने खड़ी होकर कहे कि मैंने अपना दूध बख्श दिया। ऋणी व्यक्ति दुःख उठाता है मरने के बाद, ऐसा विश्वास है)।

सोच में डूबी मैं बस में अन्य विदेशी पत्रकारों के साथ बैठी थी। पाकिस्तानी समाचार-पत्र जंग, अमन, आजाद काशमीर, मशरिक के पत्रकारों व जर्मन टी.वी. वालों का इसरार था कि मैं फारसी भाषा जानती हूँ इसलिए उनके लिए सीधे सवाल-जवाब बन्दियों से पूछूँ। मैंने वायदा कर लिया मगर एक शर्त पर कि कोई भी इस राज़ को नहीं बताएगा कि मैं फारसी जानती हूँ। सब राजी हो गये। मेरे दिल व दिमाग़ में बवण्डर-सा उठने लगा था कि मैं इस हक़ीकत या झूँठ से पर्दा हटाऊँगी कि वास्तव में यह किस धरती के फूल हैं, किन माँओं की कोख का श्रृँगार हैं, किस देश का धन हैं...?

रमादी कैम्प में हमारी बस दाखिल हो गई थी। सामने एक इमारत थी जो हिन्दुस्तान के किसी जिले के सहकारी दफ्तर या स्कूल की बिल्डिंग का भ्रम दे रही थी। उसके सामने बड़ा-सा मैदान था और मैदान और सड़क के बीच काँटेदार गोलाई में उलझे तार बाढ़ की शक्ल में ऐसे फैले हुए थे जैसे पेचीदा सवालों का गोला बुरी तरह उलझ गया हो।

चाय, शरबत की खातिरदारी के बाद हम सबको बन्दीगृह की तरफ ले जाया गया। मेरे दिल की अजीब हालत थी कि आज का दिन तारीख़ी भी हो सकता है। तीन साल बाद ईरानियों से मुलाकात, वह भी इराक की धरती पर? वह ईरानी न हुए तो?

सामने वाली इमारत से हरे कपड़ों में कुछ चेहरे उभरे। कुछ ने कम्बल और कपड़े बालकनी में फैलाते हुए हमें देखा और बेनयाजी से अन्दर कमरे में चले गये। रसोईघर में खाने, वह भी ईरानी पकवानों को पकते दिखाकर हमारा काफ़िला लड़कों के हाल की तरफ बढ़ा।

रमादी के उस हाल में जब मैं दाखिल हुई तो मेरे शक के पैर डगमगाने लगे। दो सौ कमसिन लड़के जिनकी उम्र बारह से सोलह साल होगी, पंक्तिबद्ध हरे कम्बलों पर ठीक दीवार से पीठ लगाये बैठे थे। मुझे समझते देर नहीं लगी कि वास्तव में यह लड़के ईरान के भविष्य थे जो इराकी बन्दीगृह में सर झुकाये बैठे थे। मेरे फारसी में किये गये सलाम और हालचाल पूछने से एकाएक सबके सर ताज्जुब से ऊपर उठ गये थे। कुछ ने जवाब दिया, कुछ ने आश्चर्य से मुझे ताका, कुछ ने गर्दन झुकाकर पैर के अंगूठे या कम्बल से निकले तागों से खेलना आरम्भ कर दिया।

मेरा सारा वजूद एक ऐसे सुलगते सवाल में ढक गया जो बार-बार मुझसे जवाब माँग रहा था कि खुमैनी जो ईरानी कौम के रहबर हैं, उन्होंने इन लड़कों को वापस लेने से क्यों इन्कार किया था? उनके समाचार-पत्र भी इस बात का खण्डन करते रहे हैं। क्या इन्हें अपनी बदनामी का खौफ था? या फिर ईरानी जनता के रुष्ट हो जाने का भय था?

मैं एक लड़के के पास निढाल-सी बैठ गयी। मेरे पास सब पत्रकारों ने अपने कैसेट ऑन करके रख दिये और कैमरे संभाल लिये। उस लड़के के हाथ में 'फारसी व्याकरण' की किताब थी और उसका सर झुकते-झुकते एकदम सीने से जा लगा था ताकि मैं उसके गिरते आँसुओं को न देख सकूँ। मेरे लाख पूछने पर भी उसने तो क्या बल्कि किसी लड़के ने कोई जवाब नहीं दिया। ऐसा लग रहा था कि जैसे हम पत्रकार उनकी ग़ैरत और इज़्ज़त को अपने रहम और तरस से ललकार रहे हों।

मेरे अन्दर खुद आँसुओं का आबशार गिर रहा था। पिछले चार साल का देखा हुआ ईरान मस्तिष्क के पर्दे पर उभर रहा था। गरीबी, महँगाई, जुल्म, सितम, क़त्ल, तबाही, जंग, ज़लज़ला और नौरुज़ के कुए से बहता ईरानी पेट्रोल। वह सारे क्रान्तिकारी लेखक याद आ गये जो दौलत से भरे ईरान में सब कुछ छोड़कर अपनी क़लम जनता के उत्थान में समर्पित कर चुके थे और जान से हाथ धो बैठे थे या जान हथेली पर रखकर घूम रहे थे। इसी बीच दूसरी पंक्ति में बैठे एक लड़के ने ऊँची आवाज़ से कुरान पढ़ना आरम्भ कर दिया। मेरे सारे प्रश्न धुंधला गये। यह एक खामोश जोरदार संकेत था कि हमारी 'एकता' में बल है। ईरान में रहकर ऐसी सांकेतिक भाषा की आदी हो चुकी थी इसलिए समझ गयी थी कि मुझे मेरे किसी प्रश्न का उत्तर नहीं मिलेगा।

दिल चाहा कि बच्चों के ईरानी लेखक समद बहरंगी को पुकारूँ कि "समद, तुम कहाँ हो? आकर देखो अपने उन लड़कों को, जिन्हें शिक्षित करने के लिए तुमने बड़े शहरों की चमक-दमक छोड़कर गाँव में रहना स्वीकारा था। क्या इसीलिए तुमने शहादत को गले लगाया था और क्रान्ति लाने के लिए कलम घिसा था? क्रान्ति आयी मगर...खुशहाली या बदहाली...? इन्हीं लड़कों को भरपेट खाने और स्कूल के लिए तुमने जमकर संघर्ष किया था, मगर देखो, आज वह पढ़-लिख कर समाजी चेतना से भरपूर एक विवेकशील नागरिक नहीं बने हैं बल्कि एक सिपाही बनकर एक बेहूदा लड़ाई को लड़कर अपने मुसलमान भाइयों के खून से अपने हाथ रंग रहे हैं।"

मैं लगभग आधा घण्टा वहाँ रही और एक अजीबोगरीब अहसास से दो-चार हुई कि जैसे मैं एकदम अनजान जगह पर हूँ और एकदम तनहा। यह अहसास जिसे 'गरीबुलवतनी' (देश से दूर) कहते हैं, इन लड़कों को जो सालों से इस बाड़ के बाहर नहीं गये हैं, कैसा कचोटता होगा? मैं तो पन्द्रह मिनट बाद रमादी कैम्प से बाहर चली जाऊँगी और दो दिन बाद अपने देश, मगर इनका कार्यक्रम क्या है; कब लौटेंगे यह अपने वतन? तारीख से दीवानावार मैं सवाल कर बैठी कि इन कलियों के क़ातिल को कौन-सी सज़ा मिलेगी?

लौटते वक्त न फूलों की महक थी न खजूरों की कलियों की चटक। बस सारा वातावरण एक ही बू से गमज़दा लग रहा था, वह था मासूम नौनिहालों के खून का। सारे सफर सारे पत्रकार ख़ामोश रहे। जर्मन टी.वी. वाले उदास और झुँझलाये हुए थे। जब भी वह कैमरा ठीक करके बन्दियों का चित्र लेना चाहते थे, सारे बन्दी अपनी पीठ कैमरे की तरफ कर लेते थे। अन्य पत्रकारों के लिए तो यही बातें काफी थीं लिखने के लिए, मगर टी.वी. वाले क्या दिखाते? सिर्फ पीठ-पीठ तो किसी भी लड़के की हो सकती थी।

लेखक संघ ने सबसे पहले खतरे की बू सूंघ ली थी इसलिए उन्होंने इस युद्ध को बेकार का युद्ध; सत्ता में रहने की चाल और वर्तमान ईरानी समस्याओं और आशाओं को पूरा करने व सुलझाने की विफलता पर एक पर्दा कहा है ताकि जनता धर्म व राष्ट्रीयता के नाम पर व्यस्त रहे। इसका अंजाम यह हुआ कि पहली मई 1981 को लेखक संघ पर आक्रमण, किताबों को फाड़ना व जलाना और कई लेखकों का अपहरण! धीरे-धीरे करके युद्ध में जाने वाले लोगों का व्यक्तित्व सामने आने लगा। युद्ध में शहीद इस्लामी योद्धाओं को फौज़ी सलामी दी जाती और उनके नाम व पोस्टर छपते थे मगर अन्य समुदायों के शहीदों के नाम गायब और उन पर गद्दारी का इल्ज़ाम अलग ! इन सारे लांच्छनों से यह नतीजा निकला कि शहरों का पढ़ा-लिखा समुदाय सत्ता की सियासी चाल को समझ गया। मौलवियों ने देहातों का रुख किया और लड़कों, जवानों और बूढ़ों की लम्बी फौज, जो बसीज (कुछ मास के परीक्षण के बाद सिपाही बन जाना) कहलाती थी, खुदा के इन योद्धाओं के रूप में रणक्षेत्र की ओर जाने लगी। पासदार जो धार्मिक पुलिस थी, क्योंकि ईरानी पुलिस अमेरिकन ट्रेण्ड थीं, इसलिए खुमैनी को उन पर विश्वास नहीं था। यही पासदार बड़ी संख्या में युद्ध-क्षेत्र की ओर लड़ने जाने लगे मगर जब बसीज की शक्ल में देहाती फौज़ी ट्रेनिंग के लिए आने लगे तो पासदारों को खुमैनी ने सिर्फ शहरों व देहातों की सुरक्षा-शान्ति व कानून सम्बन्धी दायरे तक रहने दिया।

मैं इतनी जल्दी हार मानने वाली नहीं थी। यकीन आ गया था कि यह नन्हें योद्धा ईरानी हैं। इनसे बात किये बिना वापस जाना किस काम का? एक हफ्ते की कोशिश के बाद दोबारा रमादी कैम्प जाने की इजाज़त मिली। इस बार मेरे साथ फ्रेंच और लेबनानी टी.वी. पत्रकार थे। फ्रेंच पत्रकारों की भी यही इच्छा थी कि मैं उनके लिए चन्द सवाल पूछूँ, क्योंकि अभी तक इराकी अफसर फारसी का अनुवाद करते थे। इराक की धरती पर ईरानी बन्दियों से यदि इराकी सवाल करेगा तो जवाब में जाने कैसे अनुवाद करेगा? इस शंका से सबका मन था कि वास्तविकता का पता चले कि यह धार्मिक योद्धा क्या चाहते और क्या सोचते हैं?

मैंने फ्रेंच पत्रकारों से पिछली घटना को बताते हुए कहा कि यदि सचमुच काम करना है तो बेहया और बहरा दोनों बन जाना है क्योंकि जहाँ ईरानी लड़के किसी गूँगे की तरह चुप्पी साध लेते हैं, उसी के साथ इराकी अफसर—समय कम है, चाय या लंच तैयार है, बच्चों के खाने का समय हो गया है वगैरह-वगैरह कहकर तब तक कान फाड़ते रहते हैं जब तक कि आप हथियार डाल न दें।

वहाँ चारों फ्रेंच पत्रकार और कैमरामैन अपनी कमर कसकर तैयार थे। लेबनानी टी.वी. वालों का जाने क्यों हमसे कोई सम्बन्ध न बन पाया। उसका कारण शायद उनका अत्यधिक उग्र होना और बात-बात पर यह जतलाना था कि हम अरबी हैं। हमें पता है, हमारे लोग कैसा व्यवहार करते हैं? यदि आप उनसे नम्रतापूर्वक पेश नहीं आये तो वह कभी आपके साथ सहयोग नहीं करेंगे। उनकी बातें और कटाक्ष हम एक कान से सुनकर दूसरे कान से उड़ा रहे थे, क्योंकि हमारे पास व्यक्तिगत फसादों का समय न था बल्कि हकीकत को मुँह से उगलवाना था जिसको लेकर पिछले दो वर्षों से संसार भर की पत्रकारिता की दुनियाँ में उलझाव आया हुआ था।

रमादी कैम्प में इस बार भी पिछले की तरह लड़के और जवान हाथों में तस्बीह लेकर घूम रहे थे। हमें देखकर उन्होंने पहले हमें घूरा, फिर बातों में लग गये। यहाँ आने से पहले हमारी मुलाकात एक बड़े फौज़ी अफसर से करायी गयी थी जिससे मैंने पूछा था कि "आप किस प्रकार की विजय इस युद्ध में चाहते हैं? इस्लामी या फौजी?" वह बगलें झाँकने लगे थे और पीछे मुड़कर अपने मातहत से पूछा था "यह कौन हैं? इनका प्रश्न समझ में नहीं आया है।" अन्त तक वह मेरा प्रश्न समझने से इन्कार करते रहे। इस प्रश्न के बाद मेरी तरफ सारे इराकी अफसरों का ध्यान चला गया। चाय के समय उस इराकी अफसर ने बदला लेने के लिए मुझसे आसाम की वर्तमान दशा पर प्रश्न किया और बार-बार पूछा कि आखिर वहाँ मुसलमानों पर इतना जुल्म क्यों हो रहा है? मैं समझ चुकी थी कि वह मुझे आहत करना चाह रहे हैं, इसलिए मैं बड़ी सहिष्णुता से जवाब देती रही। इसी प्रश्न को 'इस्लामिक पापुलर सम्मेलन' (14 अप्रैल, 1983) में पाकिस्तानी मौलवियों ने खूब उछाला था। बहरहाल...रमादी कैम्प में भी मेरी ओर विशेष ध्यान था और मैं किसी जिद्दी बच्चे की तरह अपने हठ पर क़ायम थी कि बिना ईरानी लड़कों से मिले मुझे वापस नहीं जाना है।

चाय के बाद हम उसी हॉल में गये जहाँ पर 200 ईरानी लड़के बैठे हुए थे। कोने में बैठे एक आठ-दस साल के लड़के के पास पहुँची और उससे पूछा, "तुम्हारा नाम क्या है?"

खामोशी!

"तुम्हारा नाम क्या है?" मेरे कई बार दोहराने पर भी मुझे कोई उत्तर नहीं मिला।

"क्यों? जवाब क्यों नहीं दे कहे हो खानम को?" पीछे से रसोई के इंचार्ज अली रहीमी ने कहा जो ईरान की फौज में सार्जेण्ट रह चुके थे और दो वर्ष से बन्दीगृह में हैं।

खामोशी!

"जवाब दो, क्या पूछा जा रहा है?" पीछे से इराकी अफसर ने उखड़ी फारसी में कहा। जवाब देने पर इतना जोर दिया जाने लगा कि अन्त में उस लड़के ने बड़ी मुश्किल से अपना सर ऊपर उठाया और भिनभिनाते हुए कुछ कहा जो मेरी समझ में नहीं आया।

"वह कह रहा है मैं औरत से बात नहीं कर सकता हूँ।" अली रहीमी ने दबे लहजे से कहा।

"मैं औरत कहाँ...? तुम्हारी माँ, तुम्हारी बहन भी तो हूँ!"

"यदि आप मेरी बहन या माँ होतीं तो इस तरह से बेपर्दा न होतीं।"

उसके इस जवाब से मैं खामोश हो गयी।

"मैं मुसलमान हूँ, मुझसे बात करनी है तो पहले सर ढकिये!"

"लो" इतना कहकर मैंने सर पर अपनी साड़ी का आँचल डाल लिया। मुझे उसकी बातों, तेवर और लहज़े की उग्रता ने तेहरान में मौलवियों से लिये गये अपने इन्टरव्यू याद आ गये। चीफ जस्टिस डॉ. बेहिश्ती जो इस्लामिक पार्टी के अध्यक्ष थे, उनके पास जाने से पहले पासदार ने मुझसे सर ढकने को कहा था। मुझे ताज्जुब हुआ था कि मेरे सर पर स्कार्फ तो बधा हुआ है, फिर? मालूम हुआ बाल दिखने नहीं चाहिए वरना...डॉ. बेहिश्ती का कहना है कि औरत के बालों से निकलने वाली चमक मर्द को उत्तेजित करती है। स्कार्फ माथे तक लाने के बाद भी जब उसने फिर टोका तो मुझे पर्स से आईना निकालकर उस नन्हें बाल को माथे से पकड़कर स्कार्फ की कैद में डालना पड़ा जो पसीने से चिपककर मेरे माथे से होता हुआ मेरी भौंहों से नीचे गाल पर चिपका हुआ था। बहरहाल...मैं उस बच्चे के आगे सर ढककर बैठ गयी।

फ्रेंच पत्रकार पहले ठिठके, फिर जैसे होश में आ गये और कैमरा सभालने लगे।

"तुम्हारा नाम क्या है?"

"बिस्मिल्लाहहिर...मेरा नाम मेहदी तन्हाइयान है।"

"उम्र?"

"सोलह वर्ष!" मुझे उनके उत्तर से आश्चर्य हुआ क्योंकि वह मुश्किल से आठ-दस साल का लग रहा था।

"किस शहर से हो?"

''इस्फाहान!'' उसके इस उत्तर से मुझे आश्चर्य के साथ दुख भी हुआ क्योंकि मैं फारसी भाषा के साथ ही फारसी के विभिन्न उच्चारणों का भी थोड़ा बहुत ज्ञान रखती हूँ। वह लड़का कहीं से भी इस्फाहान शहर का नहीं था।

''तुम फौज में थे या बसीज में?''

''बसीज़ में''

''कितने वर्ष रहे बसीज में?''

''तीन वर्ष?''

''ट्रेनिंग ली थी या यूं ही लड़ने चले आये थे?''

''तीन माह की ट्रेनिंग ली थी।''

''किस जगह बन्दी बने थे?''

''बसरा के समीप।''

''तुमको उस समय कैसा महसूस हुआ जब खुमैनी ने रेडक्रास से यह कहकर तुम लोगों को वापस लेने से इन्कार कर दिया कि तुम इरानी नहीं हो?''

''यह एक सियासी सवाल है। इमाम खुमैनी हमारे रहबर हैं। उन्होंने अगर कहा होगा तो ठीक ही कहा होगा!''

''तुम क्या समझते हो? यह हक़ीकत है या अफ़वाह?''

''मैं क्या जानूं! मैं तो सिर्फ एक क़ैदी हूँ।''

''युद्ध-विराम चाहते हो?''

''नहीं ! हक़ की विजय चाहते हैं।''

''ईरान लौटना चाहोगे?''

''जरूर ! मगर फ्रांस के नहीं, टर्की के रास्ते से।''

''घर खत लिखते हो—जवाब आता है?''

''खत लिखा, मगर जवाब नहीं आया !''

''तुम्हारे माता-पिता को पता है कि तुम बन्दी बना लिये गये हो?''

''हाँ।''

“आखिर तुमने इस जंग में सिपाही बनकर लड़ने की क्यों ठानी?”

“क्योंकि इस्लाम को खतरा था। इस्लाम को बचाने के लिए यह जरूरी था।”

“तुम्हें कौन-सी शक्ति इस बन्दीगृह में शक्ति दे रही है?”

“खुदा की।”

“ईरान जाने को दिल मचलता है?”

“खुदा ने चाहा तो लौटूँगा, नहीं चाहा तो नहीं लौटूँगा। मुझे अपनी ज़िन्दगी की फिक्र नहीं है।”

“तुम्हारे माता-पिता क्या करते हैं?”

“मजदूरी का काम करते हैं...घर पोपते हैं!”

“तुम पढ़ते थे?”

“हाँ, तीसरी कक्षा में।”

“कामयाब होओ!” कहकर मैंने उसके सर पर प्यार से हाथ फेरा। एकदम से कई आवाजें उभरीं—“‘हराम है’...‘हराम है’ गैर औरत का गैर मर्द को छूना।” मुझे इस जुमले ने उदास बना दिया। यह कमसिन लड़के औरत को परिभाषित कर रहे हैं और उसको उसका कर्तव्य बता रहे हैं जो स्वयं संसार क्या, अपना देश क्या, अपने शहर को पूरी तरह से नहीं पहचानते हैं। टी.वी. कैमरे चल रहे थे। मैंने अपना कैमरा देते हुए अनुरोध किया कि एक चित्र मेहदी के साथ मेरा खींच दिया जाये। इतना सुनते ही मेहदी ने बड़े तेज लहजे से कहा, “मैं औरत के साथ तस्वीर नहीं खिंचवा सकता क्योंकि इस्लाम में यह पाप है।”

मुझे पहली बार उसकी इस बात से झुँझलाहट पैदा हुई। औरत, औरत के वात्सल्य की भावनाओं को नकारने वाला आखिर यह लड़का मेरे बेटे का ही हम उम्र है न? वास्तव में यह नाटक ईरानी नस्ल को किस संसार की ओर ले जा रहा है? अभी मैं आगे बढ़ी थी कि कुछ लड़कों ने कहा—

“अपने को मुसलमान और शिया कहती हैं, अमेरिकन मुसलमान और हक़ीक़ी मुसलमान का अन्तर जानती हैं?”

‘यदि ईरान होता तो इस तरह से एक औरत फौज़ी कैम्प में घुसती?’

'यहाँ, गैर की धरती है, फिर हम ठहरे क़ैदी, मजबूर हैं। ईरान के हवाई अड्डे पर उतरने तक की इज़ाज़त नहीं मिलेगी।'

'औरत का अर्थ है वह जानदार जिसके मुँह की हवा भी बात करने वाले को न लगे।'

जिन्दगी में मुझे औरत होना इतना भारी महसूस होगा, ऐसा सोचा भी नहीं था और आज मेरी धरती मेरे लिये तंग हो गयी थी! बिना जवाब दिये आगे बढ़ी और एक छोटे-से लड़के से सवाल किया।

"तुम्हारा नाम क्या है?" उसने मुझे उत्तर देने के स्थान पर फासरी का एक शेर पढ़ा—

"एई ज़न! बे तो अज़ फात्मा, इन गूने खिताब अस्त।

अज़ ज़िबन्देह तरीन ज़ीनते जन, हिफज़े हिजाब अस्त।।

[फात्मा जहरा (मोहम्मद साहब की बेटी) औरत से कहती हैं कि औरत तेरा सबसे बड़ा श्रृंगार व सौन्दर्य पर्दा है]

पहले आप पूरी तरह से मुसलमान बनें, तब हमसे इन्टरव्यू लें।"

"तुम्हारी उम्र?" घोर अपमान, एक तीव्र छटपटाहट, मगर अपने को संयम करके मैंने पूछा।

"पन्द्रह साल।" वह मुश्किल से बाहर वर्ष का लग रहा था।

"किस शहर से हो?"

"खूजिस्तान, शूशतर।"

"किस क्लास में थे?"

"तीसरी ।"

"युद्ध के बारे में तुम्हारे विचार? युद्ध कब तक बन्द होगा?"

"खुदा की मर्ज़ी जब होगी, तब बन्द होगा।"

इन सारे कटाक्षों ने मुझे दीवाना बना दिया था जो फुसफुसाहट की शक्ल में मुझे सुनने को मिल रही थीं। यह सारी बातें लाख तथ्यहीन सही, मगर समय की हक़ीक़त थी जो बार-बार मुझे उस पीड़ा से व्याकुल कर रही थी कि इन बच्चों का भविष्य क्या होगा?

एक तरफ तो लोग चाँद पर जा रहे हैं और दूसरी तरफ उसी दुनिया के एक देश के बच्चे दिमागी दरिद्रता से गुजर रहे हैं। इस्लाम तो चौदह वर्ष पहले अरब देशों के लिए स्वतन्त्रता का पैग़ाम लाया था और आज इस्लाम के नाम पर औरत को जिन्दा गाड़ने की रस्म फिर क्यों चल पड़ी है? यह बच्चे...शे'र पढ़ने वाले लड़के का एक पैर घुटने के पास से कटा हुआ था। कल यह अपाहिज़, जाहिल, गरीब लड़के अपने वतन को क्या देंगे? क्या यह जंग हमेशा जारी रहेगी? क्या यह हुकूमत हमेशा कायम रहेगी? जब बादल छटेंगे तो यह...तब क्या होगा?

दरवाज़े के समीप बैठ एक लड़के के पास मैं रुकी।

"किस शहर से हो?"

"अजनाम।"

"उम्र?"

"17 का।"

"बसीज़ में थे या..."

"बसीज़ में।"

"कहाँ पर क़ैद हुए?"

"मिसान के समीप"

"कब पकड़े गए थे?"

"तीन माह पहले।"

"ट्रेनिंग कैसी थी?"

"पूरी फौज की ट्रेनिंग ली थी।"

"बसीज़ में शामिल होने से लेकर आज तक...रणक्षेत्र से बन्दीगृह तक तुम्हारे विचार में बदलाव नहीं आया कि वह एक बेहूदा युद्ध है!"

"कुछ कह नहीं सकता हूँ।"

"कोई पैगाम एक फौजी के रूप में ईरान भेजना पसन्द करोगे?"

"नहीं!"

उसी लड़के के समीप बैठे हुए लड़के से मैंने पूछा।

"युद्ध से पहले तुमसे कहा गया था कि बसरा से दो मील की दूरी पर नज्फ़ है। तो क्या तुमने नज्फ़ की ज्यारत की?"

"नहीं।"

"चन्द दिन पहले सद्दाम हुसैन की वर्षगाँठ धूमधाम से मनायी गयी थी। विशेषकर बच्चों ने इस समारोह में बड़े जोर-शोर से हिस्सा लिया था। तुम लोगों ने क्या किया?"

"कुछ भी नहीं!"

मेरे सवाल पूरे हो चुके थे। मैं बहुत थक गयी थी। पसीने मैं तरबतर थी। मुझसे बुरी हालत फ्रेंच पत्रकारों की थी जो अपने सामने औरत का अनादर देख रहे थे। इसी बीच सिल्क की साड़ी का आँचल मेरे सर से लुढ़क गया। मैंने ध्यान नहीं दिया।

"आप फिर बेपर्दा हो गयीं?" एक लड़के की तीखी आवाज़ उभरी।

"आप भी अजीब हैं। कोई कहे सर ढक लो तो सर ढक लेती हैं, कोई कहे सर खोल लो तो आँचल गिरा देती हैं। क्या आपका अपना कोई व्यक्तित्व नहीं है?"

"आप तो मुसलमान हैं न?"

इन बातों में अब सिर्फ नफरत न थी बल्कि एक प्यार भरी उलाहना और झिड़की थी जो अपने बराबर वालों या छोटों को दी जाती है। मैं जब चलने लगी तो उस शे'र पढ़ने वाले लड़के ने बहुत धीरे-से कहा।

"आपको मेरी क़सम खानम—कलम देती जाइयेगा।"

"मुझे भी क़लम चाहिये।"

सबके कलम जमा करके मैंने सर पर हाथ फेरने के बहाने साड़ी की आड़ लेकर, इराकी सिपाही व अफसर की आँख बचाकर वह सारे कलम उनके हवाले कर दिये। इस बार 'हराम है' की आवाज की जगह बेचैन प्यासे हाथों ने उन कलमों को पकड़ा।

"आप तो जा रही हैं मगर आज की रात हमारी जम कर मरम्मत होगी।"

"खाने को पूछती हैं...पूछें खाना दिन में कितनी बार मिलता है?"

यह एकदम नये वाक्य थे जो नये अहसास से दो-चार करा रहे थे। मैं वास्तव में अहसास के ताने-बानों में बुरी तरह घुट रही थी। चलते समय मैंने खुदाहाफिज कहा और मेरे जवाब में सबने एक साथ 'सलवात' भेजी। उनकी आवाजों से कमरा गूँज उठा।

अल्लाहुमा सल ल्लाह...।

हम सब बाहर निकल आये। सब बुरी तरह टूटे हुए थे। लड़कों के खाने का समय हो गया था। टूटे-कटे हाथ-पैर लिये लड़के खाने के कमरे की तरफ जा रहे थे। डॉक्टर काकी ने हमें अस्पताल की तरफ चलने की दावत दी।

अस्पताल में कुल तीन बन्दी थे। एक 85 वर्ष का बूढ़ा, दूसरा 84 साल का था। दोनों इस उम्र में लड़ने आये थे! दूसरी ओर 45 वर्ष का एक अधेड़ लेटा था। मेरे सलाम और हालचाल पूछने पर उसने बड़े दर्द से पूछा।

"खानम ! क्या दुनियाँ ने हमारे बारे में सोचना ही छोड़ दिया है? खानम गांधी भी कुछ नहीं कर पा रही है?"

"ऐसी बात नहीं है, दुनियाँ और खानम गाँधी क्या कर सकती हैं जब आपके इमाम खुमैनी किसी शर्त पर राज़ी नहीं होते हैं?"

इस जवाब से खामोशी छा गयी।

हमारे साथ कुछ जवान कैदी जिनकी उम्र 20 से 30 वर्ष तक थी, हर मैदान से हाथ हो लिये थे। इस समय अस्पताल में झुंड की शक्ल में खड़े थे। उन्हीं में से एक जवान ने कहा—

"यह जंग सच पूछें तो दो बड़ी ताकतों की जंग है, वरना हम दोनों मुल्क मुसलमान हैं, इस्लाम को मानने वाले हैं। यह आग तो उन्हीं की लगायी हुई है ताकि आराम से हाथ सेंक सकें और हमारी तबाही का खामोशी से तमाशा देखें।"

कुछ क़ैदी करीब आ गये और ईरान भेजे हुए पत्रों के आए जवाब दिखाने लगे। यह जवाब तीन वर्ष पहले जब वह नये-नये बन्दी बने थे तब आये थे। उसके बाद किसी पत्र का उत्तर उन्हें नहीं मिला। सबकी आँखों में एक विशेष चमक आ गयी जब उन्हें पता चला कि मैं चार बार ईरान जा चुकी हूँ और लगभग सभी सत्ताधारियों से मिल चुकी हूँ, यहाँ तक कि खुमैनी से भी। कुछ देर हमारे बीच ऐसी खामोशी छायी रही जैसे वह सब अहसास के धरातल पर मेरे वजूद का स्पर्श कर रहे हैं कि एक ज़िन्दा इन्सान उनके वतन की मिट्टी और हवा का स्पर्श करके आया है। वह चन्द लम्हे वास्तव में एक विचित्र भावना से ओत-प्रोत थे।

एक 25 वर्ष के जवान ने आगे बढ़कर,मुझे एक तस्बीह भेंट की। मुझे महसूस हुआ कि ईरानी इस बन्दीगृह में भी मेहमान की आवभगत करना नहीं भूले हैं। कुछ न मिला तो यादगार के तौर पर उपहार ही दे डाला !

पास खड़ा इराक़ी अफसर गद्गद् हो उठा, उसे गले लगाकर टूटी-फूटी फारसी में बोला—"खुदा की क़सम इन सबका मैं बहुत ख्याल करता हूँ, एकदम अपने भाई की तरह। यकीन न आये तो पूछ लें इनसे।" कहकर उसने क़ैदी को गले लगाया। मैं चुप थी, कहती क्या? रेडक्रास कई बार इन बन्दीगृह का निरीक्षण बग़दाद आकर कर चुकी थी। ईरान ने रेडक्रास को तेहरान में घुसने ही नहीं दिया था। बहुत-सी बातें, बहुत-सी घटनाएँ, बहुत-से तथ्य दिमाग में घूम रहे थे, जिनको मैं एक-दूसरे के साथ पिरो रही थी। मेरे हाथों में तस्बीह थी और उसी को मैं बहुत गौर से देख रही थी।

"और करें भी क्या?" एक ने बहुत उदासी से कहा।

वह तस्बीह हाथ में लेकर देखती रही जिसमें नारंगी फुदना भी लटक रहा था। तस्बीह का एक भी दाना न बड़ा था न छोटा। दिल में एक ख्वाहिश सर उठाती है—काश, ईरान में ऐसा ही बराबरी का समाज वजूद में आ सकता जहाँ न कोई दुश्मन समझा जाता, न जालिम और न पड़ोसी देश उसकी आँखों में काँटे की तरह खटकता।

यह सब सोचती हुई मैं वार्ड से बाहर निकली। डॉक्टर काकी से मैंने उन कमसिन शहजादों के बारे में पूछा जो एक ख्याली दुनियाँ के हुक्मराँ अपने को समझ बैठे थे।

"पिछले तीन वर्षों में, जब से ये कमसिन लड़के यहाँ आये हैं, कोई मौत, कोई दुर्घटना घटी है?"

"नहीं। जितने बच्चे या लड़के पकड़े गये थे सब ज़िन्दा हैं। वैसे सारे क़ैदियों में जो यहाँ मौजूद हैं उनमें से सिर्फ एक बूढ़े की मौत हुई है। जो 85 वर्ष का था। उसकी बीमारी ही उसकी उम्र थी।"

"बच्चों को किसी तरह की बीमारी या परेशानी?"

"आपने तो स्वयं देखा है। लड़के बदन के ऐतबार से तन्दुरुस्त हैं मगर मानसिक रूप से रोगी हैं।"

"मैं समझी नहीं?"

"आप लगभग दो घण्टे बच्चों के साथ रही हैं। फारसी में आपने बातचीत की है। कुछ तो अन्दाज़ा हुआ ही होगा?"

"खुलकर बताएँ?"

"मैं डॉक्टर के नाते से आपसे बात कर रहा हूँ। मेरे मरीज़ यह लड़के मानसिक तनाव और पीड़ा के भयंकर रूप से शिकार हुए हैं। मेरा कर्तव्य भी है कि आपके पूछे सवाल का

जवाब दूं। इनकी उम्र इस समय 10 से 16 साल तक है। तीन वर्ष पहले कितनी रही होगी? यह उम्र का बड़ा नाजुक दौर होता है। इस उम्र में विश्वास और विचार चाहे जितने भी तथ्यहीन क्यों न हों यदि एक बार दिमाग मैं बैठ जाते हैं तो फिर उनका निकलना बहुत मुश्किल होता है। ये सारे लड़के अपने-आपको उम्र में बहुत बड़ा समझते हैं। व्यवहार और विचार में यह अपने बड़ों की ऐसी नकल करते हैं कि हमें इनको संभालने में बहुत कठिनाई होती है, विशेषकर उस हालत में जब मानसिक रूप से रोगी न हो और उस पर से अजनबी माहौल में साँस ले रहे हों।

जिस दिन रेडक्रास ने यह खबर दी कि ख़ुमैनी ने ईरानी बन्दियों को वापस लेने से इंकार कर दिया है, आप नहीं जानतीं वह रात हम पर से कैसी क़यामत की रात गुजरी है। सारी रात ये लड़के दर्द से लड़पते रहे। किसी के सर में, किसी के पैर में, किसी की पीठ और हाथ में दर्द उठ रहा था। दर्द भी ऐसा जो किसी भी दवा, मालिश, इंजेक्शन से रुकने का नाम नहीं ले रहा था। उस रात इनकी सिसकियों और चीखों से सारा क़ैम्प लरज़ रहा था। एक्स-रे के बाद भी कुछ न निकला। अब भी कभी-कभी यह दर्द का दौरा इन पर पड़ता है। यह दर्द मानसिक रोग की अभिव्यक्ति है। ज्यादातर लड़के अपने घर की बड़ी औलाद हैं। मजदूर, कामगार, निम्नवर्गीय हैं। जिस दिन इन्हें वापस ईरान जाना था उससे एक दिन पहले सद्दाम हुसैन से इनकी प्रेस कान्फ्रेंस आयोजित हुई थी। उस कान्फ्रेंस में सद्दाम हुसैन की बेटी ने अपने भाईयों को अमन का 'सफेद फूल' भेंट किया था। उस रात इन लड़कों ने वह फूल उँगलियों से मसल डाला...हमारे लिए इन्हें सम्भालना, विशेषकर तब जब इनका पूरा वजूद हमारे प्रति घृणा से भरा हुआ हो, बहुत कठिन काम था। बहुत सहिष्णुता, बहुत गूढ़ता की आवश्यकता पड़ती है।"

मैं यह सब कुछ सुनकर सकते में आ गयी। ईरानी मिजाज़ को खूब अच्छी तरह से समझती हूँ। ईरानी कौम बहुत मग़रूर क़ौम है, बहुत ज़्यादा...दुश्मन की धरती पर लड़के अपने ग़म और गुस्से का इज़हार अपने रहबर के प्रति न करके उसे दर्द के पर्दे में छुपाने की कोशिश कर रहे थे। आज दुनियाँ के कितने दिल इस सूक्ष्म अहसास को समझ सकते हैं?

हम सारे पत्रकार मानसिक व शारीरिक रूप से टूटे हुए कमरे से बाहर निकले। मैदान में धूप फैली हुई थी। पसीना था कि रुकने का नाम नहीं ले रहा था। उस पसीने में घबराहट, परेशानी, अपमान, दुःख, संघर्ष और झुँझलाहट का तूफान था। फ्रेंच पत्रकार फिल्म बन जाने से बहुत खुश थे मगर साथ ही उदास भी। लेबनानी पत्रकार से हमारी दोस्ती खाने के समय भी नहीं हो पायी। उनमें अरब खून का इतना गौरव और हमारे लिए इतना तिरस्कार था कि हमने उनके वजूद को एकदम नकार दिया।

चलते समय सारे बन्दी एक बेचैन जज्बे के उफान से मैदान में निकल आये। उनकी आँखों में जो कुछ था उसने मेरे कन्धों पर पड़ा बोझ दुगना कर दिया।

लौटते समय एक छोटे-से रेस्ताराँ में हम चाय पीने के लिए रुके। सामने सद्दाम हुसैन का बड़ा-सा पोस्टर दीवार पर चिपका हुआ था। चाय पीते हुए सबकी नजर उसी पर बार-बार टिक जाती थी। एकाएक फ्रेंच कैमरामैन ने बड़ी व्याकुलता से पूछा, "सद्दाम हुसैन क्या वास्तव में अच्छा आदमी है?" उनका प्रश्न भी जैसे उत्तर था। सब ख़ामोश रहे। कुछ ने हाथ को सिर्फ हवा में घुमाकर 'पता नहीं' का इज़हार किया। दिमाग सोच रहे थे मगर जबान खामोश थी। तारीखी शब्द नज़रों के सामने खुले पड़े थे।

पहली मई 1983 की यह फिल्म 29 मई, 1983 को पेरिस के टी.वी. चैनेल 'टू' के 'मैगज़ीन' नामक महत्त्वपूर्ण सियासी कार्यक्रम में दिखायी गयी थी। उस समय मैं पैरिस में मौजूद थी। औरत का तिरस्कार, वह भी सुना हुआ नहीं बल्कि सनद के रूप में चलचित्र द्वारा संवादों के साथ सुनकर और देखकर हंगामा बरपा हो गया था। जिस विषय को लेकर सच व झूँठ आपस में गुड़मुड हो गये थे उसने एकाएक खुमैनी साहब को बेपर्दा कर दिया था। यह भी एक हकीकत थी कि दिलेर लड़के तीन वर्ष या दो वर्ष इराक के बन्दीगृह में रहने के बाद भी निडर होकर खुमैनी के प्रति श्रृद्धा और विचारों के प्रति ठोस कदम अपनाए हुए थे। तरुण मानसिकता का यह रूप देखकर खुमैनी साहब के प्रति आम फ्रेंच जनता में इतना आक्रोश फैला था कि टैक्सी ड्राइवरों ने दो-तीन हफ्ते तक किसी भी ईरानी को नहीं बिठाया था, न ही रेस्तराँ में उनका आदर हुआ था। एक ऐसी भाव और अभिव्यक्ति फ्रेंच लोगों के व्यवहार में आ गयी थी जो किसी लोमहर्षक घटना को देखकर विवेक पर चोट और तथ्यहीन बातों के प्रति घृणा उपजने से होती है।

इस फिल्म ने इतना शोर मचाया कि ईरान ने मजबूरन उस फिल्म को ईरान व अन्य देशों में यह कह कर दिखाया कि यह फिल्म अमेरिका ने बनवायी है। मेहदी तन्हाइयान का चित्र छापकर सारे पोस्टर शहरों और उनके स्कूलों में लगा दिये जिस पर लिखा था, "बच्चे-ए-नमूने" अर्थात् खुमैनी साहब को ऐसे ही समर्पित इस्लामी योद्धा चाहिए जो दुनियाँ के सामने नमूना बनकर रह जाएँ!" नमाज़े जुमे के खुत्बे (भूमिका, उपदेश) में जी भरकर मुझे बुरा-भला कहा गया और इल्ज़ाम लगाया गया कि मैं सी.आई.ए. हूँ। कुछ समय पहले भारतीय दूतावास से महत्त्वपूर्ण भारतीय भारतवर्ष आये। उनसे जब मिली तो उन्होंने यह सब बताते हुए (मुझे यह सब ईरान से आये पत्रों से पहले ही पता चल गया था) कहा कि मसूद रजवी से आप क्यों मिलीं? ईरानी आपके प्रति अब..." मैं सब कुछ

सुनती रही फिर बोली, "यदि मैंने एक 'नमूना लड़का' ईरान में नहीं बल्कि इराक़ में जाकर ढूँढ़ा तो इस बात पर ईरान मुझे शाबाशी दे और आभार प्रकट करे। मैं तो एक पत्रकार के रूप में मसूद से मिली। मसूद से पहले खुमैनी साहब से मिली थी। मैं किसी पार्टी द्वारा खरीदी पत्रकार तो हूँ नहीं। मैं किसी की न होते हुए सबकी हूँ। रही भारत में मसूद रजवी के इन्टरव्यू छपने की बात, तो हमारे यहाँ न सेंसरशिप है और न ही हम ईरानी हैं।"

मेरा विषय, मेरा लेखन मुझे प्रत्येक रूप से आजमा रहा था। अफ़वाह एक तरफ़; तो दूसरी तरफ एक पूरी कौम का दर्द, वह दर्द जो पूरे संसार को अपनी चपेट में ले रहा था। उसकी उठती आवाज़ों से मैं कान नहीं बन्द कर सकती थी।

समद बहरंगी की कहानियों के सारे पात्रों से मैं मिल ली थी। उसमें साहब अली भी था, चुकन्दरवाला तारवर्दी भी और लतीफ भी और इन सबसे हटकर खुमैनी भी थे जिनका नारा था "हमने इन्कलाब रोटी के लिए नहीं बल्कि इस्लाम के लिये किया है।" और ईरानी का नारा था "रोटी, कपड़ा और मकान" जो बाद में साम्यवादी लोगों के नारे के नाम से जाना जाने लगा। रोटी, कपड़ा और मकान वहीं रहा मगर इस्लामी इन्क़लाब के नाम पर इन्सान कटने लगे। खुमैनी साहब ने साफ शब्दों में कहा कि यदि 40 मिलियन ईरानियों में से केवल एक मिलियन ईरानी सच्चे मुसलमान बच जायें तो हमारे लिए काफी हैं। कूड़ा करकट रखकर करना भी क्या है?

इंकलाब के आरम्भ में मैं ईरान में मौजूद थी। औरतें घर छोड़कर सड़कों पर निकल आईं थीं। जवान चलते टैंकों के सामने 'मर्ग बर शाह' करके कूद रहे थे। 50 वर्ष का भय एकाएक काफूर हो गया था। वह सारी किताबों की पाण्डुलिपियाँ, जो तहखानों में छुपी हुईं थीं, प्रकाशकों के यहाँ पहुँच गयीं और फुटपाथ क्रान्तिकारी साम्यवादी साहित्य से भर गये। भूखे दिमागों को किताबों पर टूटते मैंने स्वयं अपनी आँखों से देखा था। हर किताबों के ढेर में समद बहरंगी की किताब अवश्य रहती थी। समद का पोस्टर, समद की मूर्ति—लगता था समद इंकलाब की आत्मा हैं मगर 1980 के आरम्भ तक पहुँचते-पहुँचते सब-कुछ चुकने लगा। छपने और लिखने पर अंकुश फिर से घिरने लगा। किताबें जलाई और गाढ़ी जाने लगीं।

समद बहरंगी की एक-एक किताब चुन-चुन कर जलाई गई। समद के साथ बहुत सारे लेखक जलकर खाक हो गये। मेरी काफी किताबें वजन अधिक होने के कारण मेरे साथ भारतवर्ष नहीं आ पाई थीं। तय हुआ था कि डाक से बाद में भेज दी जायेंगी। इस

विश्वास पर मैं आधी किताबें ईरान के उस घर में छोड़ने पर राजी हो गई थी। कुछ समय तक विदेशी डाक सेवा ईरान में बन्द रही। उसी के बाद घरों में छापे पड़ने आरम्भ हुए। मामूली-सा कागज मिलने पर भी चाहे वह समाचार-पत्र में किसी सरकार की अनुमति से छपा हो मगर हर पल बदलते सियासी सन्दर्भ में उसका इस समय पाया जाना मौत की सज़ा थी। घबराहट में मेरी सारी पुस्तकें जो उस घर के मालिक ने जहाँ वह धरोहर के समान रखी हुई थीं, जलाकर राख कर दीं। यह समाचार मेरे लिए किसी सदमे से कम न था। मैं एक वर्ष बाद 1981 में जब ईरान गई तो न किताबें थीं, न लेखक। प्रगतिशील लेखक संघ उजड़ गया था और सब दोबारा तहखानों की जीनत बन गये थे। समद की कहानियाँ मुझे चाहिये थीं। कुछ कहानियों का अनुवाद मैं कर चुकी थी, कुछ का बाकी था। किताबों के जल जाने की खबर ने मुझे बहुत दुखी किया। उसी परिवार में एक महिला थीं जिनकी छोटी बहन मुजाहिद होने के जुर्म में एविन जेल में थी। हर जुम्मे की सुबह को वह ढेरों नाश्ता पकाकर उससे मिलने जाती थी। उस समय वह गर्भवती भी थीं। एक दिन वह बाजार से लौटीं तो मुझे समद की दो किताबें देकर बोलीं—"जाने कैसे मुझे मिल गई हैं। यह न पूछिए कहाँ से मिलीं! पेट पर कपड़ा बाँधकर उसमें छुपाकर लाई हूँ।" शुक्रिया के लिए मेरे पास लफ़्ज़ नहीं थे। उनके गर्भ में साँस लेते उस बच्चे ने भी समद की किताबों को अहसास किया। यही किताबें थीं जिसे समद कन्धे पर रखकर गाँव जाते थे ताकि नई नस्ल अपने शहर, अपने गाँव, अपने देश को पहचाने। लगता है, आने वाली नस्लें फिर समद को छापेंगी और इस मशाल को दोबारा रोशन करेंगी।

रमादी क़ैम्प में कैद ईरानी कमसिन लड़कों ने मुझे बहुत कुछ ईरान में गुजरा हुआ याद दिलाया। उन पर बनी फिल्म का करिश्मा यह हुआ कि खुमैनी ने 92 लड़कों को वापस लिया। अनुमान है 80,000 ईरानी बन्दी इराक में हैं। उनका भविष्य अभी अन्धकारमय है।

एक वर्ष बाद फिर मई मास में (1984) इराक जाने का मौका मिला। इस एक वर्ष में ईरान की सियासत और युद्ध अपनी चरम सीमा पर पहुँच चुके थे। युद्ध की पहल किसने की—इस वाद-विवाद से निकलकर मसला इस बात पर आकर रुका कि युद्ध-विराम कौन चाहता है ? सद्दाम हुसैन बारह बार प्रयास कर चुके हैं। हर प्रकार की शर्तें मानने पर राज़ी हैं मगर खुमैनी युद्ध विराम पर विश्वास नहीं रखते हैं। खुमैनी के प्रिय शिष्य शेख अली तेहरानी जो ईरान से भागकर इराक (इसी तरह शाह के समय में खुमैनी को ईरान से भाग कर इराक में पनाह लेनी पड़ी थी) आये हैं, उनसे प्रेस कान्फ्रेंस में

मुलाकात हुई। इन्टरव्यू में उन्होंने प्रश्न का उत्तर दिया था कि ''एक बार संसद-सदस्य रफतसनजानी ने मुझसे कहा था कि यदि हम इराक़ पर विजय प्राप्त कर लें तो संसार में पेट्रोल निर्यात करने वाले देशों में ईरान का प्रथम स्थान होगा। संसार की अर्थव्यवस्था में हमारा महत्त्वपूर्ण योगदान होगा। तब हम कुल मिलाकर 60 मिलियन जनसंख्या वाला देश बनकर संसार में एक मजबूत ताक़त बन जायेंगे। सऊदी अरेबिया अमेरिकन प्रभाव के बावजूद हम से भयभीत होगा और बाकी मध्यपूर्वी देश पक्के अंगूर के दानों की तरह हमारे दामन पर टपकेंगे।''

बगदाद में रोज अलिफ-लैला की दास्तान की तरह इंक़लाब और खुमैनी के अत्याचारों की कथा सुनाने शेखअली तेहरानी आधे घण्टे के लिए इराक टी.वी. द्वारा आयोजित फारसी कार्यक्रम में आते थे। उसे सुनकर मन में जिज्ञासा हुई कि इसका प्रभाव 80,000 इरानी बन्दियों पर क्या पड़ रहा होगा? क्या वह यह कार्यक्रम देखते होंगे?

इस बार रमादी कैम्प जाने से पहले मैंने मन-ही-मन प्रतिज्ञा कर ली थी कि रूढ़िवादी, कट्टरपंथी इस्लामी विचारों के ईरानी कमसिन बन्दियों ने यदि इस बार फिर वह नाटक खेला तो मैं बहुत सख्त जवाब दूँगी। उन्हें क्या पता कि ईरान पिछले तीन वर्षों में कैसा तबाह हुआ है और कितने ईरानी घर से बेघर हुए हैं और कितने विदेशों में फ़कीराना जिन्दगी गुज़ार रहे हैं?

हमारी कार जैसे ही रमादी कैम्प के दरवाजे पर पहुँची, हमारे गाईड ने कहा ''अब आप सर पर स्कार्फ बाँध लें।'' मैंने बहुत शांत आवाज़ में कहा—''मैं स्कार्फ नहीं लाई हूँ।'' उसने व्याकुलता से कहा—''फिर?'' मैंने उग्रता से उत्तर दिया—''फिर क्या? मैं हिन्दुस्तानी हूँ, जैसे हिन्दुस्तान में रहती हूँ वैसे ही वहाँ रहूँगी। उन्हें इस बार इस तरह की किसी आलोचना की छूट मैं नहीं दूँगी। पहले की बात और थी, तब मैं शंकित थी कि यह लड़के ईरानी हैं या इराक़ी? अब ऐसी कोई समस्या नहीं है मेरे सामने। उनकी तथ्यहीन बातों का उत्तर तर्कपूर्ण दूँगी और...''

सामने मैदान में जवान ईरानी कैदी फुटबाल खेल रहे थे और तेज आवाज़ से संगम का गाना लाउडस्पीकर पर बज रहा था ''मेरे मन की गंगा और तेरे...'' इस अकस्मात् झटके से मेरे पैर उखड़ गये। क़ुरान खानी के स्थान पर हिन्दी फिल्म का गाना...? यही हिन्दी फिल्में ईरान में दो-दो वर्ष तक एक-एक सिनेमाघर में चलती थीं और खुमैनी ने इन्हें हराम घोषित कर दिया था क्योंकि इसमें औरत की कमर खुली रहती है और गाना-नाच होता है, जो इस्लाम में हराम है। ईरान में ललित कला को दफना दिया गया था फिर

यहाँ पर...यह गाना? मैं चकराई हुई अन्दर कमरे में बैठ गई। चाय आई। पुराने अफसर और सिपाही बदल चुके थे। सिर्फ डॉक्टर काकी थे जो वहाँ पर पुराने पहचान वाले बाकी बच गये थे। मैं वर्तमान बदलाव के प्रति वास्तव में चकित थी। अपने अन्दर की भावना का तालमेल इस नये रमादी कैम्प से मिलाने की चेष्टा में एकदम खामोश बैठी चाय पी रही थी।

चाय के बाद हम बन्दियों से मिलने गये। जाने क्यों इस बार के माहौल में पिछली घुटन के चिह्न कहीं नजर नहीं आये। लड़के, जवान, अधेड़ बन्दी बड़े सहज रूप से आते-जाते नजर आ रहे थे। कोई हलचल, कोई दबा आक्रोश उनके हावभाव से झाँकता नजर नहीं आया। महसूस हुआ उन्हें इस बन्दीगृह की आदत पड़ गई है। खून का उबाल मद्धिम पड़ गया है या फिर...

"सलाम !" किसी मर्दाना आवाज से मैं चौंकी।

"सलाम ! हाले शुमा?" मैंने आश्चर्य में भरकर जवाब दिया और पलटकर देखा। एक अट्ठारह वर्ष का लड़का खड़ा था ! चेहरे पर बहुत विनम्र भाव थे। आँखों में आदर और होंठों पर शब्द—"आप पेरिस गयी थीं? जाते हुए हमें बताया क्यों नहीं?"

"तब मुझे पता नहीं था कि मुझे पेरिस जाना है।" मैंने चकराकर जवाब दिया।

"आप पहली मई 1983 को हमारे कैम्प में आयी थीं, याद है न? मगर मुझे आप याद हैं...यह देखिये..." कहकर उसने प्लास्टिक में मढ़ी मेरी तस्वीर, जो अंग्रेजी अखबार परोब (मित्रा प्रकाशन, इलाहाबाद) में छपी थी, उसको शायद किसी अरबी या फारसी अखबार ने फिर से छापा था। उसी के द्वारा इस लड़के तक पहुँची होगी। मुझे तस्वीर देखकर कुछ समझ में नहीं आया कि यह तस्वीर इस तरह से इसकी जेब में क्यों है?

"एक साल से यह तस्वीर मेरे साथ है। आपकी तस्वीर यहाँ पर बहुत-से बन्दी रखे हुए हैं। हम तब जाहिल थे, आपको समझ नहीं पाये थे। काश..." उसके चेहरे पर एक विचित्र भाव था। मेरे मन पर उसके आदर और प्रेम के इतने कोड़े बरसे और इतनी पीड़ा हुई जितनी पिछली बार इनकी नफरत ने मुझे दर्द की इस पराकाष्ठा पर नहीं पहुँचाया था। यह ईरानी कभी तो मुझे चैन से जीने दें ! हर चीज़ को चरमसीमा तक पहुँचाने की इनकी अनूठी ललक कैसी जानलेवा है?

"यह तस्वीर देखी? मेरी है !" मैंने भावनाओं पर काबू पाये हुए कुछ दूर पर खड़े अपने साथी पत्रकार से कहा।

जहाँ इतनी तन्हाई और अनजानापन हो वहाँ पर मैं इनके लिए अपनी हूँ। ऐसा भाव हमेशा लेखकों ने दिया था। पेरिस हो या ईरान, हर क्रान्तिकारी लेखक, कवि ने मुझे देखते ही जुल्म का ऐसा रोना रोया था जैसे मैं उनकी दवा जानती हूँ। यहाँ इस क़ैद में...मैं अगर पागल हो जाऊँ तो क्या कोई समझ पायेगा मेरी दीवानगी की वजह? एक कौम आपको अपना मसीहा समझने लगे तो...? दिल और दिमाग एहसास और ज़ज़्बात के तूफानों से फटने लगे।

इधर-उधर से आकर लड़के, जवान, अधेड़ बन्दियों ने मुझे घेर लिया और हर बन्दी यह साबित करना चाह रहा था कि उसने मुझे पहचान लिया है, पार साल मैं यहाँ आयी थी...वगैरह-वगैरह।

सामने ढेरों ईरानी बन्दी पंक्तिबद्ध खड़े थे। मालूम हुआ डॉक्टर उनके दाँतों का निरीक्षण कर रहा है। एक से मैंने पूछा।

''कैसे हो?''

''ठीक हैं। क़ैद में रहकर आदमी कैसा होता है?'' इस जवाब में सवाल को सुनकर मैं चुप रह गयी। एकदम से मेरी नजर उनके सफेद स्पोर्ट्स-जूतों पर पड़ी उनपर नीली रौशनाई से कुछ लिखा हुआ था। गौर से पढ़ा 'मर्ग पर खुमैनी', 'खुमैनी दज्जाल'...हैरत से मैंने सबके चेहरे देखे। खुमैनी जो तेरहवें इमाम होने का दावा करते हैं, जिनके हाथों को सारी दुनियाँ के मुसलमान आदर व श्रृद्धा से आँखों और होंठों से लगाते हैं, जिनके नाम के आगे इमाम जैसा पवित्र शब्द जोड़ा जाता है, जिनकी एक आवाज़ पर हज़ारों लोग क़ुर्बान हो जाते थे, आज उनका नाम उन्हीं की इस्लामी फौज के सिपाहियों के जूते पर? ईरान की तारीख कैसा सफर तय कर रही है? जूतों पर जमी मेरी नजरें उनके चेहरों की तरफ उठती हैं। वहाँ पर सिर्फ एक खामोश नफरत की मौजें थीं जो बन-बिगड़ रही थीं, जिनमें मेरा वजूद अपने लिए जमीन ढूँढ रहा था। यही लोग थे जो बड़ी उम्मीद से खुमैनी की कार को कन्धे पर उठाये हवाई अड्डे मेहराबाद से बेहिश्ते ज़हरा क़ब्रिस्तान तक लाये थे ताकि पेरिस से आये इन्कलाब के रहबर शहीदों की क़ब्र पर फातेहा पढ़ सकें। ऐसे भावनात्मक माहौल में एक पत्रकार ने पूछा, ''खुमैनी साहब! आपका सालों बाद ईरान लौटना, वह भी इंकलाब के समय में, कैसा लग रहा है?''

''कुछ खास नहीं।'' एक ठण्डा जवाब था। वही ठण्डक आज मौत की सफेदी में बदलकर ईरानी क़ौम को निगलने के लिए आतुर है। जाने कितने जवानों को निगल गयी है। रफतसनजानी संसद व इस्लामिक पार्टी के अध्यक्ष से 1980 में लिये गये साक्षात्कार

में मैंने पूछा था कि ''सड़कों पर जवान बहुत कम दिखते हैं। नयी नस्ल कट रही है, मुजाहिद व फिदाईन गुट के रूप में कि वह देशद्रोही व सत्ता-विरोधी हैं और दूसरी तरफ युद्ध में हर दिन हजारों मर रहे हैं और गृह-युद्ध में इस्लामिक पासदारों की शक्ल में हजारों बम की भेंट चढ़ रहे हैं। आखिर यह सिलसिला कब बन्द होगा?''

''आप परेशान न हों, हमारे पास 'इन्सानी ताकत' बहुत है। लड़कों के कम दिखने का कारण मरना नहीं है बल्कि देहातों में जाकर खेती करना है। शाह ने जिस जमीन को अन-उपजाऊ घोषित कर दिया था, उसे उपजाऊ बना रहे हैं।''

उनके दोनों दामाद मुजाहिद थे और मौलवी आय्यतउल्लाह लाहूती के बेटे थे। बेटे शहीद हुए तो पिता हार्ट अटैक से मर गये! रफतसनजानी दो विधवा जवान बेटियों के बाप हैं।

ईरान में युद्ध चाहे ईरान-इराक का हो या गृहयुद्ध हो, इस समय अपने अस्तित्व को बचाने का युद्ध है। उन्हें पता है जिस दिन युद्ध विराम हुआ उस दिन तख्ता पलटा। वह उस जनता को क्या जवाब देंगे जिससे तीन वर्ष से वचन दे रहे हैं कि इराक जीतना है, सद्दाम काफिर है, बगदाद शियों का धार्मिक स्थल है।

उन लड़कों व जवानों के पास से हटकर मैं आगे बढ़ी। अलीरजार हीमी हमारे साथ थे। धीरे-से बोलें, ''खानम ! मैं आपसे अकेले में कुछ बात करना चाहता हूँ। मसूद रजवी के लिए पैगाम भेजना चाहता हूँ।''

''अच्छा ! मगर कहाँ?'' मैंने ताज्जुब से पूछा। यह वही अलीरज़ा थे जो पारसाल मेरे हर प्रश्न पर मुझे टोक रहे थे कि आखिर आप हम कैदियों से ऐसे सियासी सवाल क्यों कर रही हैं? उनके टोकने पर एक जवान ने तड़पकर मुझसे कहा था, ''आप कैसी पत्रकार हैं? पत्रकार का अर्थ है किसी की बात को सुनकर वैसी ही लिखना, मगर आप तो अपने विचारों को बलपूर्वक हमारे दिमाग़ों में ठूँसना चाह रही हैं? एक क़ैदी जो मजबूर है, वह क्या जवाब दे सकता है कैदखाने मैं?'' आज वही अलीरजा रहीमी मुझ पर विश्वास कर रहे हैं?

''जब आप लोग खुमैनी से इतना रुष्ट हैं तो हाथ में बन्दूक लेकर लड़ते क्यों नहीं हैं? शामिल हो जाइये इराकी फौज के साथ?''

''आपने ठीक कहा है। मगर ध्यान में रखियेगा इस तर्क को कि हम ईरानी हैं। लाख खुमैनी से रुष्ट सही, मगर क्या इराकी हम पर विश्वास करेंगे? हम इच्छा करें भी तो वह ऐसा कदम नहीं उठायेंगे...हाँ यदि आप हमारी जामिन (जिम्मेदारी) बनें तो हम खुदा की

कसम खुमैनी के विरुद्ध लड़ने को तैयार हैं!'' मेरे कटाक्ष का उत्तर ऐसा मिलेगा मुझे गुमान भी न था। सुनकर चुप रह गयी। दुनियाँ की सारी ताकतें युद्धविराम के लिए कोशिशें करके हार गयीं, खुमैनी ने किसी की नहीं मानी। अब लगता है जिस दिन सारे ईरानी ईरान में अलीरजा रहीमी में ढल जायेंगे, युद्ध-विराम उसी दिन हो जायेगा।

अन्दर कमरे में पाँच-छह लड़के, अलीरजा रहीमी जो अब रमादी कैम्प के प्रबन्धक बन गये हैं, इराकी अफसर और इराकी सिपाही मौजूद थे। अजीब दोस्तीभरा माहौल था। यही लड़के थे जो पारसाल इराकी सिपाहियों के हाथ झटक रहे थे, उनका कहना मानने से इंकार कर रहे थे और खुमैनी-प्रेम से ओत-प्रोत थे। आज लग रहा है जैसे उनका और इराकी अफसर से बाप और बेटे का सम्बन्ध हो। आखिर यह सब है क्या? कहीं यह नाटक तो नहीं है मुझे दिखाने के लिए? कुछ लड़के तैयार करके मेरे सामने लाकर खड़े कर दिये हों ताकि बात करें। शंका से मेरा मन मस्तिष्क भिन्नाने लगा। दूसरी कुर्सियों पर बैठे लड़कों को मैंने गौर से देखा। अब वह चाय समाप्त करके बड़े आराम से सिगरेट पीने लगे थे। एक के बाद एक सिगरेट...कमरा धुएं से भरता जा रहा था। मन जाने कैसे कसैले धुएं में घिरने लगा! मन में अपनी कड़वाहट बार-बार मुँह से निकलने को बेचैन होने लगी मगर फिर अपने को रोक लेती थी।

नमाज़े जुमे खुत्बे (उपदेश) में भावी इमाम, आय्यतउल्लाह मोन्तज़री ने बताया—''कल रात मैंने सपना देखा था कि नन्हें सिपाही मेरा दरवाज़ा खटखटा रहे हैं और मुझे पुकारकर कह रहे हैं कि शहादत के बाद भी जन्नत के दरवाजे हम पर बन्द हैं। खुदारा! हमारे माँ-बाप से कहें कि वह हमारी जान की कीमत न लें, हमारी शहादत को हराम न करें।''

वह आवाज़ मुझे तड़पाने लगी। आँखों के सामने वह तस्वीर भी घूमने लगी जो 'सुलेमान फारसी स्कूल' के क्लास रूम की 'इत्तेलात समाचार-पत्र' में छपी थी जिसमें तीन विद्यार्थी पूरी क्लास में बैठे थे और बाकी कुर्सियाँ खाली थीं और डेस्कों पर लाल फूल की एक-एक शाखा रखी हुई थी। क्लास रूम के बाहर बड़ी-सी सीट पर लिखा हुआ था कि 'इस क्लास में 36 विद्यार्थी थे जिनमें से 33 शहीद हुए। उन माँओं को मुबारकबाद जिन्होंने ऐसे लड़के जन्मे हैं'।

मेरी सोच का दायरा सिमटने लगा। मैं फौजी अफसर के कमरे में थी। ईंट-पत्थर की दीवारें, इराक की धरती और उस चारदीवारी में कैद ईरानी युद्ध-बन्दियों से मेरा तीसरा साक्षात्कार था। मैं हालात को देखते हुए संभलकर बैठ गयी। दूर कुर्सियों पर बैठे ईरानी

बन्दी सिगरेट-पर-सिगरेट पी रहे थे। चाय आ गयी थी। सब खामोशी से चाय पीने लगे। कमरा सफेद धुएं से भरने लगा। मेरी आँखों में पानी तैरने लगा। इराकी सिपाही ने उठकर दरवाजा खोला। ताजी हवा अन्दर आयी और अपने साथ धुएं के बादलों को ले जाने लगी। संगम फिल्म का गाना उसी तरह बज रहा था ! एकदम से रजा रहीमी ने कहा ''खानम, आप तो जानती ही हैं कि ईरानी हिन्दी फिल्म और गाने का दीवाना है, मगर यहाँ पर सिर्फ एक कैसिट है। सारे दिन उसी को घिसते रहते हैं। आप हिन्दी फिल्में और गानों के कैसिट हमें भेज दें !''

''जरूर-जरूर...हो सका तो यहीं कुछ इन्तजाम करती हूँ वरना हिन्दुस्तान से जाकर भेजती हूँ।'' इतना कहकर मैंने रज़ा रहीमी के चेहरे को गौर से देखा, यही आदमी था जो मेरे यह पूछने पर कि क्या हम बच्चों को कुछ रुपये या उपहार दे सकते हैं? विशेषकर यह अनुरोध मुझ से फ्रेंच टी.वी. वालों ने किया था, जिस पर रज़ा रहीमी बिगड़ पड़े थे, ''नहीं, नहीं, हमें कुछ नहीं चाहिये।'' मुझे महसूस हो रहा था कि यूं समय की चाल की कोई आवाज सुनायी नहीं पड़ती है मगर इन्सान का दिल व दिमाग कैसे-कैसे लम्बे विचारों व भावनाओं के पुलों को पार करके समय को बाँधता नज़र आता है। लड़के मेरे समीप सोफे पर आकर बैठ गये थे। मेरे समीप बैठकर उनके चेहरे पर जो भाव था वह उस अभाव की ओर संकेत कर रहा था जैसे कि बिना माँ के बच्चों को बहुत दिनों बाद वात्सल्य-मिला हो। बहरहाल बातचीत का सिलसिला आरम्भ हुआ।

''मेरा नाम आदिल गरीबपोर है। युद्ध में हम बसीज की ट्रेनिंग के बाद लड़ने गये थे। मगर...एक वर्ष बन्दीगृह में रहकर सारा भ्रम टूट गया, जिसको लेकर हम लड़ने चले थे! मेरे पिता खुमैनी-विरोधी थे, आज मैं भी हूँ। ईरान को और ईरानी को किसी मौलवी ने नहीं जन्मा है बल्कि उसे इन्सानों ने बताया है। इस्लाम को खुमैनी ने नहीं पैगम्बर मोहम्मद ने शुरू किया था। एक लाख बीस हजार पैगम्बर हैं, उन पर हम सलवात भेजते रहे हैं, आज ईरान में सुबह-शाम खुमैनी पर सलवात भेजनी पड़ती है,. आखिर क्यों? वह तो पैगम्बर क्या ईरानी भी नहीं है।''

हमारे टीचर कहते थे यदि नमाज पढ़ने न गये तो फेल कर दूँगा। 85 वर्ष का बूढ़ा जो न अपने आप नहा सकता है न नमाज पढ़ सकता है, वह कुरान का अर्थ क्या बतायेगा और लिखेगा? यहाँ पर खिड़की के पास तन्हा बैठा रौशनी में अपने वतन को देखता हूँ जहाँ मेरा भाई है, माँ-बाप हैं, मैं उनके लिए रोता हूँ। अब आँसू भी नहीं निकलते हैं!

एक शराबी-जुआरी इस्लाम का नाम लेता है; रफतसनजानी के भाई कौन थे? आज सबसे बड़े पवित्र मसीहा बन गये हैं ! हमारे माँ-बाप चुनाव में क्यों शामिल नहीं हुए?

समय सबको जगा रहा है ! खुमैनी अहमक है। इस्लामी व मार्क्सवादी देश उसकी निन्दा कर सबको जगा रहा हैं मगर वह कट्टरवादिता से काम ले रहा है, वह इतना बुज़दिल है कि आत्महत्या भी कर नहीं सकता है। इससे अच्छा तो शाह था। यहाँ पर सब खुमैनी से नफरत करने लगे हैं।

अलीशेख तेहरानी भी मौलवी हैं, क्यों खुमैनी के विरुद्ध हैं? जानते हैं कि यदि आज खुमैनी के इस्लाम का साथ दिया तो कोई उनका आदर नहीं करेगा। वह सब कुछ छोड़कर ईरान से बाहर आ गये हैं।''

''मैं मेसूर दहकानी हूँ—इन आँखों ने बहुत कुछ देखा है। इस्लाम का जब युद्ध हुआ था तो हजरत अली सबसे आगे थे मगर इस्लाम के नाम पर होने वाले इस युद्ध में हमें सबसे आगे भेजा, आखिर क्यों? ताकि ईरानी नस्ल जड़ से उखड़ जाये। क्या हम इन्सान न थे? हमारा पेट्रोल मुफ्त इराकी विरोधी और साम्राज्यवादी देशों को बाँट रहा है आखिर क्यों? वह फ्रांस में मस्ती से रहे और आज हमारे इमाम बनते हैं? हमसे कहा गया था ''आगे बढ़ो, मारे गये तो जन्नत मिलेगी, बच गये तो दोबारा शहादत की तैयारी करनी है। अपने बच्चों को क्यों नहीं भेजते हैं? सारे समझदार लड़कों को इस युद्ध में मरवा दिया है। हमसे कहते थे सद्दाम काफिर है, वह सब झूँठ था। कल तक जो मौलवी सिर्फ कुरान व नमाज पढ़ता था आज सियासत कर रहा है। यदि इराक तबाह हुआ तो उसे बचाने अरब देश आगे बढ़ेंगे, खुमैनी का साथ कोई नहीं देगा। मेरा मन ईरान लौटने को बहुत चाहता है मगर इस ईरान में नहीं, नये ईरान में, जो हम बनायेंगे।''

हमीद रजाई, 15 वर्ष का लड़का, जो अन्य लड़कों की तरह तेजी-से सिगरेट पी रहा था। सारे लड़के फारसी में बात करने के कारण बेहद भावुक हो उठे थे। हमीद बोला, ''हम खुमैनी को खुदा समझते थे...तेरह साल की उम्र में बसीज में स्कूल से निकालकर डाला। आज मैं 15 वर्ष का हूँ, डॉक्टर बनना चाहता हूँ, मगर इस एक साल का हिसाब किससे माँगू—क्या मेरी किस्मत यही थी?

किस इस्लाम और धर्म में बच्चे और लड़के युद्ध में भेजे जाते हैं? हम युद्ध नहीं चाहते, ईरान में सिर्फ औरतें और लड़कियाँ बची हैं। यदि खुमैनी इमाम है तो क्यों ईरान में पैदा हुए? सारे पैगम्बर व इमाम अरब धरती पर जन्मे हैं। हमें शरम आती है अपने को मुसलमान कहते हुए क्योंकि खुमैनी अपने को मुसलमान कहता है। शाह जालिम था—उसके विरुद्ध विद्रोह किया था, मगर आज लगता है वह अच्छा था। जालिम था, चार मारता या साल में सौ मारता था मगर यह तो हर दिन 500 लोगों को मारता है। 300

ये लोग फिर 'विलायत फकीह' का चुनाव करते हैं। मगर खुमैनी बिना चुनाव के तो आये ही, धर्म की सत्ता के साथ ही ईरान की सत्ता को भी अपने हाथों ले लिया जो वास्तव में उचित नहीं है। धर्म की दृष्टि से यह पूर्णरूप से कानून का उल्लघन है। मगर इन बातों—इन तर्कों को सुनने का समय खुमैनी के पास नहीं है। समय है तो इस बात के लिए कि वह अपनी सत्ता का झण्डा धर्म की शक्ल में सारी दुनियाँ के ऊपर गाड़ सकें।

ईरानी बन्दियों का मुझे अमेरिकन मुसलमान कहना, फिर मेरी तस्वीरों को प्लास्टिक में मढ़कर जेब में रखना। उन बदलते सियासी सन्दर्भों की सूचना है जो उनके दिमाग में करवट बदल रहे हैं।

लौटते समय उन लड़कों ने इस तरह से मुझसे फरमाइश की थी कि मैं उसे किसी कीमत पर टाल नहीं सकती थी। एक ने जंजीर माँगी थी गले में पहनने के लिए, दूसरे ने फुटबाल और तीसरे ने...उनकी फरमाइशों को सुनकर अलीरज़ा चिढ़ गये और जोर से डाँट लगायी। उसकी परवाह किये बिना उनमें से एक ने कहा ''भूलियेगा नहीं...खत लिखेंगे...'' एकदम से एक हाथ आगे बढ़ा और उसने मुझे एक उपंहार पेश किया, ''यह मैंने स्वयं बनाया है—छोटी-सी मछली...'' उसकी सफेद हथेली पर एक काली छोटी मछली रखी हुई थी। मैं एकदम चौंक पड़ी।

''कहाँ से मिली?'' मुझे समद की काली छोटी मछली ने घेर लिया।

''मैंने स्वयं पत्थर से बनायी है, लीजिए न?''

खुमैनी की इच्छा है मरने के बाद वह नज्फ में दफन हों मगर उनकी जिंदगी में नज्फ ईरान का हिस्सा हो तभी! उन्होंने कहा था कि ''मैं अब ज्यादा दिन नहीं जी सकता हूँ।'' इस पर युद्ध में शिद्दत आयी थी। दोनों देशों के बीच फँसे कमसिन लड़के जैसे समय का दर्द बनकर रह गये हैं।

कुरान शरीफ (223) में आया है कि ''औरतें तुम्हारी खेतियाँ हैं।'' मगर आज उस खेती के दाने बिखर रहे हैं। फसल बर्बाद हो रही है। नयी नस्ल के नाम पर ईरान के पास क्या बचा है? किसी भी देश की खुशहाली वहाँ की आबादी है वीरानी नहीं। ईरान को देखकर लगता है कि मीर अनीस का यह शे'र यूं पढ़ा जाये जो ईरानी परिवार की सच्ची तस्वीर को दिखाता है :

'सन्दल से माँग, बच्चों से गोदी खाली रहे'।